A E
&I

# El escritor y la espía

Autores Españoles e Iberoamericanos

Jorge Corrales

# El escritor y la espía

Planeta

Diagonal, 662-664, 08034 Barcelona (España)
www.editorialplaneta.es
www.planetadelibros.com

Diseño de la colección: Compañía


Primera edición: mayo de 2025
Depósito legal: B. 7.171-2025
ISBN: 978-84-08-30250-6
Composición: Realización Planeta
Impresión y encuadernación: Rodesa
*Printed in Spain* - Impreso en España

PEFC Certificado
Este libro procede de bosques gestionados de forma sostenible
PEFC
PEFC/14-38-00305
www.pefc.es

*Para Laura, mi profesora a los once años, por enseñarme que el diccionario era un campo de juego.*

*Para Teresa, mi profesora a los quince, por enseñarme que es preferible fregar suelos recitando a Garcilaso.*

*Para Jesús y Diana, mis profesores de Aula de Cine, por enseñarme por primera vez a Nanni Moretti.*

*Para Manolo Matji, mi profesor a los veintitrés años, por enseñarme a contar una historia, aunque duela.*

*Para Daniel, por enseñarme a escribir de nuevo.*

*A Maia, por enseñarme a ser feliz de nuevo.*

*A Ana, por ser mi última lectora y la más importante.*

Espiar y escribir novelas están hechos el uno para el otro.
Ambas cosas exigen una mirada atenta a la transgresión humana y a los numerosos caminos de la traición.

John le Carré

Primero uno es un lector, un espía discreto, y un día decide pasar al otro lado, transformarse en espiado.

Leila Guerriero

La tensión principal del artista está entre expresarse a sí mismo u ocultarse.
A mí me gusta ocultarme.

Dennis Lehane

Yo no escribo con bolígrafo. Yo uso una pluma de ganso mojada en veneno.

*Laura*, de Otto Preminger

*Yo, Daniel Medina, reconozco que Sarah Hellman es una increíble investigadora y que sin su trabajo jamás podría haber llegado hasta aquí.*

# LAS PRIMERAS PALABRAS

Las primeras palabras de un libro son las más difíciles de escribir. Su objetivo es atraparnos y transportarnos a otro lugar, a otro tiempo. Por eso es crucial elegir una buena frase para comenzar un libro.

Pero yo no lo voy a hacer.

No voy a buscar esa frase perfecta ni un inicio brillante.

He descubierto que más importante que elegir esas palabras es comenzar a escribir. Conseguir que todo lo que pasa por mi cabeza acabe, letra a letra, en estas páginas. Teclear estas pocas líneas ha supuesto un trabajo de meses y, ahora que el proceso ha empezado, no quiero parar.

Solo quiero escribir.

Así que iré al grano: al mensaje de Julia. Ese fue el momento que lo detonó todo, la primera vez que oí hablar del libro:

«Hola, Daniel, perdona, te he llamado, pero no me lo coges. Quería hacerte una consulta. Verás, tenemos un libro que es un poco... especial, y queremos que le eches un ojo. Hemos estado hablando entre nosotros y creemos que lo mejor es que vengas a Barcelona a verlo. Nosotros corremos con los gastos. Es un ejemplar único, así que no podemos enviártelo, por si se deteriora por el camino o se pierde. Ya te explicaré cuando lo leas».

Recuerdo que releí el mensaje de Julia, una editora catalana con la que suelo trabajar, cuando llegué a la estación de Sants.

Sin embargo, ahora que lo pienso, fue en otra estación de tren donde verdaderamente se inició esta historia: una estación que no había visitado hasta hace unos meses. La estación de tren de Friedrichstrasse, en Berlín, el último lugar que mi padre pisó en la República Democrática Alemana, también conocida como la DDR por sus siglas en alemán. Lo suyo fue el 19 de mayo de 1988, un año antes de que cayera el Muro. Lo sé porque mi padre lo celebraba cada año abriendo una botella de cerveza y brindando por la Libertad, aunque después siempre se ponía un poco triste.

Desde Friedrichstrasse, mi padre pasó de la Alemania Oriental, la DDR, la «democrática», la que ondeaba la hoz y el martillo en los desfiles, a la Alemania Occidental, la federal, la de los Levi's y los conciertos de los Rolling Stones.

Aquel tren, aquella huida, no solo cambió la vida de mi padre, también dio lugar a la mía.

Lo primero que hizo mi padre al cruzar la frontera fue escapar del frío. Solía bromear sobre eso, decía que no había sentido calor hasta que conoció a mi madre. Porque un mes y medio después de llegar a Alemania Occidental, aquel mismo verano de 1988, decidió coger un avión y largarse también de allí. El avión aterrizó en el tórrido julio de Madrid y mi padre, convencido de que quería calor, se encontró con que no podía aguantar más de diez minutos en la calle. Toda esa ansia de libertad se volvió en su contra... O no. Porque en uno de sus paseos por las callejuelas de Madrid, harto del sudor y la falta de resuello, decidió entrar en una cafetería para tomar una bebida fría. Y se la sirvió mi madre, la camarera del bar La Pepita.

Mi padre, que no hablaba ni media palabra de español, se quedó prendado de aquella chica y empezó a acudir a diario para pedirle una bebida fría. Así, hasta que consiguió derribar su resistencia mucho antes de que sus compatriotas lograran derribar el Muro de Berlín. Mi padre no lo sabía, pero al coger aquel tren en la Friedrichstrasse no solo me estaba dando la vida, sino que también me estaba haciendo un regalo para el futuro: me estaba ofreciendo un trabajo. Porque, aunque con el paso de los años en Madrid su español mejoró, siempre se empeñó en hablarme en alemán. A pesar de mis enfados y mis rabietas, él continuó con su alemán berlinés pulcro y sencillo. Y poco a poco, su idioma fue entrando en mí hasta que se quedó para siempre. Gracias a él, me hice traductor.

Aunque estudié Literatura y me especialicé en narrativa del siglo XX, mi oficio es el de traductor de alemán. No es que la literatura alemana sea una mina de oro, pero me da de comer y precisamente fue el trabajo lo que me llevó hasta la estación de Sants, en Barcelona.

Cuando estaba caminando por el vestíbulo, sonó mi móvil. Era Julia.

—Buenos días, Daniel. ¿Qué tal el viaje?

Yo traducía para ella y su editorial lo más novedoso del panorama alemán. Teníamos buena relación. Años antes, Julia había publicado mi única novela: *Cuatro amigos.*

Veo que acabo de escribir «mi única novela», no «mi primera», aunque estoy escribiendo una segunda.

La llamaba así porque, después de publicarla, me juré que nunca más volvería a escribir otro libro. Pero de esto hablaré más adelante.

—Hay un pequeño cambio de planes —me soltó Julia sin más. Su tono era nervioso, se podía notar a través del móvil—. Hemos pensado que no hace falta que vengas a la editorial, será mejor que nos veamos en el hotel Boutique Avenida. Está a dos pasos, casi al lado, no creo que tengas problema para encontrarlo. Yo estaré en la cafetería.

Aquello empezó a sonarme raro.

—Julia, ¿pasa algo?

—¿Por?

—No sé... Primero me pagas el AVE, ahora nos vemos en un hotel. Suena extraño.

Ella supo que no podía mentirme.

—Lo sé... Pero es mejor que te lo explique en persona.

—Vale, no preguntaré más —respondí—, pero no hace falta que me esperes en un hotel, puedo recogerte directamente en tu oficina y luego nos vamos donde quieras.

Julia dudó.

—Daniel, confía en mí, es mejor que no vengas.

—¿Por qué?

—Porque no quiero que te vean en la editorial. —Volvió a dudar, pero por fin lo dijo—: Podría ser perjudicial para ti.

—¿Para mí?

—Sí, será mejor que nos veamos en el hotel y lo entenderás todo.

Anticipo ya que no lo entendí entonces y no lo entiendo ahora.

Creo que por eso estoy escribiendo ahora mismo este libro, para intentar entenderlo.

*Memorias de Alexander Steinbach*
*Cuartilla 1*

Todo libro es un mensaje en código.

El autor codifica su mente en palabras, personajes, tramas. Y al otro lado, un lector intenta descifrarlo. Es así de sencillo y así de complicado.

Comienzo estas memorias con el ánimo de contar toda la verdad, todo lo que lleva mucho tiempo oculto dentro de mí.

Solo espero que el lector, al otro lado, sepa descifrarlo.

# LA PÁGINA 21

Tengo un pequeño don. No sirve para mucho, pero me ayuda a quedar bien: sé qué tipo de libro le gustará a una persona. Cuando termino un libro, tengo una especie de sensación, una intuición de a quién le gustaría leer esa historia, ese relato o ese ensayo. Y suelo acertar.

El problema es que no suele suceder a la inversa.

Algunos amigos intentan devolverme el favor y recomendarme libros, o, directamente, regalármelos. Pero no suelen acertar. Tengo un gusto demasiado personal. Sin embargo, aquella tarde Julia me regaló un libro y acertó de pleno. Me estaba esperando en la cafetería del hotel Boutique Avenida, sentada junto a una ventana, supongo que para vigilar mi llegada, en una silla muy colorida. En cuanto me vio, se levantó para saludarme.

—Daniel, qué bueno verte por aquí. —Me pareció que se hacía la sorprendida.

Fue entonces cuando lo vi.

Estaba en la mesa, a su lado, como si no quisiera que nadie lo viera.

Lo primero que me llamó la atención fue que no se trataba de un libro al uso, era una especie de cuadernillo anudado con dos hilos en el lomo. Pero eso no fue lo más sorprendente, lo que me intrigó de verdad fue que era viejo. La cubierta estaba ajada y las páginas amarilleaban. Incluso podía adivinar el olor a papel humedecido de su interior.

Julia posó sus ojos sobre el libro.

—Este es.

Lo tomó entre sus manos y me lo acercó.

Observé su cubierta con detalle. Era completamente roja, con un tono cercano a la sangre y unas palabras que la cruzaban de una esquina a otra.

WIR ÜBER UNS

Y abajo un sencillo epígrafe:

Anthologie

En un instante, mi mente lo tradujo y lo reproduje en voz alta:

—*Nosotros sobre nosotros. Antología.*

Miré a Julia sin comprender.

—Exacto.

Ella inspeccionó mi rostro.

—¿Lo habías visto alguna vez?

Le dije la verdad: no.

—¿Estás seguro?

No entendí su insistencia.

—¿Debería? ¿Es de algún autor famoso?

—No —respondió ella sin dar más datos.

—¿Por qué no tiene el nombre del autor en la portada?

Julia me sonrió con una complicidad que no supe descifrar.

—Eso no te lo puedo decir; aún no. Primero tendrás que leerlo —respondió con una mirada elocuente—, pero algo sí te puedo adelantar. No es solo un autor, son varios y lo publicaron hace tiempo.

Mi incomprensión aumentaba, a la vez que mi curiosidad.

—Pero... ¿Habéis comprado los derechos de un cuaderno antiguo?

De pronto, noté a Julia más tranquila, menos nerviosa de como me había recibido.

—Más o menos. Estamos decidiendo si lo publicamos. Pero antes quería que lo leyeses tú.

—¿Tanto te importa mi opinión?

Noté que se avergonzaba.

—Daniel, ya sabes que sí. Aunque no es eso por lo que te he traído aquí. Léelo y después hablamos.

—Perfecto, me lo llevaré a Madrid y lo...

—No lo has entendido, quiero que lo leas ahora. Hoy.

Efectivamente, no había entendido nada.

—¿Ahora? ¿Aquí?

—No, te hemos reservado una habitación en el hotel, tienes esta noche para terminarlo. Mañana hablaremos.

—¿Por qué...?

Julia me detuvo.

—No puedo decirte nada, es mejor que lo leas sin contaminarte. Léelo como si fuera un libro cualquiera y después me dices qué opinas. Hay de todo: poesía, relatos, ensayos... Tú, léelo bien y luego nos cuentas. Habitación 114. Está a tu nombre.

Julia me tendió el cuaderno rojo, pero yo no lo cogí.

—No tenía pensado quedarme a dormir.

—No hace falta que lo hagas. Es corto. Yo estaré en mi oficina. Si terminas a tiempo, podrás coger un tren esta noche.

Y esto ya sí me sonó demasiado raro.

—Julia, ¿qué está pasando? —Ella no contestó—. Me pagáis un tren hasta Barcelona, me ofrecéis un hotel solo para leer, ¿qué es esto? Vosotros no tenéis tanto dinero.

—Coge el libro, léelo y después hablamos.

—No hasta que me digas por qué.

Julia suspiró desesperada ante mi resistencia. Me puso el libro en la mano y me dijo muy seria:

—Página 21. —La miré sin entender—. Sube a la habitación del hotel y comienza a leer por la página 21.

Esa fue la primera vez que oí hablar de la página que me perseguiría todo el verano.

—¿Cómo que página 21?

—Lo entenderás pronto.

Ella se dispuso a marcharse con actitud de no aceptar un no por respuesta, pero antes me dio una información importante:

—Una última cosa. El libro se escribió en 1986. Esto es clave.

Ella se fue y me quedé en la cafetería con el libro rojo entre las manos y con la sensación de que algo grande estaba ocurriendo y yo no me enteraba de nada.

Ahora que lo pienso, me he sentido así la mayor parte del tiempo. Estuve tentado de abrir allí mismo *Wir über uns* e ir directo a la página 21, pero hice caso al consejo de mi amiga: me dirigí a la recepción y subí a la habitación a leerlo.

Mientras me tomaban los datos, eché una primera ojeada al libro. Estaba lleno de pequeños textos junto con algunas ilustraciones. Una de ellas me llamó la atención: dos manos sujetando un rifle. En ese momento, el recepcionista del hotel me pidió el DNI y cerré el libro, como si no quisiera que lo viera.

Al entrar en la habitación, dejé mi chaqueta rápidamente en una silla y abrí el libro por la página 21.

Allí estaba.
Un relato.
Y sus primeras líneas:

*Me gustaría ser dos personas a la vez, uno se quedaría aquí contigo y el otro se marcharía. Uno crecería a tu lado, el otro intentaría recordar cómo era tu voz. Uno te querría, el otro te odiaría. Uno de los dos merece un final feliz, pero no sé cuál, porque no soy dos.*

Yo conocía aquellas palabras, las sabía de memoria.
Porque esas palabras las había escrito yo.
Era el final de mi novela.
Era el final de *Cuatro amigos.*
Pero no entendía qué hacían allí.
En aquel cuaderno rojo.
En alemán.
En un relato.
Escrito en 1986.

*Memorias de Alexander Steinbach*
*Cuartilla 1*

No recuerdo nacer, pero sí recuerdo la primera vez que escribí. Ese fue mi segundo nacimiento y quizás el más importante. Por eso empezaré estas memorias contando ese segundo parto. Y eso ocurrió una tarde de septiembre de 1979.

—Claro, se puede aprender a escribir.

La chica que lo afirmó con tanta rotundidad debía de tener veintitrés o veinticuatro años, además de un pelo castaño brillante que me deslumbró. Yo no estaba acostumbrado a hablar con chicas mayores que yo; en aquel entonces tenía dieciocho años y acababa de llegar a Berlín.

Estábamos en el vestíbulo de la Universidad de Berlín. Era el día de las asociaciones. Cada grupo de estudiantes tenía permiso para poner ese día una mesa en la entrada y hablar con los nuevos estudiantes para atraerlos a sus iniciativas. Yo fui con la idea de apuntarme a la Asociación de Atletismo. En mi etapa escolar había sido un buen atleta de 800 metros y pensaba que podía seguir con mi carrera.

Pero aquella frase me embaucó.

—Claro que se puede aprender a escribir.

Estaba frente a la mesa de la Asociación de Escritura de la universidad. No fui yo quien preguntó si era posible aprender a escribir, fue un chico a mi lado. Pero cuando lo escuché pensé que no estaría mal; siempre había tenido historias en la cabeza y nunca había conseguido sacarlas de allí.

Sin embargo, tengo que ser fiel a mi recuerdo: aunque la literatura me interesó, lo que realmente me convenció fue la chica. Estuve hablando con ella como media hora. Hacía poco que había llegado a la ciudad y no conocía a nadie, me había pasado los primeros días dando vueltas solo, intentando entender qué hacía allí. Más allá de su atractivo físico, sentí que podría hablar con alguien, que no estaría solo. Y esa sensación se multiplicó cuando conocí al resto de los chicos de la Asociación.

Sin embargo, el primer día que entré en la sala donde se reunían sentí que me había equivocado. Allí estaban Liebers, Wosz, Matthias y algunos de los que serían mis mejores amigos en aquella época. Pero no estaba la chica, ni ella, ni ninguna. Todos eran hombres. Meses después me enteré de que habían contratado a la chica del pelo castaño para que atrajera a otros potenciales escritores, porque la Asociación estaba a punto de desaparecer. Y ella lo debió de hacer bastante bien, porque todos acabamos allí.

La Asociación de Escritura fue uno de esos puntos de inflexión en mi vida, para bien y para mal; hoy me pregunto quién sería yo si no hubiera entrado allí. Hasta entonces siempre me había sentido diferente, un bicho raro entre gente normal. No entendía bien cómo funcionaban las personas. Durante la adolescencia guardé para mí lo que realmente me gustaba: el humor sin sentido, escuchar música hasta la madrugada, bailar, aunque bailara mal, o, simplemente, hacer crucigramas. Ninguno de mis amigos hacía cosas así, quizás suene presuntuoso lo que voy a decir, pero aquellos chicos no me resultaban interesantes. Sin embargo, cuando entré en aquella pequeña sala de la universidad y me encontré a todos aquellos estudiantes, sentados en círculo en sus sillas, unos frente a otros, supe que me había equivocado, que es la mejor manera de acertar a los dieciocho años. Y todo comenzó con una orden:

—Elige tu muerte —me dijo Wosz antes de que pudiera sentarme.

—¿Qué?

—Elige tu muerte. Piensa en una forma original de morir.

—No sé... Qué...

—Vamos, es un juego. Estamos asignando asientos en el círculo, cada uno tendrá un sitio fijo durante todo el curso y todo se determinará gracias al tipo de muerte que elijas.

—Pero yo no...

—Venga, elige tu muerte —insistió—. Lo que sea, un rayo en mitad del campo, veneno en la sopa, un accidente de avión...

—No sé... En un hospital, con muchos años, de una enfermedad no muy dolorosa.

—¡Eso es muy aburrido! —me contestó Wosz—. Algo único, diferente, una muerte digna de la Asociación de Escritura de la Universidad Humboldt.

Todos me miraban y sentí por primera vez la presión de ser original, de ganarme la aprobación de todo un grupo solo por unas palabras. Hasta entonces, la validación social provenía de la belleza, de lo rápido que corriera o de lo educado que fuera, pero nunca me habían puesto en la tesitura de tener que definir mi posición, mi estatus, por las palabras que eligiera a continuación. Y tengo que decir que me encantó.

—Pues... me mataré a mí mismo, pero no será un suicidio —las palabras brotaban sin que yo supiera de dónde venían—. Será un asesinato. Entraré a formar parte de un experimento en la universidad y los científicos conseguirán crear un doble de mí. Una persona que será exactamente igual que yo, el mismo pelo, los mismos ojos, la misma marca de nacimiento en el cuello. Todo igual. Pero con una salvedad: él nunca podría salir de las instalaciones de la universidad, no podrá tener mi vida. Así que una noche, mientras nos realizan una comparativa de nuestras habilidades, él aprovechará un descuido de los científicos y me asesinará. Después se pondrá mi ropa y hará creer que soy yo. Así, mi cuerpo verdadero quedará enterrado en la universidad mientras él vivirá para siempre mi vida.

Y justo ahí nací por segunda vez.

La sala se llenó de silencio. Todos me miraban y nadie decía nada. Después: aplausos. Lo que no sabían mientras aplaudían, ni yo tampoco, era lo cerca que estaba aquella historia de mi propia desaparición. Yo también fui asesinado, de alguna manera, por mi doble.

—Creo que debería sentarse entre el muerto de la habitación cerrada y el hombre comido por una ballena. ¿Os parece bien?

Todos asintieron y me senté en mi silla. La que ocuparía todo ese año y los demás que estuve en la Asociación, porque cuando encuentras tu lugar, no quieres nunca moverte de él.

Una mano apareció frente a mí: era de mi compañero de asiento.

—Hola, soy el hombre comido por una ballena, pero me puedes llamar Matthias.

—Yo soy Alexander.

Y así conocí a mi mejor amigo y a la segunda persona a la que más echo de menos en estos tiempos.

# PAUL MCCARTNEY Y EL CUADERNO OCULTO

*Me gustaría ser dos personas a la vez, uno se quedaría aquí contigo y el otro se marcharía. Uno crecería a tu lado, el otro intentaría recordar cómo era tu voz. Uno te querría, el otro te odiaría. Uno de los dos merece un final feliz, pero no sé cuál, porque no soy dos.*

Cuando leí este párrafo en aquel cuadernito rojo, me acordé de Paul McCartney y la canción que no era suya. «Scrambled Eggs», la llamó. O sea: «Huevos revueltos». Una mañana se levantó en su piso de Nueva York con una melodía en la cabeza. La melodía de una canción que estaba seguro de que había escuchado. Se sentó en el retrete y comenzó a tararearla, mientras su novia preparaba unos huevos revueltos. Era capaz de entonarla de pe a pa, pero no recordaba el título ni la letra. Solo la melodía. Decidió mostrársela a su compañero John Lennon, pero a él ni siquiera le sonaba. Se la mostró al resto de la banda, a los técnicos de sonido, a su mánager. Nadie había escuchado nunca esa canción. Le pareció tan extraño que tuvo que grabarla. Lo hizo con la sensación de que un día alguien vendría y le diría: «Eh, esa melodía es mía», o: «¿Eso no es una sinfonía de Bach?».

Pero eso nunca sucedió. Actualmente, Paul McCartney

sigue pensando que la melodía se la robó a alguien, pero no sabe a quién. Lo único de lo que está seguro que es suyo es el título de la canción. Decidió cambiar el sonoro «Scrambled Eggs» por algo más sobrio: «Yesterday».

Exactamente igual que Paul McCartney me sentí yo al escribir esas últimas frases:

*Me gustaría ser dos personas a la vez, uno se quedaría aquí contigo y el otro se marcharía. Uno crecería a tu lado, el otro intentaría recordar cómo era tu voz. Uno te querría, el otro te odiaría. Uno de los dos merece un final feliz, pero no sé cuál, porque no soy dos.*

Mi primera novela estaba terminada, pero llevaba días atascado con el último párrafo, sabía que el cierre no funcionaba, que le faltaba algo potente. Le di vueltas y vueltas, pero cuanto más pensaba en ello, más horrible me parecía todo.

Hasta que una mañana me desperté y allí estaba. No hizo falta correr hasta el papel más próximo para apuntarlo, lo tenía claro, sabía que esa vez estaba en lo cierto. Desayuné, aunque no creo que fueran huevos revueltos como los de Paul McCartney, con la certeza de que era demasiado bueno para ser mío. Me acerqué al ordenador, tecleé, letra a letra, palabra a palabra, hasta llegar al final. Entonces, levanté ambos brazos y comencé a saltar. Di rienda suelta a mi euforia: después de un año luchando, escribiendo y reescribiendo, mi novela *Cuatro amigos*, una historia semiautobiográfica sobre mis años de universidad, por fin estaba completa.

Sin embargo, al abrir la página 21 de aquel cuadernillo rojo, me di cuenta de que aquello no había terminado. No había sido un punto final. Sino un punto y seguido.

Aquella historia de McCartney y la mía son parecidas, pero tienen dos diferencias: la primera es que yo acababa de descubrir de dónde había salido mi robo. La segunda: que yo no soy Paul McCartney ni escribí «Yesterday». Soy solo Daniel G. Medina y nadie sabe qué es *Cuatro amigos.*

La G es de Graf, el apellido de mi padre. Pero a Julia, al publicar mi primera novela, le pareció que podía ser confuso, que el público pensaría que yo era un autor alemán y que eso no era malo *per se*, pero, según Julia, rebajaría las expectativas de ventas.

—La gente en España lee autores españoles —sentenció—. Y si no, dime el nombre de un autor alemán que se lea en España y que aún esté vivo.

A mí me pareció bien; así rendía un pequeño homenaje a mi madre, que había muerto en un accidente cuando yo era pequeño.

Ese fue el nombre con el que firmé *Cuatro amigos.*

Y, por desgracia, dio igual.

Después de todo el esfuerzo, después de todas las noches con los personajes en la cabeza, reescribiendo la estructura, después de todo el dolor que había volcado allí..., nadie la leyó. Nunca encontré una crítica en ningún periódico, ningún desconocido escribió una reseña en su blog de literatura, nadie reconoció alguna vez mi nombre ni me preguntó por la G. entre Daniel y Medina.

No hubo nada de eso.

Solo hubo silencio.

Ni siquiera la pudo leer mi padre, que murió apenas un año antes de que la publicara. Muchas veces pienso que quizás el dolor de su muerte se traspasó a sus páginas y eso hizo que aquello no funcionara. En la editorial dijeron que era normal, que era mi primera novela, que no era mediático (qué horrible es esa palabra), que la segunda funcionaría mejor.

Pero no hubo segunda novela.

En literatura, los fracasos se cuentan como años de perro.

Sin embargo, aquel día, frente a la página 21 de una antología en alemán, me encontré de nuevo con el fracaso. Aquellas frases, aquel instante de brillantez que, en una mañana de hacía años, había creído mío..., ya no lo era.

Pertenecía a otro autor más experto, posiblemente más exitoso, seguramente más... escritor.

Porque, a diferencia de la seudobiografía llena de ínfulas que era mi novela *Cuatro amigos*, en aquel cuaderno, después de aquel párrafo, comenzaba un relato prodigioso: duro pero profundo. Voy a hacer un pequeño resumen aquí, aunque adelanto que con él no se puede entender ni un uno por ciento de lo bueno que es.

La historia comienza con ese primer párrafo, el mismo que yo había escrito, y tiene su importancia en el relato porque es una despedida. Y es la primera de muchas. El protagonista recibe un día esa nota de su mujer en su trabajo. Le extraña, así que decide volver a su casa. Cuando llega, su mujer ya no está; se ha marchado. El hombre recibe la noticia sin entender bien las razones, pero se resigna. Días después, en su trabajo le notifican que ha perdido el puesto, que tiene que marcharse. Esto le sorprende aún más que la despedida de su mujer, puesto que estaba muy bien considerado en su oficina. Aun así, recoge sus cosas y se marcha a casa. Allí pasa unas cuantas noches, deprimido, hasta que aparece un señor del banco y le dice que le va a quitar algunos elementos de valor para pagar sus deudas. Él se molesta, pero entiende que no puede hacer mucho por impedirlo. Cansado de tantas malas noticias, decide pasar el día en la playa. Al regresar a su domicilio, se encuentra la puerta abierta. Han entrado y se han llevado toda su ropa, solo tiene el bañador con el que ha ido al mar. Sin dinero y medio desnudo, sale a la calle a intentar conseguir alguna prenda con la que vestirse. Entonces se da cuenta de que lo sigue un hombre de traje negro. Intenta huir de él, pero este lo atrapa y lo lleva, medio desnudo, a un sótano; allí empieza a torturarlo. Le clavan astillas en las uñas, le dan descargas eléctricas. Es un horror. Las escenas están especialmente bien escritas. Son duras, pero no puedes parar de leerlas.

Después de la tortura, el tipo de negro lo suelta y él vagabundea por la calle, intentando que alguien lo ayude. Entonces, el punto de vista cambia: el hombre de negro conversa con unos doctores dentro de un laboratorio. En ese momento entendemos que todo lo que le está sucediendo, todo el horror que ha vivido el personaje, era solo un estudio, un experimento. Los médicos quieren saber cuánto puede aguantar un hombre, cuántas desgracias puede tolerar antes de rebelarse frente al Estado.

Quizás este resumen pueda parecer algo naif. Pero yo lo sentí profundo, radical. Sobre todo, muy real.

Y al terminar de leer aquel relato, me sentí fatal.

No solo por las escenas, horribles, sino porque había copiado a alguien que escribía mucho mejor que yo.

O eso creía en aquel momento.

—¿Quién escribió esto?

Había pasado solo una hora desde que Julia me había dejado en la cafetería, pero yo quería respuestas, así que me salté su restricción de no acudir a la editorial y entré como un torbellino en su despacho, con el cuaderno rojo abierto por la página 21, repitiendo la pregunta:

—Julia, ¿quién lo ha escrito?

—No lo sé.

—Julia... —Mi tono dejó ver que no estaba para juegos.

—No deberías haber venido aquí.

Ella corrió a cerrar la puerta.

—Te lo juro, no sé quién ha escrito ese relato.

—Pero sabías que se escribió en 1986...

Ella asintió.

—Así que no pudo leer mi novela y tomarlo de ahí, ¿verdad? —Me sentía como una mierda—. Joder, Julia, soy un plagiador y ni siquiera sé de quién. Es horrible.

—Es casi imposible —me cortó ella.

—¿Qué?

—Que es... Vamos, que estoy casi segura de que no es un plagio. Si tú me dices que no habías visto antes este libro, te creo. También estoy confundida, pero la verdad es que dudo que puedas haberlo leído antes.

Aquellas palabras sonaron como un disparo en mi cabeza.

—¿Por qué?

—Porque nadie lo había publicado antes.

—Pero si me acabas de decir que se escribió en 1986.

—Se escribió, pero nunca llegó a salir a la luz.

Miré el cuaderno rojo y volví a ver las palabras *Wir über uns.* Pronto entendería lo que significaban.

—Ese cuaderno ha permanecido oculto durante casi cincuenta años en el cuartel general de la Stasi en Berlín.

Una idea me atravesó como un rayo.

—¿Es un libro escrito por prisioneros de la Stasi?

—No. —Julia tardó unos segundos en dar la respuesta, porque sabía que iba a doler—. Es un libro escrito por agentes de la Stasi.

No sé si esto es exactamente lo que me contó Julia entonces, porque ahora tengo más datos, pero intentaré ajustarme a la información con la que salí ese día del despacho de la editorial y que me hizo tomar ciertas decisiones después de aquella reunión.

Todo había empezado en la Feria de Fráncfort del año anterior. Las ferias de libros tienen dos caras: la que conoce el público general —presentaciones, autores dando conferencias, pequeñas exposiciones— y otra más importante, la que ocurre fuera. La verdadera feria se cuece en mesas de restaurantes y en citas a medianoche con un *whisky*. Porque a lo que se va a una feria del libro es a comprar y a vender. Los editores de todo el continente se reúnen durante días con otros editores, con agentes, con traductores, incluso con algún autor perdido que quiere vender su novela en otros países. Todos quieren conocer de primera mano las últimas novedades para pujar antes de que el libro se publique y su precio suba. Sin embargo, Julia no fue a Fráncfort a comprar ninguna novedad; fue a todo lo contrario, a por antiguallas. Porque Julia tenía una reunión con Hans Hellman.

Hans Hellman era una especie de leyenda entre los editores europeos, uno de los nombres de peso en la industria, principalmente por una particularidad: no vivía de los nuevos autores, sino de los viejos. En su mayoría, escritores muertos. Era lo que en alemán llaman un *Schatzjäger*, un buscador de tesoros. Peinaba los archivos, los periódicos locales, las bibliotecas, buscando autores olvidados, escritores que habían pasado sin pena ni gloria por la vida literaria y que merecían una segunda oportunidad. Hellman había conseguido convertir el diario de un prisionero en los campos de exterminio nazis en un *best seller* en Estados Unidos. Había rescatado también a un escritor austriaco cuyos libros, hoy en día, se ven en la sección de clásicos de cualquier librería, pero a quien hace tan solo veinte años nadie recordaba en su Viena natal.

Según me contó Julia, Hellman no era un editor al uso. No se dejaba mover por dinero, le gustaba que sus autores, sus tesoros, fueran bien cuidados. Por eso había quedado con ella. Su editorial ya había traducido varios de los «Hellman», como eran conocidos esos libros, y siempre habían tenido una buena relación.

Aquel día de la Feria de Fráncfort, el primer libro que Hans le propuso a Julia no era *Wir über uns*. De hecho, le propuso otros, pero por diversas razones a Julia esos libros no le encajaban en el catálogo. Así que él le dijo que tenía algo muy nuevo, pero que todavía no sabía bien qué hacer con ello. Que él conociera, existían solamente ocho ejemplares de *Wir über uns*.

Hellman había encontrado los ejemplares por casualidad en el archivo del Ministerio para la Seguridad del Estado, más conocido como el cuartel general de la Stasi, un lugar que entonces yo no conocía y que volverá a aparecer en esta historia. El editor alemán estaba siguiendo la pista de un general de la Stasi que también era poeta, o quizás sería mejor decir de un poeta que era también general de la Stasi, el general Hass.

Según le explicó Hellman a Julia, este Hass, Malte Hass, fue el promotor de que la literatura llegara a todos los estamentos del Estado. Su idea era crear un nuevo trabajador en la Alemania del Este, la DDR, que no solo tuviera una conciencia política y social, sino también artística. Eso sí, un arte siempre alineado con las ideas del Partido. Por eso creó muchos grupos de escritura en fábricas, talleres y escuelas. Y, por supuesto, también existía un grupo así en su lugar de trabajo, la Stasi.

Su nombre era cuando menos peculiar: el Círculo de Escritores Chequistas. Era una especie de escuela de escritura destinada solo a trabajadores de la Stasi, aunque parecía más su pequeño reino. Él era el líder y dictador de todo lo que ocurría allí dentro.

Julia me contó que Hellman, el editor, decidió investigar este peculiar círculo para ver hasta dónde llegaba. Hasta que un día encontró algo. No era un expediente como los demás, era algo más voluminoso. Dentro, se encontraban los ejemplares de *Wir über uns.* Impolutos, como si no hubiera pasado el tiempo, esperando un lector que abriera sus páginas.

A Hellman le pareció algo muy interesante, una *rara avis,* una antología de relatos, poesías, reflexiones, escrito por trabajadores y agentes de la Stasi. Algo que sonaba casi como un antónimo. Hellman estaba seguro de que la curiosidad que había sentido él la sentirían muchos otros lectores y el libro tendría su hueco en el mercado. Pero había un problema, un problema gordo. No se podía publicar. O al menos, no todavía.

Los derechos de autor del libro, según la ley alemana, aún pertenecían a sus dueños. Tenían que dar con aquellos agentes de la Stasi o con sus herederos para poder publicar el libro. Hellman estaba en ello, pero todavía no había conseguido recabar todas las firmas.

—Y eso es todo lo que sé sobre ese libro —comentó Julia una vez que hubo finalizado su historia.

—¿Y después... encontrasteis el relato de la página 21?

—Efectivamente —respondió con algo de vergüenza—. No te quiero engañar, otro traductor ya lo tradujo todo, pero cuando lo leí me acordé de tu novela. De esa última página. Por eso no quería que vinieses a la editorial. Si hemos publicado un plagio, si copiaste esa última página o cualquier otro párrafo de tu libro..., necesito saberlo ahora.

—Julia, no sé nada de este libro. No lo había visto en mi vida.

—¿Seguro?

—Al cien por cien.

Julia pareció tranquilizarse.

Los dos nos quedamos en silencio.

—¿Cuántas posibilidades hay de que dos autores piensen exactamente las mismas palabras en una frase? —le pregunté.

—No lo sé, pero no lo había visto nunca. Alguna vez he leído tramas parecidas o reflexiones casi idénticas, pero este nivel de exactitud..., jamás.

—No puede ser una coincidencia —afirmé—. Nadie utiliza las mismas frases, las mismas ideas. Y mucho menos al principio de un relato y al final de una novela.

—A lo mejor tenéis la misma cabeza.

—¿Qué estás queriendo decir? ¿Que pienso igual que un agente de la Stasi?

—No eres tan interesante, Daniel —se burló ella. Quería bajarle intensidad a mi desconcierto, pero yo seguía igual.

Tomé otra vez el cuaderno entre las manos.

—¿Me lo puedo llevar?

Julia negó con la cabeza.

—Tiene que quedarse aquí.

Lo abrí para hojearlo una última vez y entonces caí en la cuenta de algo que había pasado desapercibido en mi primera lectura.

En la primera página no había ni una fecha ni el lugar donde se imprimió el cuaderno, pero sí había un número escrito a lápiz. Como si se tratara de un código de biblioteca. Ocho cifras que serían importantes en esta historia:

3721123.7

—Creo que será mejor que me marche. —Me despedí de Julia y le devolví el cuaderno.

—Puedes quedarte a dormir, el hotel ya está pagado.

—¿Por qué habéis pagado una habitación de hotel? No hacía falta.

—No hemos sido nosotros, ha sido Hellman. Le conté lo de la página 21 y el final de tu novela. Insistió en que te invitara a venir y lo leyeras. Él corre con todos los gastos.

—¿Por qué?

—Es un tipo excéntrico. Tiene buen olfato para los libros, pero es muy raro.

Aquella fue la primera vez que me imaginé a Hans, aunque la imagen que se formó en mi cabeza no tenía nada que ver con la que me encontraría días después en Berlín.

—No, será mejor que me vaya a Madrid.

Entonces, Julia me detuvo.

—Antes de que lo hagas..., aún no me has contestado.

—¿A qué?

—¿Quieres que lo publiquemos? —preguntó con tono serio.

No dudé en responder.

—Sí.

—Pero sabes que puede que alguien lo relacione con tu novela y... —La detuve.

—Nadie ha leído mi novela, salvo tú. No te preocupes, nadie me acusará de plagio.

—¿Seguro?

No hizo falta que le respondiera, ya estaba todo decidido.

—Adiós, Julia.

Nos despedimos con un abrazo y mientras me separaba de ella, no dudé en mirar el cuaderno rojo sobre su mesa.

*Memorias de Alexander Steinbach*
*Cuartilla 1*

... Y así pasamos muchas noches de jueves. Siempre en el mismo lugar, los mismos chicos compartiendo sus escritos sin hora de fin. No es que fuésemos grandes autores, ni siquiera nos retábamos demasiado. Cada semana elegíamos un tema o una situación y escribíamos un pequeño relato. Todo estaba admitido, desde cuentos absurdos hasta reflexiones sesudas. Nada era criticado, todo estaba bien. Aquellas noches no había presión que valiera. Eso nos hizo aprender que escribir sin miedo era tan sencillo como ponerse a teclear y esperar a que saliera lo que saliera.

En aquel entonces yo tenía la famosísima Erika, la misma máquina de escribir de los funcionarios y burócratas de la DDR. Era fácil conseguir una de segunda mano, incluso para un estudiante como yo, que solo podía reunir un poco de dinero trabajando en la cafetería de la universidad los fines de semana.

Recuerdo especialmente una noche de enero en la que hacía mucho frío. Estaba durmiendo cuando algo me despertó, no un sonido exterior o una luz, sino algo dentro de mi cabeza. Como si de pronto recordara una idea que había olvidado, una premisa para un relato. Intenté volver a dormirme, pero mi mente no me dejaba. Poco a poco, aquel comienzo de una historia iba creciendo hasta que lo pude ver todo, de principio a fin. Como quien conoce la vida de alguien y puede contarla desde su nacimiento hasta su muerte. Más o menos como estoy haciendo ahora con estas memorias. Tras casi dos horas mirando el techo y escribiendo en mi cabeza, supe que era el momento de ir a la máquina, la Erika. Me levanté de la cama y, a pesar del frío horroroso en aquella pequeña habitación de un cuarto piso en el barrio de Pankow, me puse a escribir. Me arropé con una manta y comencé a teclear; estaba como poseído. Todas las palabras parecían pensadas para ocupar ese lugar. Como si alguien, un autor de verdad, se me hubiera metido dentro y moviera los dedos por mí.

Al alba, acabé con las últimas líneas. Me sentí pletórico, no me importaba la noche sin dormir ni el frío en las manos, estaba eufórico. Era como si me hubieran puesto una droga en la bebida y la hubiese ingerido sin saberlo. Estaba tan entusiasmado que no pude esperar. Cogí los folios, los puse en la misma posición, uno tras otro dentro de una carpeta, y salí corriendo de mi cuarto.

Matthias leyó el relato sentado en la cocina de su piso, mientras tomaba un café. Lo hizo de un tirón, sin hacerme preguntas, sin pausa para aclaraciones. Yo lo veía leer y me preguntaba qué le estaría pareciendo. Entonces terminó, me miró y dijo: «Es precioso».

Nunca nadie me había dicho algo así, era justo lo que quería, que alguien se sintiera conmovido por mi relato, que me dijera solo eso: «Es precioso». Y, sin embargo, en aquel momento quise huir, quise no estar allí con él. Era como si hubiera roto un ritual ancestral, el de acabar un relato y quedarse unos segundos digiriendo aquello que acabas de leer. Decía Holden Caulfield en *El guardián entre el centeno* que cuando terminas un buen libro desearías que el autor fuera amigo tuyo para poder llamarlo. Pues Holden Caulfield, como en otras muchas cosas, se equivocaba. No hay nada que aportar después de leer. Todo lo que eres, todo lo mejor que tienes, está en esas páginas. Luego solo eres alguien que no sabe explicar lo que ha escrito ni por qué ha conmovido al lector. Lo sé por experiencia. Me sucedió con Matthias.

Me gustaría recordar de qué trataba el relato, pero llevo días dándole vueltas a la cabeza y no tengo nada. Ni un ambiente, ni un personaje. Supongo que así son las noches febriles de escritura, un relámpago que se desvanece. Ahora me gustaría volver a leerlo y ver cómo ha avanzado mi escritura, si aquello que un día creí bueno realmente lo era o solo era un delirio juvenil.

Fue una lástima que tuviera que quemar todos mis escritos previos.

## LA TRADUCCIÓN DE LA STASI

La mañana después del viaje a Barcelona me levanté hecho polvo. A mi cuerpo le costó varios minutos reaccionar, a mi mente mucho más. Lo peor de trabajar en casa son las rutinas autoimpuestas. Cuando no hay que fichar en una oficina, debes forzarte a ti mismo a cumplir con tus obligaciones. Aquel día era uno de esos.

Sobre mi pequeña mesa tenía los apuntes del libro *Stauffenberg*, un texto a mitad de camino entre el ensayo y la novela que narraba el atentado contra Hitler ocurrido el 20 de julio de 1944. Después de un café y una buena ducha caliente, me puse a trabajar en su traducción, pero no fluía. Mi mente, una y otra vez, se marchaba lejos de aquella fecha y regresaba a los años ochenta, al cuartel general de la Stasi.

Allí, me imaginaba a un agente que espiaba a una pareja mientras en su cabeza iba conjugando las mismas palabras, los mismos pensamientos que yo una vez tuve.

Esa idea, la de que un ser oscuro, miserable, un policía entrenado para reprimir, podía compartir sensaciones conmigo, me daba escalofríos.

Tras más de una hora sin conseguir traducir más de un párrafo, decidí que era el momento de echar a un lado a Hitler y poner sobre la mesa a la DDR. Comencé por refrescar mis conocimientos sobre la Stasi, el Ministerio de Seguridad del Estado. En aquel entonces creía que tenía mucha información, había visto suficientes películas para saber que la Stasi era un organismo creado por el Gobierno para vigilar a sus ciudadanos y aplacar cualquier posible insurgencia.

Pero la primera sorpresa me la llevé cuando descubrí que no era así: el Gobierno no había creado ese Ministerio. La Stasi no rendía cuentas al Parlamento ni al presidente de la DDR; era una especie de ente que solo tenía una misión: ser «escudo y espada del Partido». Su principal objetivo era mantener en el poder al SED, el Partido Socialista Unificado de Alemania. No a la ciudadanía, no al Gobierno, solo al Partido. Este le daba un estatus para tomar sus propias decisiones y, prácticamente, manejar la política interior del país. Aunque en un principio no fue así.

En los primeros tiempos, el Ministerio de Seguridad del Estado estaba plagado de agentes soviéticos o personas afines al estalinismo. Pero todo cambió el 17 de junio de 1953. Una huelga de obreros en Berlín Este se convirtió en la llama que prendió un levantamiento ciudadano. Cerca de un millón de personas protestaron en todas las ciudades de la Alemania Oriental. Especialmente, en Berlín, donde una gran concentración de alemanes reclamaba un nuevo gobierno. El alzamiento fue reprimido violentamente por los tanques soviéticos. Más de cien personas murieron y la herida quedó abierta dentro de Alemania Oriental.

Una herida que aprovechó el presidente del SED, el Partido Socialista alemán, para cambiar a toda la cúpula de la Stasi en los siguientes años. Al frente se puso a un hombre de su confianza: Erich Mielke. Lo llamaban el Cazador y no solo por su gusto por abatir animales.

Tras su llegada, absorbió todo el poder durante más de

treinta años, haciendo y deshaciendo a su antojo. Durante ese periodo, ciento diez mil personas trabajaban para la Stasi. Ya fuera como espías, como técnicos del Ministerio o como simples informadores. Una de cada ciento sesenta personas en la DDR era empleada de la Stasi. En ese momento pensé en el número de personas que conocía: unas seiscientas, según mis redes sociales. Si viviera en Alemania Oriental, probablemente cuatro de mis amigos formarían parte del engranaje de la Stasi.

Uno de esos empleados era Malte Hass, el general poeta que había creado el Círculo de Escritores Chequistas. El lugar donde se unían la vigilancia del Estado y la literatura, el espionaje y la imaginación, el escudo y la pluma.

Busqué en mi ordenador un poco más de información sobre Malte Hass. En mi pantalla apareció la foto en blanco y negro de un señor delgado con gafas, pelo cano y mirada astuta. Comencé a leer su biografía y, como la mayoría de los personajes de la Stasi, su vida se partía en dos. Durante sus años de juventud había sido ferviente partidario del comunismo. Pese a ser alemán, había luchado en la guerra civil española y después había formado parte del ejército soviético en la Segunda Guerra Mundial. Cuando acabó la guerra, pasó a ser uno de los héroes vencedores. Eso le aseguró un buen lugar en la nueva Alemania y ese lugar estaba en el Ministerio de Seguridad del Estado. Fue uno de los máximos dirigentes y, por tanto, hay poca información sobre él. Lo que resulta obvio es que no solo sabía, sino que aprobaba todas las barbaridades que hicieron durante ese tiempo en la Stasi: encarcelamientos sin motivo, torturas, manipulación de la información, incumplimiento de los principales derechos humanos... Sin embargo, algo que descubriría más adelante y que era imposible saber por mis primeras pesquisas en internet es que para muchos de sus compañeros pasó a la historia como el general poeta.

Por eso, lo que más me impactó de él fue su poesía.

Era..., cómo decirlo..., naif.

Simplemente naif.

Todo eran soflamas y cantos al Partido. No había profundidad, ni originalidad ni belleza.

Mientras releía aquellos pésimos versos, la pantalla de mi teléfono se encendió. Siempre lo tengo silenciado, así que solo lo atiendo si lo veo. Por suerte, ese día lo tenía a mi lado. No era un contacto, porque en la pantalla aparecían una serie de números con un prefijo que me sonaba: +49, una llamada desde Alemania. Apreté el botón verde y escuché su voz por primera vez:

—¿Daniel? ¿Daniel Medina?

—Sí —contesté en alemán.

—Aquí Hans Hellman, el editor de *Wir über uns.*

## HARPER LEE Y EL RECLUTAMIENTO

—

Si a Neruda el *olor de las peluquerías le hacía llorar a gritos*, a mí los pasillos de los aeropuertos me producen la misma sensación. Y a mis piernas también. Acababa de llegar a la nueva terminal del aeropuerto Berlín-Brandemburgo, recién estrenado, ordenado y sobrio, y ya me sentía extraño. Se me pasó por la cabeza tomar mis maletas cuando salieran de la cinta y volverme a Madrid, porque me parecía que aquello no tenía sentido.

Todo había empezado con la llamada de unos días atrás.

—¿Daniel? ¿Daniel Medina?

—Sí.

—Aquí, Hans Hellman, el editor de *Wir über uns.*

Su tono en alemán sonaba muy seguro, después descubrí que siempre era así. No titubeaba, no hacía pausas para pensar, parecía que estuviese leyendo un guion. Eso me impresionó desde el primer momento.

—Le llamo porque hace unos días hablé con Julia Estany y me contó una historia muy rara sobre usted y el libro *Wir über uns.*

Lo único que pude responder fue:

—Sí.

—¿Es cierto que escribió un párrafo exactamente idéntico a uno del libro?

—Sí —volví a contestar algo intimidado.

—Pero usted nunca lo había leído antes, ¿verdad?

—Verdad.

—¿Cómo puede ser posible?

—No tengo una respuesta, señor Hellman.

Cuando ya esperaba escuchar una reprimenda, su pregunta me pilló a desmano.

—¿Habla usted alemán?

—Sí, señor. Mi padre era alemán y lo aprendí de él. Además, soy traductor español-alemán.

Hellman me detuvo.

—Como hasta ahora solo contestabas simplezas, no sabía si no me entendías o solo decías que sí a todo porque no tenías nada que decir. —Esta fue su primera muestra de carácter. Luego vendrían más—. Entonces, no tendrías ningún problema en escribir en alemán, ¿verdad?

No se me pasó por alto el hecho de que había dejado de lado los tratos formales para empezar a tutearme.

—No.

—¿Podrías venir la semana que viene a Berlín? Yo correría con todos los gastos; viajes, dietas y podrías quedarte en mi casa junto al lago.

—Ir a Berlín, ¿para qué?

—Para escribir un libro.

En los siguientes minutos me detalló con pelos y señales el plan que había trazado. Desde hacía semanas buscaba a alguien como yo. El libro *Wir über uns* no podría ser publicado hasta que todas las personas que habían escrito en él firmaran un contrato para ceder los derechos. O sus herederos, si ellos habían muerto. Si lo publicaban y uno solo de los antiguos miembros de la Stasi o sus familiares lo denunciaba, tendrían que retirar el libro, porque infringía la ley de derechos de autor. Por eso, Hellman necesitaba una persona que contactara con todos los integrantes del Círculo de Escritores Chequistas.

Aunque ese era solo el primer objetivo.

Ya que alguien tenía que hablar con los agentes, Hellman había pensado que sería interesante escribir un libro paralelo con la historia de este peculiar grupo de escritores. Buscar qué los llevó allí. Interrogarlos sobre el tiempo pasado en aquel particular grupo de estudiantes. E intentar responder a una pregunta: ¿por qué varios agentes de uno de los ministerios más odiados de la historia se juntaban una vez a la semana a hablar de metáforas y estructuras narrativas?

—Estoy seguro de que la persona adecuada eres tú —me dijo Hellman con firmeza—. No creo que vaya a encontrar a nadie más apropiado para escribir ese libro.

Y entonces hice mi primera pregunta en toda esa conversación.

—¿Por qué?

—¿Cómo? —titubeó Hans Hellman por primera vez al otro lado del teléfono.

—¿Por qué soy la persona adecuada?

Hellman tardó en responder, pero lo hizo de forma tajante.

—Ven a Berlín y te lo diré.

Estaba atemorizado por el peso del proyecto. Mi primera reacción fue pensar en decir que sí inmediatamente; era como si me hubiera hipnotizado para que hiciera exactamente lo que él quería. Pero dudé y Hellman lo notó.

—No hace falta que lo decidas ahora, tómate unos días y piénsalo con calma. Me puedes llamar a este número.

Y colgó.

Sin que yo pudiera decir nada más.

Noté que le gustaba tener la última palabra.

Me quedé en mi diminuto piso, absorto, como si me hubieran cambiado el paso en el baile y yo no me hubiera enterado.

Recuerdo que miré por la ventana y pensé algo estúpido: ¿qué habría hecho Harper Lee en mi caso?

Harper Lee es mi escritora favorita. Escribió una de las novelas más importantes del siglo XX: *Matar a un ruiseñor.* Durante años fue su única novela, un libro que todo el mundo adoraba. La gran novela americana. Sin embargo, Lee no volvió a escribir jamás otro libro. Después de aquel éxito tremendo, se quedó en silencio. Prometió varias veces a su editorial escribir un nuevo libro, pero siempre dimitía del proyecto.

Aunque esa leyenda de la escritora de un solo libro se acabó justo antes de su muerte. En un sorprendente giro de los acontecimientos, cuando le quedaban pocos días de vida decidió firmar un contrato para que se publicara un borrador previo a *Matar a un ruiseñor,* que hablaba de los mismos personajes en otro momento de la historia. El libro se llamó *Ve y pon un centinela* y, aunque seguramente fue un negocio muy lucrativo para la editorial, arruinó la leyenda de Harper Lee.

No es que en aquel momento me creyera Harper Lee, pero sí sentía que era un autor de un solo libro. Quizás por las razones opuestas a las de la autora norteamericana: se cuenta que Lee no escribió nada más porque no estaría a la altura de *Matar a un ruiseñor;* le aterrorizaba escribir por si no llegaba tan alto. A mí me aterrorizaba escribir por si volvía a quedarme tan abajo. Sentir la misma desazón, la misma percepción de fracaso, no cabía en mis planes. Aquella primera novela había destruido mis sueños y prefería no volver a soñar con ello. Prefería ser solamente Daniel Medina, el traductor. El tipo que vive de la literatura, pero no escribe. El nombre que no aparece en la portada, pero sí en los créditos, junto al número de ediciones y el ISBN.

Así que volví a coger el móvil, seleccioné el número de teléfono de Hans Hellman, el buscador de tesoros, y escribí:

«Gracias por la oferta, pero no soy la persona que busca».

Apagué el móvil y volví a la traducción sobre el atentado contra Hitler.

Pasaron los días y, poco a poco, había ido borrando de mi mente aquel cuadernillo rojo. Hay hechos que nos parece que van a ser relevantes, puntos de inflexión en nuestra vida, pero a la semana los hemos olvidado. Por desgracia para mí, yo me había olvidado demasiado pronto. Y Hans Hellman, no.

Cuando solamente me quedaban un par de páginas para terminar el libro sobre la Operación Valquiria, recibí una llamada de Julia:

—¿Qué le has dicho? —Aunque Julia no es alguien que pierda la paciencia con facilidad, se la escuchaba alterada.

—¿A quién?

—A Hellman —respondió furiosa—. Nos ha vetado para distribuir el libro en España.

—Vaya, lo siento.

—Pero no es solo eso. Ayer nos llamó una editora amiga holandesa y nos dijo que no podría seguir colaborando con nosotros. Esta mañana, otro editor francés. Hellman tiene mucha influencia en Europa, todo el mundo quiere sus libros. Si ha dado la orden de que nadie trabaje con nosotros, nos van a estrangular.

Tardé unos segundos en contestar; tanta información me había pillado con la guardia baja.

—¿Y qué tengo que ver yo con todo eso?

—No lo sé, llevábamos unos días con reuniones para entender qué estaba pasando hasta que hoy hemos recibido un mensaje de Hellman con la siguiente frase: «Todo volverá a la normalidad cuando Daniel diga que sí».

Entonces lo entendí todo. Y a la vez no entendí nada. ¿Por qué un editor con un poder tan grande presionaba para que yo, un traductor del montón, hiciera un libro? Quizás esa fue la pregunta que me impulsó a venir a Berlín y la pregunta que dio vueltas en mi cabeza durante semanas..., pero lo cierto es que era un chantaje al que no podía decir que no. No podía dejar que Julia, una de las pocas personas que habían confiado en mí, se hundiera. O, al menos, eso fue lo que me dije justo antes de marcar el número de Hans Hellman.

Cuando escuché su voz, sentí que estaba esperando mi llamada.

—Señor Hellman.

—¿Sí?

—Soy Daniel Medina, llamo para decirle que me parece despreciable lo que le ha hecho a Julia. No creo que sea la manera adecuada de...

—Pero vas a decir que sí.

Me detuve. Era como si controlara la situación en todo momento.

—Me permite que me explique. Solo será un momento.

—Vas a decir que sí, ¿verdad?

—No me deja otra alternativa.

—Perfecto, te espero la semana que viene.

—Un momento —lo detuve—. Tengo dos condiciones. Si no las acepta, no iré a Berlín.

—Dispara.

—La primera: no voy a escribir el libro. Seré Harper Lee en *A sangre fría.* —Lo escuché musitar, por lo que supe que había entendido la referencia.

Harper Lee solo había escrito una novela, pero fue decisiva en otra obra maestra del siglo XX: *A sangre fría,* de Truman Capote. Durante meses acompañó a su amigo Truman por Kansas para entrevistar a los testigos y familiares de los asesinos de la familia Clutter. Según mencionan muchos de los implicados en la obra, Harper Lee tuvo un papel fundamental a la hora de recabar testimonios, aunque no escribió ni una sola línea.

—Haré las entrevistas, haré que firmen los papeles, conseguiré la información, pero no escribiré ni una sola línea.

—De acuerdo —respondió muy seguro.

—Y segunda: tiene que decirme por qué yo. Por qué ha organizado todo esto para que sea yo quien vaya a Berlín.

—Ya te lo dije la última vez, ven a Berlín y te lo contaré.

Y colgó.

Estaba en lo cierto, siempre debía tener la última palabra.

*Memorias de Alexander Steinbach*
*Cuartilla 2*

Lo mejor de escribir es que se puede reescribir. Una, dos, tres, cuatro..., sesenta veces. Hasta que no quede perfecto, no vale. Ojalá la vida se pudiera reescribir, vivirla tantas veces como sea posible hasta que consigamos la perfección.

Si yo pudiera reescribir mi vida (en cierta forma, eso es lo que estoy haciendo ahora), cambiaría muchas cosas, pero creo que la principal sería el lugar y el tiempo en que nací. La geografía y la época nos marcan para siempre. Muchas veces me pregunto quién hubiera sido de no haber nacido en la DDR de aquellos años. Cuando cayó el Muro, fue lo que le pasó a mucha gente: de pronto no tenían el peso de ese pasado, de esa nación. Y cambiaron, olvidaron quiénes eran y comenzaron a ser las personas que eligieron ser.

Por desgracia, para mí no fue así.

Yo tenía un peso a mi espalda, que iba conmigo fuera a donde fuera. Aquel peso comenzó una mañana de 1978.

Alguien llamó a mi puerta. En aquel tiempo, una llamada así era señal de alarma. Si alguien golpeaba tu puerta y no sabías quién estaba detrás, es que te esperaba un buen lío.

Abrí después de esconder todo lo que pudiera ser considerado subversivo, pero lo cierto es que no tenía motivos por los que preocuparme.

Tras la puerta vi a un oficial del Ministerio de Seguridad del Estado. No era al único que habían llamado. Las puertas de muchos de los integrantes de la Asociación de Escritura de la universidad también habían sonado esa noche.

Ahí comenzó todo lo que no puedo reescribir, todo lo que no puedo cambiar.

# SARAH Y EL LAGO

—

El tren avanzaba entre árboles. El aeropuerto me había horrorizado, pero ese viaje en la línea S1 me maravilló. A cada lado de las vías solo veía troncos, hojas y ramas. Era como si la naturaleza se hubiera tragado la ciudad; seguía viendo casas y carreteras, pero todo estaba sumergido en verde. Aquello no tenía nada que ver con el Berlín que yo tenía en mente.

Nunca había estado en Berlín, pero en los documentales y las películas siempre había visto una ciudad dominada por el cemento, los grafitis y los semáforos, el epicentro de la cultura urbana, noctámbula y callejera, con discotecas en antiguas fábricas. No podía imaginar que a solo unos kilómetros de aquello pudiera existir un lugar tan inmerso en la naturaleza. Por eso cuando bajé en la estación de Schlachtensee sentí que me había equivocado al suponer que un editor como Hellman viviría en el centro de la capital, rodeado de librerías y archivos, no en aquel barrio de la periferia, más parecido a un pueblecito tirolés, lleno de casitas y jardines.

Recorrí las calles siguiendo su dirección en el móvil hasta que llegué a una casa blanca, austera en su fachada, pero con dos alturas y un bonito huerto en la entrada. Junto a la cancela, vi que había un telefonillo con un nombre: Hans Hellman.

Llamé.

Oí un sonido dentro, pero nada más. Esperé unos segundos. La casa parecía deshabitada.

Llamé otra vez.

Nada.

Por un momento dudé si todo había sido fruto de mi imaginación. Hellman, la página 21, todo.

Volví a llamar.

Al tercer intento supuse que no habría nadie, pero aun así, abrí la cancela del jardín, me acerqué a la puerta de madera y golpeé con un nudillo. Sin hacer ninguna fuerza, la puerta se abrió sola. Más tarde descubriría que esa puerta solía estar abierta.

Dudé un momento si pasar, pero me pareció que aquello era una invitación a adentrarme en la casa.

Abrí un poco más y lancé una llamada, como si estuviera pidiendo socorro:

—¿Señor Hellman?

Nada.

Abrí del todo y descubrí un lugar único.

La entrada estaba llena de libros. Forrada casi totalmente, como si fuera el material con el que se habían hecho las paredes. Mirara a donde mirara había libros, pero eso no era lo único. Al dar unos pasos más vi la sala de estar de Hellman y estaba aún más llena de libros, si eso era posible. El espacio debía de medir veinte metros cuadrados y las cuatro paredes parecían una biblioteca infinita.

Volví a gritar:

—¿Señor Hellman?

Otra vez nada.

Vi una escalera de madera y pensé que quizás estuviera en el piso de arriba. Dejé mis maletas en la entrada y me acerqué al primer escalón. Para sorpresa de nadie, la pared de la escalera también formaba parte de aquella casa librería.

Ascendí mirando las ediciones que dejaba atrás. Era la sección de literatura en alemán: Goethe, Hermann Hesse, Thomas Mann, Heinrich Böll, Stefan Zweig. Cuando me encontraba a solo un par de escalones de concluir la ascensión, volví con mi cantinela:

—¿Señor Hellman?

Esta vez me pareció sentir algo de movimiento al fondo. Me dirigí por un pasillo, por supuesto también lleno de libros, hasta una de las habitaciones de la derecha, donde tenía la impresión de haber oído el ruido. Pude vislumbrar una luz y supuse que allí estaría Hellman. Y así era.

En una butaca de lectura, bajo una lámpara de luz blanca, reposaba un tipo grande, con el pelo cano y más largo de lo que acostumbraba a ver en otros hombres de su edad. Su cara era redonda, aunque con facciones más amables que las que había visto en sus fotos en Google. Iba vestido con un jersey color burdeos, no muy elegante; parecía que solo lo usase en casa. Aunque lo que más me impresionó fueron sus ojos: inmensos y ovalados, los tenía totalmente inmóviles frente a un libro.

—Señor Hellman, soy Daniel. Daniel Medina.

Pero Hellman seguía en la misma posición. Sin moverse.

—¿Señor Hellman?

Continuaba absorto en la lectura. Era como si su cuerpo estuviera allí, pero el resto de él, no.

Lo vi pasar una página y pensé que sería el momento perfecto para anunciar mi llegada de nuevo, pero cuando iba a hablar, una mano desde atrás me cogió del hombro y me detuvo con un susurro.

—No lo hagas.

Me di la vuelta y vi de pronto a una mujer con un rostro muy claro, ojos azules y una minúscula mancha junto a la boca que le daba un desequilibrio armonioso.

El susto que me llevé fue tremendo, aunque no estoy seguro de que esta sea la frase exacta para describir lo que sentí. Más adecuado sería decir que aquella chica me deslumbró.

—Sal de ahí —me volvió a decir en un tono de voz bajo.

—¿Por qué?

—No quieres interrumpirlo cuando está leyendo. Créeme, lo sé por experiencia —dijo en un alemán sereno—. Me llamo Sarah, soy su hija.

Así fue como conocí a Sarah Hellman y, desde ese momento, todo empezó a complicarse.

Me hizo una seña para que la acompañase y entró por una de las puertas del pasillo.

—Perdona el susto —dijo Sarah subiendo el tono de voz. Entré en la habitación y me sorprendió ver que no había libros, ni nada. Todas las paredes eran blancas—. Creo que dormirás aquí.

—Vaya —dije.

—¿No te gusta?

Sarah era joven, tenía el pelo largo y oscuro, en contraste con su piel.

—No sé. Bueno, es que me sorprende que no tenga libros.

—Eso es porque era mi habitación. —No empezaba con buen pie—. No es que no me guste leer, pero cuando tienes un padre como el mío, decides rebelarte haciendo lo contrario.

—¿No tener libros?

—Más o menos.

Se hizo el silencio entre nosotros y, aunque apenas duró una milésima de segundo, sentí la necesidad de romperlo.

—Entonces, ¿ya no vives aquí?

—¿Con mi padre? —preguntó con fingida sorpresa, mientras yo echaba un vistazo a la habitación—. Él solo puede vivir consigo mismo, por eso estoy ahora aquí; me dijo que vendrías y sabía que esto podía pasar. Aunque te parezca que he llegado un poco tarde, créeme, he llegado a tiempo. No quieres interrumpirlo cuando está leyendo. Para mi padre solo hay dos cosas sagradas en esta vida: los libros y su coche. Y, aunque yo puedo coger su coche, no puedo interrumpirlo cuando lee.

—¿Va a tardar mucho?

—Eso nadie lo sabe —contestó—. ¿Por qué? ¿Tienes planes?

—La verdad es que no.

—Esto es Berlín, aquí todo el mundo tiene siempre un plan —respondió.

—Yo no —le dije dejando mi mochila sobre la cama.

—Pues yo puedo ofrecerte uno. ¿Has traído bañador?

Ahora puedo reconocer que me dio algo de vergüenza acompañar a Sarah por la calle con un bañador gastado y una toalla descolorida. Ella iba con un vestido de color naranja y beige a juego con el color de sus ojos.

—No hacía falta que me acompañaras, creo que podría haberlo encontrado solo.

—No es ninguna molestia, además, tengo que ir a la estación, está cerca del lago.

Frente a las últimas casas de la calle de Hans había unos árboles frondosos y un camino; supuse que ese era el bosque del que me había hablado.

Los dos avanzábamos uno al lado del otro sin saber qué decir, así que me vi obligado a romper el hielo con la cosa más tonta que pude imaginar.

—Es una zona bonita.

—Sí, no está mal, pero de adolescente la odiaba. Era aburridísima, no tenía amigas y además el lago me daba miedo. Toda esa niebla por la noche y esa oscuridad, nunca me acostumbré.

—A mí me ocurría lo mismo con las escaleras.

—¿Te dan miedo las escaleras? —preguntó con sorna.

—No, me daban miedo. Además, no eran las escaleras, sino la oscuridad lo que me aterraba. Yo vivía en un octavo y la luz se apagaba a los treinta segundos, así que tenía que correr si quería llegar antes de que se apagase la luz. Y cuando me quedaba a oscuras, no sé por qué, me imaginaba que Freddy Krueger o alguien así aparecería por una esquina.

—¿Freddy quién?

—Krueger. Ya sabes, el malo de *Pesadilla en Elm Street.* —Hice un movimiento de manos, como si tuviera cuchillas en los dedos, como si eso pudiera resolver todos sus interrogantes.

Ella no hizo ni el más mínimo gesto y entonces caí en la cuenta.

—¿No conoces a Freddy Krueger?

—No.

—Espera. ¿Cuántos años tienes?

Ella sonrió y fue la primera vez que se lo vi hacer, porque Sarah no sonreía con la boca, sonreía con los ojos.

—Más de los que estás pensado ahora y menos de los que pensabas hace dos minutos. Pero, tranquilo, odio las películas de terror, así que da igual la edad que tenga.

Me quedé con esa duda, pero decidí no indagar.

—¿Y tú eres editora como tu padre?

—No, no, no, yo no tengo nada que ver con ese mundo. —Correspondió a mi sonrisa—. Soy microbióloga. Bueno, lo seré dentro de poco. Estoy terminando un doctorado en virología en...

—¿Coronavirus? —la interrumpí.

—Bueno, en parte. Trabajo con técnicas de detección de patógenos. Sé que no suena apasionante, pero para mí lo es. Un virus es como... —se detuvo.

—¿Sí?

—Iba a decir algo, pero va a sonar demasiado raro.

—No, tranquila, yo digo cosas raras todo el tiempo, no pasa nada.

—Bueno, pues para mí, un virus es como el mejor de los libros que hayas leído. —Volvió a hacer sonreír sus ojos—. Tiene una única habilidad, pero es maravillosa: la paciencia. Un virus necesita un cuerpo para vivir y reproducirse, así que se esconde en cualquier sitio, en un trozo de alfombra, en tus zapatos, en el barro, y espera. Espera y espera y espera hasta que alguien lo toca con sus manos o lo aspira y por fin tiene un lugar para reproducirse.

—La verdad es que no se diferencia mucho de la vida de los humanos —dije con algo de ironía que Sarah pareció no entender, así que pasé rápidamente a preguntar para evitar un momento extraño—. ¿Y tú te dedicas a detectarlos en esos trozos de alfombra?

—No. —Se rio como si hubiera dicho una tontería—. Esto no es como esos detectives de televisión que encienden una lámpara y aparecen todas las manchas de sangre. Nosotros solo podemos detectar un microorganismo cuando se pone en movimiento. Es decir, cuando está dentro de un huésped. Fuera son casi indetectables, o al menos cuesta mucho.

Sin que yo me diera cuenta, el cemento de las calles había dejado paso a un sendero de tierra lleno de hojas verdes.

—Mi padre —continuó Sarah— siempre dice que mi trabajo y el suyo son parecidos; vivimos buscando la anomalía —dijo poniendo una voz más grave, imitando a su padre—. Y en cierta forma es verdad, yo lo hago con el cuerpo humano y él con sus archivos. Pero los dos tenemos que rastrear hasta encontrar aquello que es diferente, lo que no es normal.

—Supongo que ese trabajo me toca ahora a mí también.

—¿Por qué lo dices?

—Por el encargo de tu padre.

Ella me miró desconcertada y luego pareció atar cabos.

—¿Qué encargo?

Fue en ese momento, lo tengo claro hoy, cuando entendí que Sarah no tenía ni idea de por qué yo estaba allí. No sabía nada de la Stasi, ni del párrafo de mi libro, ni de todo lo que bullía en mi cabeza desde hacía semanas.

—Soy traductor —sentí que le decía una mentira, aunque no lo fuese del todo—: tu padre quiere que traduzca un libro.

—Nunca había venido un traductor —me dijo.

—¿Perdón?

—Antes, cuando yo era adolescente —lo dijo de pasada, como si no tuviera importancia, pero se notó el dolor en sus palabras—, cada verano, mi padre invitaba a un joven escritor a pasar las vacaciones en casa, para que escribiera. Yo siempre me enamoraba de ellos. Pero nunca me hacían ni caso. Se pasaban el día hablando con mi padre sobre libros, autores muertos y poesía. Aun así, yo intentaba llamar su atención con temas científicos y experimentos, pero nunca funcionaba.

—Conmigo no hace falta que hagas ningún experimento —lo dije casi sin querer, como quien quiere continuar la conversación, pero sonó tan mal como leído ahora—. O sea, quiero decir, que ya tienes mi atención y que no hace falta que hagas nada.

Probablemente esto que escribo ni siquiera es tan vergonzoso como lo que realmente ocurrió. Por suerte, ella debió de sentir mi bochorno y me dio una salida.

—En todo caso, aquellos experimentos fueron mi primer contacto con la ciencia. Si no hubiera intentado impresionar a esos chicos, ahora podría ser cualquier cosa, psicóloga o incluso abogada.

—Nunca está de más tener un abogado cerca.

—Mi padre me hubiera desheredado. Dice que el de abogado es el peor de los trabajos posibles. —Volvió a imitar a su padre—. Un escritor hace de las palabras... realidad. Un abogado hace de la realidad... palabras.

—Es ingenioso tu padre.

—Cuando tiene el día bueno.

En ese momento entrevimos la orilla del lago a través de los árboles.

—La zona de baño está ahí, detrás de esos abetos. ¿Sabrás volver solo?

—Espero que sí.

—Ha sido un gusto.

Me tendió la mano y yo se la cogí.

Fue la primera vez que la toqué.

Cuando puse un pie en el agua, todos mis músculos se tensaron. Estaba congelada. Me lancé rápido para espantar el miedo al frío y en unas centésimas de segundo estaba rodeado de líquido, pero no como el que estaba acostumbrado. Allí debajo no entraba la luz, era como si una capa opaca impidiera su paso; lo único que encontré bajo mi cuerpo fue oscuridad. Decidí sacar la cabeza para no perder la orientación y cuando alcé el cuello, fue la primera vez que lo sentí.

El lago estaba vacío, no había barcas ni nos habíamos cruzado con nadie; sin embargo, tenía la impresión de que alguien me miraba. Alguien observaba cada brazada que daba, cada movimiento. Como un vigilante. Busqué alrededor del camino, pero no vi a nadie. Intenté actuar con naturalidad, pero ¿cómo actuar cuando sabes que hay dos ojos sobre ti? Es una sensación extraña, eso de sentirte vigilado: tienes la certeza de que está sucediendo, pero no tienes ninguna prueba de que así sea. Es como si se estableciera una lucha entre tu parte racional y la sentimental. Una te dice que estás viendo fantasmas y la otra te asegura que existe una amenaza y no puedes verla.

Aquel día, aquella amenaza existía. Una mirada se posaba sobre mi silueta, escrutando cada movimiento, sacando sus propias conclusiones, analizándolo todo. Es extraño sentir que alguien te mira sin saber desde dónde.

Decidí salir del agua y caminé de vuelta a la casa, entre árboles y medio mojado, pero con la sensación de haber dejado algo atrás, fuera lo que fuera.

Al llegar al jardín de entrada, noté que algo había cambiado. La puerta de la casa seguía abierta, pero había un ambiente diferente. Oí ruidos en la planta superior y pensé que Hans Hellman ya habría dejado de leer, así que subí rápidamente a mi habitación para cambiarme. No quería que me viera con aquellas pintas de dominguero recién salido de la playa.

Entré en el cuarto y no hizo falta ser Sherlock Holmes para saber que él había estado dentro. Las maletas y la ropa no estaban donde yo las había dejado, pero la prueba más clara era que Hellman había dejado una nota en la pequeña mesa del cuarto.

Cuando iba a leerla, una sombra cruzó por el pasillo.

Tenía el andar pesado de una estatua. Sus pisadas retumbaban en las maderas del suelo.

—Vámonos.

Ni siquiera se presentó, solo utilizó su voz grave para decirlo. Como si aquello fuera totalmente normal, yo le respondí:

—Tengo que cambiarme.

Entonces apareció en el quicio de la puerta. Su presencia era más intimidante que la primera vez, sentado en su butaca; me pareció un gigante dentro de una casa de muñecas.

—Pues cámbiate.

Fijó su mirada como si yo fuese un libro que empezaba a leer.

—Te espero en el coche.

Y se marchó escaleras abajo.

—¿A dónde vamos? —le grité desde la distancia.

—A cumplir tus condiciones —me respondió mientras cerraba la puerta con fuerza.

Me quedé petrificado durante unos segundos, después corrí a vestirme. Me puse unos pantalones y una camisa, pero antes de salir volví sobre el papel que él había dejado en mi mesa. Tenía un nombre y un número de teléfono.

Wolfgang Köster 0178-1462489.

Salí de la casa algo azorado. Hans me esperaba en un deportivo antiguo. Me encantaría saber de coches para poder describirlo, porque era precioso, pero lo único que puedo decir es que era verde oscuro y tenía unos faros enormes.

Entré en el coche y me senté en el sitio del copiloto. Hans tenía la radio encendida, la cadena estatal de música clásica.

—¿Ya puedo saber a dónde vamos?

—A Ku'Damm.

Había leído sobre esa calle. Kurfürstendamm, o Ku'-Damm, como la conocían los berlineses, era la calle más famosa del oeste de Berlín. Durante los años veinte había sido la milla de oro de los teatros, los cabarets y los artistas sin lugar donde caerse muertos. Con la construcción del Muro, se convirtió en el centro del lado oeste. Allí lucía el famoso centro comercial KaDeWe, conocido como uno de los centros de lujo más importantes de Occidente a tan solo unos kilómetros de la zona soviética.

—¿Y qué vamos a hacer allí?

Hellman no respondió y arrancó el coche. Sonó como

si tuviera un motor de mil caballos y así iniciamos nuestra relación, con ruido.

Mientras conducía, Hans iba tarareando el aria que sonaba en la radio. Yo había decidido mantenerme en silencio, un poco por temor y otro tanto por orgullo. Si él no quería hablar, yo tampoco lo haría.

Pronto pasamos del verde que imperaba en el barrio de Schlachtensee al vidrio con que cubrían algunos de los rascacielos de la ciudad. En la larga avenida de Ku'Damm pude ver algunas de las tiendas más exclusivas de Europa, pero me impresionó más la *Gedächtniskirche*, la iglesia del recuerdo. Una iglesia cuya torre estaba rota, fracturada por la mitad tras uno de los bombardeos de la Segunda Guerra Mundial. El arquitecto había decidido dejarla así en recuerdo a todo lo que ocurrió en aquel conflicto.

Al pasar la iglesia, giramos por una calle a la izquierda y Hans detuvo el coche.

—Nos bajamos aquí.

Parecía que no sabía hablar de otra manera que no fuera así, con órdenes.

Me bajé del vehículo y le seguí a través de la calle. Iba unos pasos por detrás, porque su ritmo era sorprendentemente rápido. Cruzamos la avenida por un paso de cebra y continuamos unos metros más, hasta que de pronto Hans se detuvo. En medio de la acera, en medio de la nada.

—¿Tienes reloj?

No era la forma más convencional de comenzar una conversación, pero, al menos, sentía que quería comunicarse conmigo.

—No, pero tengo el... —Saqué mi móvil y, antes de que pudiera mirar la pantalla, él me lo arrebató. Lo tomó con su enorme mano y se lo guardó en su pantalón.

—¿Qué hora es?

Suspiré un poco cansado de la situación.

—Soy mayor para jueguecitos —le respondí—. Si quería saber la hora, podría haberla mirado usted mismo en el móvil.

—Dos cosas, la primera: ¿yo te estoy tratando con respeto?

—No mucho, la verdad.

—Entonces no vuelvas a llamarme de usted. Si alguien no te muestra respeto, no seas tan inocente de mostrárselo tú.

Hizo una pausa y señaló algo cerca de uno de los edificios

—No quiero saber la hora, quiero que mires ese reloj... —su dedo indicaba algo entre los edificios— y me digas qué hora es.

Miré extrañado al lugar donde señalaba Hans: era una especie de termómetro gigante, de esos que miden la temperatura en la calle. Tenía varias bandas luminosas que se iluminaban en diferentes filas, con tonos naranjas y amarillos, y encima de todo una luz redonda y parpadeante, como las que utilizan los obreros para cortar el tráfico.

—¿Eso es un reloj?

—Eso es un reloj. Y uno muy importante: es el primer reloj que codifica el tiempo en luces. Todas esas luces que ves están dando la hora en este momento. Son como unas agujas, pero sin señalar nada.

Volví a mirar a Hans.

—¿Para eso me has traído a Berlín? ¿Para que te dé la hora en un reloj raro?

—Sí —contestó rotundo.

—Ya está bien. ¿Qué quieres de mí?

—Que me digas la hora —repitió Hans.

—¿Por qué? ¿Qué tiene que ver eso conmigo y con que esté aquí en Berlín?

—Mucho —insistió lacónico.

—¿Por qué?

—Porque si no me dices la hora, tendrás que volver andando a casa.

Sin querer, una sonrisa apareció en mi rostro.

—Pero eso es absurdo, yo no conozco ese reloj, no sé cómo funciona. No puedo decir la hora.

—Igual que yo no puedo entender a los agentes de la Stasi. —Ahí empecé a entender por qué estábamos allí—. Para mí, esa gente es como ese reloj. No tengo ni idea de cómo leerlos, son ajenos a mi comprensión. Sin embargo, tú, tú has escrito como uno de ellos, tú tienes una conexión.

—Eso es una casualidad. Yo no tengo ninguna...

Hans me cortó.

—No es una casualidad. Las casualidades son fortuitas; esto es una sincronicidad, como decía Jung. —Me miró—. Asumo que sabes de quién hablo, ¿no?

Esperó a que yo asintiera y luego continuó:

—Según la psicología de Jung, una sincronicidad es cuando dos mentes se encuentran a través del tiempo. Piensan, escriben, sienten lo mismo, a pesar de encontrarse en épocas diferentes. Tú y ese agente de la Stasi llegasteis al mismo lugar, al mismo pensamiento, y eso os conecta.

—¿Y cómo?

—No lo sé. Por eso te he traído aquí, para que lo descubramos.

Hans volvió a mirar el reloj.

—¿Podrías decirme qué hora es mirando ese reloj?

—No.

—Inténtalo, no tienes nada que perder. Más o menos sabrás qué hora es.

—Sí, pero prefiero no hacerlo.

Hans se rio; tenía una risa grosera, como de marinero en una taberna.

—Vaya, así que tenemos aquí un Bartleby. —Entendí perfectamente la referencia, se refería al protagonista del cuento de Herman Melville *Bartleby, el escribiente,* que siempre contestaba «preferiría no hacerlo» a sus compañeros de oficina cuando le pedían hacer algún trabajo—. Ahora entiendo por qué no has escrito otra novela.

No lo voy a negar, aquello me dolió. Fue un gancho en el estómago.

—Dime qué hora es o te marchas andando.

—No —repliqué con arrogancia.

Hans volvió a sonreír, aunque esta vez noté cierto deje de orgullo.

—Buen paseo, Bartleby.

Se dio la vuelta y se marchó.

Pensé durante unos segundos que prefería irme andando o en transporte público antes que volver con aquel maleducado, pero ese pensamiento se esfumó enseguida cuando recordé que Hans se había quedado con mi teléfono móvil.

Gracias a un plano en una parada de autobuses, me orienté y pude saber cómo volver a la casa de Hans. Dos autobuses y una parada de tren después, estaba de nuevo allí, dispuesto a recoger mis cosas y largarme de esa casa. Mi primera intención fue regresar a Madrid, pero pensé que los billetes de avión de un día para otro eran excesivamente caros, así que me compensaba más pasar al menos unos días en Berlín, pero por supuesto no en esa casa.

La puerta estaba otra vez abierta, así que entré decidido

a enfrentarme a aquel hombre, pero no había nadie. Todo estaba a oscuras. No sabía qué hora era, porque había perdido mi móvil, pero debían de ser cerca de las nueve de la noche. Subí las escaleras y, como no había deshecho las maletas, solo tuve que meter mi bañador mojado y la ropa que me había quitado. Al cerrar mi equipaje, vi que sobre la mesa había más objetos y no solo la nota con el nombre y el número de teléfono.

Lo primero en lo que me fijé fue en un cuaderno rojo que ya conocía. Era un ejemplar de *Wir über uns*; lo abrí por la primera página y descubrí que tenía el mismo código que yo había leído en aquel hotel de Barcelona: 3721123.7.

En aquel momento solo podía intuirlo, pero ahora sé que era el mismo ejemplar.

También me encontré con mi teléfono móvil, el que se había llevado Hans, una grabadora de voz, más parecida a una radio en miniatura, una serie de folios grapados, que pronto descubrí que eran un contrato de cesión de derechos de la obra *Wir über uns* para los escritores del Círculo de Escritores Chequistas, un folleto sobre el Memorial Berlín-Hohenschönhausen, la antigua cárcel de la Stasi que ahora era un lugar para el recuerdo, y, por último, una libreta azul junto con un bolígrafo.

Entendí que todo formaba parte del material para entrevistar a los agentes de la Stasi, pero me sorprendió ver esa libreta azul. La abrí pensando que quizás también tenía relatos como *Wir über uns*, pero estaba en blanco. Bueno, casi en blanco. Hans había dejado una nota dentro de la libreta: «Escribe aquí, nada de ordenadores».

Tiré la libreta sobre la mesa y me metí el móvil en el bolsillo. Dudé qué hacer con la nota con el nombre escrito y el número de teléfono. Finalmente, decidí metérmela también en el bolsillo.

Bajé la primera maleta por las escaleras y, cuando estaba subiendo a por la segunda, un teléfono sonó en la casa. No le presté atención y continué con mi objetivo de bajar todo el equipaje. A los pocos segundos, el sonido se acalló. Reuní todo en la entrada y subí una última vez por si me dejaba algo; entonces volvió a sonar el teléfono. Pensé que a lo mejor era el propio Hans Hellman, que me llamaba para pedirme perdón. Así que, ante la insistencia, decidí entrar en la sala de estar y coger el teléfono.

—*Hallo*?

—¿Daniel?

Una suave voz, que tardé unos segundos en reconocer, estaba al otro lado de la línea.

—Sí.

—¿Está mi padre?

De pronto me sentí aturdido, como en una atracción de feria.

—No —dudé—. No está, no sé dónde...

—¿Ha salido?

—Sí —mentí—. Llámalo al móvil.

—No tiene —aseguró Sarah—, es de esa clase de personas.

—Sí —respondí otra vez, atontado.

—No te preocupes, es difícil siempre de encontrar... —Se hizo un silencio al otro lado—. ¿Qué tal tu baño? ¿Te ha gustado?

—Sí, ha estado muy bien —contesté torpemente.

—Hoy no tenía tiempo, pero otro día me baño contigo —dijo.

—No va a haber próxima vez.

—Ah, ¿no? —respondió decepcionada.

—No. Me marcho.

—¿Ya? Pero si acabas de... —ella misma se interrumpió—. ¿Qué ha hecho?

No quise contestarle; parecía que sabía de lo que hablaba y no quería meterme en la relación con su padre.

—Sea lo que sea, te pido perdón. De primeras, mi padre resulta muy... muy poco humano. No está acostumbrado a interactuar con las personas, lleva tanto tiempo rodeado de libros que no sabe tratar a los invitados. Esa es la parte más dura de mi padre, pero tiene otra, te lo prometo. Una mucho más interesante, que te puede gustar descubrir.

—No es solo eso; no creo que esté hecho para este trabajo.

—Mi padre se equivoca muchas veces, pero no en esto. Tiene ojo para su trabajo, mucho. Si te ha elegido es porque tienes algo. ¿A ti te interesa traducir el libro por el que has venido?

Pensé en hablarle del párrafo de *Wir über uns* y de su absurda teoría de las sincronías y de Jung y de aquel sinsentido, pero esa pregunta solo podía ser respondida de una manera.

—Me interesa.

—Pues entonces, olvídate de mi padre y concéntrate en tu trabajo.

Pensé en la página 21 y en ese relato. Lo cierto era que quería saber quién lo había escrito.

—Hay algo que... —dudé qué decirle— me gustaría traducir. Si me voy ahora, no podré hacerlo.

—Entonces no lo dudes.

—Gracias.

—No hay de qué.

Nos despedimos de manera insustancial y colgué el teléfono, pero no lo separé de mi mano. Saqué del bolsillo la nota que Hans había dejado en mi mesa y marqué el número que estaba escrito allí.

Sonaron varios tonos. Pensé que no lo iba a coger nadie. Pero entonces apareció una voz ronca al otro lado.

—¿Sí?

—¿Señor Köster? —pregunté sin estar seguro de lo que iba a hacer.

—Sí.

—Me llamo Daniel Medina, trabajo para una editorial y queremos publicar un libro, pero necesitamos el permiso de sus autores. ¿Participó usted en una antología llamada *Wir über uns* hace casi cuarenta años?

Se hizo el silencio.

Pensé que había colgado, pero no.

—¿Quién dices que eres?

*Memorias de Alexander Steinbach*
*Cuartilla 2*

La primera vez que hice un interrogatorio lo pasé mal. Recuerdo perfectamente que el interrogado era un chico de unos dieciocho años, llevaba nueve días sin dormir. No sabía dónde estaba, ni quiénes éramos ni por qué estaba allí. Le costaba mantenerse de pie, pero debía hacerlo. Todos los interrogados debían permanecer de pie. Me dejaron solo con él en la sala de interrogatorios de la cárcel de Höhenschönhausen. Entró tiritando en la sala, lo hizo de forma mecánica, como si hubiera estado ya cien veces en ese lugar.

Yo lo vi y sentí no estar a la altura del momento. Mi misión era sencilla, tenía que leer unas preguntas en un papel, repetirlas hasta sacar una respuesta. Según mi instructor, no tenía que ser agresivo ni vehemente, solamente repetir las preguntas con tono neutro y dejar un lapso de tiempo para que el interrogado pudiera responder. La idea era repetir una y otra vez el mismo proceso, hasta que entendieran que no había fin, que la única manera que tenían para detenerlo era hablar.

Comencé con la primera pregunta: ¿recuerda lo que

ocurrió la noche de tal día a tal hora? Silencio por su parte. Dejé correr el tiempo, tal y como me habían enseñado. El chico me miraba, aunque no me veía; estaba completamente ido.

Repetición de la pregunta: ¿recuerda lo que ocurrió la noche de tal día a tal hora? Ninguna respuesta.

Ahí reconocí el valor que tienen las palabras. Aguantar todo aquel dolor solo por no pronunciar una frase o conversar con alguien nos hace una idea de lo valioso que es el lenguaje.

Tengo que reconocer que sentí pena por él; pensaba todo el rato en darle un poco de agua, en dejar que se marchara. Pero sabía que el instructor me vigilaba desde el otro lado del cristal. Así que continué, continué, continué.

Hasta que el chico no pudo más y se derrumbó.

Me duele decirlo, pero en aquel momento no hice nada. No lo atendí, no lo ayudé. Solo esperé a que alguien viniera.

Pensé que era lo que tenía que hacer.

Pronto se abrió la puerta y unos funcionarios tomaron al chico y lo levantaron. Lo miré al rostro, supongo que para asegurarme de que estaba vivo, y lo que vi fue que ese chico se parecía a mí, vi el rostro de alguien conocido. Como si ese chico pudiera haber sido yo mismo. En otras circunstancias, con otra vida, pero yo.

Los funcionarios se lo llevaron y yo me quedé con mi instructor.

—Lo has hecho bien, enhorabuena —me dijo. Y luego una frase que nunca olvidaré—: La primera vez cuesta, luego se va pasando.

A ese chico nunca lo olvidé, pero debo confesar que no recuerdo a casi ninguno más. Tenía razón, luego todo es burocracia.

# TORTILLA A LA PUSHKIN

—Vayamos a coger moras.

Suena raro. A mí me sonó raro cuando me lo dijo, pero eso fue lo que oí en mi teléfono antes de despedirme de Wolfgang Köster:

—Vayamos a coger moras.

Y cuando llegué al lugar indicado, aquello me pareció aún más surrealista. Estaba en la zona más industrializada de Berlín Este. En la frontera entre Kreuzberg y Friedrichshain, un espacio lleno de fábricas abandonadas donde aquel verano lucían glamurosos carteles de discotecas de *techno.*

Volví a chequear en el móvil que esa fuera la localización exacta para *coger moras* y efectivamente, aquel era el lugar señalado, pero no se veían moras por ningún lado. Por unos momentos pensé si la palabra *Brombeere* (moras) tendría más significados en alemán. Lo había llamado la noche anterior, justo después de volver de Ku'Damm, y, aunque no era tarde, estaba tan cansado que me quedé dormido después de la llamada. Quizás el cansancio hizo que no entendiera la referencia y realmente, no se refería a los frutos veraniegos.

Sin embargo, ese no era el mayor de mis problemas. Con el nerviosismo del momento, había olvidado buscar una forma para reconocernos al vernos. Un libro, una flor, algo. Supongo que pensé que, al referirse a coger moras, nos encontraríamos en un lugar de la naturaleza. Pero allí estaba, en mitad de una zona industrial, llena de jóvenes y turistas haciendo fotos.

Hasta que una voz sonó a mi espalda.

—Es usted, ¿verdad?

Ante mí se presentó un hombre pequeño, calvo y con una mirada jovial pese a la edad, unos setenta años. Era todo lo contrario a lo que yo había imaginado que sería un agente de la Stasi.

—¿*Herr* Köster?

—El mismo.

Le di la mano.

—Perdone, con tanta gente no lo había reconocido.

—Pues no sé cómo no lo ha hecho, porque soy la única persona mayor de sesenta años aquí.

Tenía una voz afable, como si siempre estuviese gastando una broma, aunque dijera algo serio.

—Ya, cuando me dijo que íbamos a recoger moras no me imaginé esto.

—Sí —respondió mirando a su alrededor—, el este de la ciudad ha cambiado mucho. A veces me parece que es un escenario construido para vender postales.

—No lo decía por eso —intenté aclarar—, me refería a las moras. No veo por aquí ningún lugar...

Él me detuvo.

—No se equivoque, esto es Berlín. Una cosa es lo que se aparenta y otra lo que se es en realidad. Venga, salgamos de este escenario.

Me indicó una pequeña callejuela y me invitó a seguirlo. Yo comencé a andar a su lado.

—¿Sabe usted que caminar ayuda a recordar? —me

preguntó, aunque no esperó mi respuesta—. No lo digo yo, lo dicen los especialistas. Por eso le propuse venir a recoger moras. Si vamos a hablar del Círculo de Escritores Chequistas, esta caminata me ayudará.

—Antes de comenzar, ¿le importaría firmar el contrato para ceder los derechos?

Al sacar el papel de mi mochila, vi cómo lo analizaba. Lo cogió con su mano, pero en vez de leer las letras impresas del primer folio, me miró a mí.

—Prefiero leer esto con calma en casa. —Lo miré un poco sorprendido; por teléfono no había parecido tener ninguna pega—. No es que no quiera, es que me cuesta leer una letra tan pequeña, tendría que usar una lupa o algo.

—Podría enviarle por correo electrónico el contrato, así lo podría leer con letra más grande.

—No, no, hijo, yo no uso de eso. Una vez me hice un correo de esos, pero olvidé la contraseña. —Hizo una pausa, como si la tuviera pensada—. Pero me dijo por teléfono que quería saber un poco más del Círculo.

—Sí, claro, señor Köster. Nos gustaría que nos contara qué hacían, cómo era la dinámica... —Entonces me acordé—. ¿Le importaría que le grabe?

Con un gesto de la mano me indicó que no había problema.

—Pero si hay algo que no quiero que se sepa, le voy a pedir que pare la grabadora. —Me pareció bien—. Y otra cosa, no quiero que aparezca mi nombre. —Aquello también me pareció razonable—. Pongan otro, el que quieran.

—Podemos poner el nombre que usted escoja.

Al oír esto, se detuvo. Yo me detuve con él.

—Podría llamarme *Lieber Schriftsteller* (querido escritor). Así fue como nos llamaba siempre Laura: «Queridos escritores». El primer día lo hizo también. «Queridos escritores, si están dispuestos a abrirme su alma, a dejar ver sus sentimientos, no pueden llamarse camaradas. Tienen que llamarse así los unos a los otros: escritores. Porque en cuanto entran por esa puerta, dejan atrás todo lo que son y comienzan a ser escritores».

Aquella fue la primera vez que escuché el nombre de Laura, Laura Berger, un nombre con una sonoridad que hace honor al personaje, un nombre que aún hoy me persigue, un nombre que... Será mejor no adelantar acontecimientos. Continuaré con Wolfgang Köster.

—¿Laura? ¿Quién es Laura?

—Antes de hablarle de Laura y del grupo, me gustaría saber una cosa. ¿Cómo consiguieron el libro? ¿*Wir über uns*?

—¿Conoce a Hans Hellman?

Wolfgang Köster sonrió de esa forma en que solo se sonríe cuando ocultas una verdad.

—No tengo el gusto.

—Lo llaman el desenterrador de tesoros. Se ocupa de buscar y rebuscar en los archivos para encontrar documentos que nunca han salido a la luz.

—¿Y dónde encontró mi nombre?

Aquella pregunta me chocó. No lo sabía a ciencia cierta, así que tuve que improvisar una respuesta:

—En el archivo de la Stasi.

Köster me miró a los ojos y me dijo:

—Qué bonito. Es casi un cuento de hadas. Y es curioso, porque los cuentos de hadas casi nunca se cumplen en la realidad. O, por lo menos, no en Berlín.

Aquella respuesta sirvió para marcar el tono de lo que vendría después, entre la seda y la lima. Pero antes de empezar a hablar del pasado, todavía me tenía guardada una sorpresa.

—Ahí están las moras.

Habíamos llegado a la parte trasera de una de las fábricas reconvertidas en discotecas, junto a unas vallas que separaban las vías del tren y la zona urbanizada. Allí, creciendo entre los alambres de la valla, se encontraban las zarzas llenas de moras, reluciendo al sol tímido del verano berlinés, esperando a que las tomáramos.

—Ven, tomaremos unas cuantas y seguiremos andando.

Nos acercamos al matorral y, mientras extraíamos las primeras moras, comencé con las preguntas iniciales.

—Si le parece, podría comenzar contándome por qué entró en el Círculo.

—Primero entré en la Asociación de Escritura de la Universidad y lo hice por una razón clara: las chicas —dijo sin tapujos.

Me sacó una sonrisa.

—¿Le parezco guapo?

No me dejó contestar.

—Pues si ahora no le parezco guapo, la cosa no era mucho mejor antes. Todos queremos ser atractivos, todos queremos gustar. Algunos nacen con las cualidades necesarias para hacerlo, otros... Otros tenemos que descubrirlas poco a poco. Así que pensé que un toque intelectual atraería a las chicas y me apunté a la Asociación de Escritura en la universidad.

—¿Consiguió muchas citas con la literatura?

—Ninguna. —Se rio a mandíbula abierta—. Pero alguna chica me miraba de vez en cuando y eso era más que suficiente. Sin embargo, encontré algo que no esperaba... Amigos. Gracias a la escritura los conocí.

Recuerdo que me hizo un gesto para que lo acompañara y comenzamos a andar por un sendero pegado a las vallas del tren.

—Todos nos conocimos en la universidad, pero es

como si los conociera de toda la vida. Es bonito cuando pasa eso, ¿verdad? Cuando encuentras unas personas con las que encajas, con las que puedes ser tú de verdad. Yo siempre había leído, pero nunca había hablado con nadie de literatura hasta que me encontré a Bernd.

—¿Bernd? ¿Era otro de los componentes del Círculo de Escritores Chequistas?

—Sí. Y también de la Asociación de Escritura de la universidad. Muchos de los que estuvimos en la Asociación acabamos juntos en el Círculo de Escritores Chequistas. Era el paso natural.

—¿Recuerda su apellido?

—Claro: Bernd Liebers. Éramos un grupo muy unido, también estaban Reiner Wosz, W-O-S-Z, y Matthias Lampe. —Yo fui apuntando todo en la libreta azul que me había encontrado la noche anterior en la mesa—. Y luego estaba el mejor escritor de todos nosotros, del que supongo que ya habrá oído hablar: Alexander. Alexander Steinbach. —No, no había oído hablar de él—. Ya oirá hablar de él más adelante. —Me miró de una manera que en ese momento no logré descifrar—. Fue el único verdadero escritor de nosotros. Llegó a publicar algo, creo. Tenía un talento único para unir palabras.

—¿Sigue en contacto con alguno de ellos?

—No, lamentablemente no, pero... —hizo una pausa— hace años vi en internet que Bernd tenía una especie de granja en Brandemburgo, si lo busca por su nombre, lo encontrará.

—Pero ¿no había dicho que no usaba internet? —dije a modo de broma.

Él no se lo tomó como una broma.

—No, le he dicho que no tengo correo electrónico, no que no use internet.

Aquello generó unos segundos de tensión.

Tomó una mora y se la llevó a la boca.

—¿Qué le estaba contando? He perdido el hilo.

—Cuando conoció a Bernd Liebers.

—Eso era. Lo había visto en alguna clase, pero no me había llamado la atención, hasta que un día apareció llevando bajo el brazo el libro *Die Ohnmacht der Allmächtigen* (*La impotencia del Todopoderoso*).

—¿Un libro de filosofía?

Wolfgang soltó una carcajada.

—No. Era una novela de ciencia ficción. Aunque, ahora que lo pienso, sí que tenía algo de filosofía. —Entonces puso su voz de declamar—: «Descubrí que la duda es el comienzo de la libertad». A Bernd le encantaban las novelas así. Y a mí también. Ahora se hacen muchas películas de ciencia ficción y series, pero ya no es lo mismo. En los setenta nos encantaban ese tipo de historias, ¿sabe por qué? Porque pensábamos que podíamos tener un futuro mejor. —Hay un silencio en la grabación—. No me mire así, de verdad lo creíamos, éramos la primera generación que no había vivido una guerra en décadas. Teníamos el mundo por delante y pensábamos que lo podíamos cambiar. Era como si la historia nos hubiera estado esperando.

Entonces interrumpí su discurso con una pregunta que no le sentó nada bien.

—Pero sí que vivieron una guerra, ¿no? La Guerra Fría.

—Yo no lo viví así.

De pronto sentí que se cerraba en banda, algo que no me interesaba si quería saber más sobre el Círculo de Escritores de la Stasi. Así que volví al tema de la literatura, donde parecía estar más cómodo.

—Y después, en el Círculo de Escritores Chequistas, en la Stasi...

—En el Ministerio.

—¿Perdón?

—Era el Ministerio de Seguridad del Estado.

Entendí que no le hacía mucha gracia el sobrenombre con el que se lo conocía. La entrevista no estaba yendo como yo pensaba.

—Sí... Allí, ¿mejoró su escritura?

—Mire, si se lo hubiera preguntado a mi yo de 1979, le habría dicho que sí. Pero si se lo pregunta a mi yo de a partir de mediados de los ochenta, le digo que no.

—¿Y qué ocurrió entre medias?

—Laura Berger. —Volvió a crear uno de esos silencios enigmáticos—. Antes de Laura, el general Hass llevaba el Círculo y siempre hablábamos de banderas, de himnos, del Partido. Si escribíamos una oda, tenía que ser para la patria. Hasta que llegó ella —Wolfgang se detuvo y cerró los ojos—. Laura era... *Un huracán que me arrastra. No sé a dónde me lleva, pero sigo girando. Y no quiero detenerme.* —Abrió los ojos y me miró orgulloso—. Tengo buena memoria para las palabras, se me quedan. Esto lo escribió Alexander y la define perfectamente. Él era muy bueno creando esas pequeñas sentencias... En el Ministerio pensaban que el Círculo era una pérdida de tiempo, pero cuando Hass se retiró llegaron a la conclusión de que necesitábamos una escritora de verdad, alguien de fuera. Y eligieron a Laura.

Wolfgang se metió otra mora en la boca y tardó unos segundos en reanudar su monólogo.

—Ya sé lo que estará pensando, que estaba enamorado. Y le voy a decir una cosa, lo estaba. Pero yo y todos. Es como cuando estabas en el cuartel general —en aquel momento esta referencia era importante, pero se me pasó por completo—, todos los días te daban lo mismo de comer. Un día y otro día, pero no te importa, porque es lo que hay. Hasta que un día, por suerte o por equivocación, te invitan a una fiesta de esas con las altas esferas del Partido. Y pruebas lo que comen ellos. Entonces no quieres volver nunca más al cuartel general. Bueno, pues Laura era una fiesta en la embajada soviética y lo mejor es que ocurría cada semana.

Volvió a meterse otra mora en la boca

—Hablando de comida, ¿sabe usted lo de las tortillas?

*Memorias de Alexander Steinbach*
*Cuartilla 3*

... Apareció en el quicio de la puerta y nos dijo: «Queridos escritores, hoy vamos a escribir en la cocina» y se marchó. Todos nos quedamos anonadados, pero decidimos ver a dónde iba.

Empezamos a seguirla por el cuartel de Adlershof y de pronto la vimos descender por las escaleras hasta la planta baja y meterse en la cantina. No había nadie, así que nos extrañó más aún. Nos tiró unos delantales que tenía preparados y nos hizo pasar. Nunca había estado allí, era una de esas cocinas para prepararle comida a mucha gente, con fuegos por todos lados. Encima de cada fogón había una sartén lista para cocinar. Laura tomó una caja de doce huevos.

—¿Veis esto de aquí? Son blancos, son ovalados, tienen cáscara..., podríamos decir que son huevos, ¿verdad? Pues no lo son —aseveró tajante—. Son vuestra próxima creación. Todos y cada uno de estos huevos van a ser vuestro próximo relato.

Y no lo decía de una forma metafórica: ella pretendía que el huevo fuera, en efecto, nuestro próximo relato. Como nosotros no entendíamos nada, Laura fue preguntándonos uno a uno por nuestro autor favorito. Cada cual fue diciendo el suyo, yo no sé qué escritor elegí, pero sí recuerdo que Köster dijo Pushkin.

Después, Laura repartió un huevo a cada uno.

—Ahora cocinad una tortilla con ese huevo, pero tenéis que hacerlo a la manera del autor que habéis mencionado. Quiero una tortilla como si la cocinara ese autor. Exactamente como si hubiera revivido y estuviera en esta cocina.

—¿Cómo que hacer una tortilla como nuestro autor favorito? —soltó alguien.

Ella solo respondió que nos pusiéramos a cocinar.

La imagen era surrealista: un grupo de agentes, todos entrenados para aguantar y propiciar la peor de las situaciones, con un huevo en la mano y sin saber qué hacer. Nos mirábamos como niños que se quedan en blanco ante su profesor. Laura nos apremió para que empezásemos y, a pesar de la incomodidad, todos nos pusimos manos a la obra. Si hay algo que aprendes cuando entras en este tipo de organismos es a cumplir órdenes sin rechistar. Eres un número, un uniforme, una norma a seguir.

Yo comencé a cocinar la tortilla como había aprendido en casa, pero a mi lado tenía a Köster, que, como estaba demostrando, no había hecho una tortilla en su vida. Era conocido por comer todos los días en la cantina del Ministerio, no sabía cocinar. Me miraba todo el rato como pidiendo ayuda, pero yo me lo estaba pasando muy bien con su absoluta falta de descaro, así que dejé que continuara.

Hizo una tortilla desastrosa. Es difícil hacerlo tan mal como Köster, se le quemó por un lado, pero por el otro se le quedó cruda. Tenía trozos de cáscara de huevo. A la vista de todos, era horrorosa.

Laura comenzó a probar las tortillas de todos y cuando se acercó a la de Köster, todos nos reímos.

Se acercó, tomó un trocito con el tenedor y, de pronto, empezó a suspirar.

—Esta tortilla... es... maravillosa, es gloriosa.

El resto del grupo no lo podía creer, mientras ella seguía.

—Acercaos, admiradla. Esto es una obra de arte. Debería estar en un museo. —Todos la rodeamos—. Es deliciosa. ¿Y sabéis por qué? —Hasta ese momento pensé que realmente estaba de broma, que lo estaba poniendo en evidencia, pero no—. Esta tortilla es espléndida porque es una tortilla de Wolfgang. Solo él puede hacer esta tortilla. Ningún otro escritor puede cocinar así, ¡ni siquiera Pushkin! —exclamó con entusiasmo—. Yo ya he probado mil veces las tortillas que me habéis presentado aquí, sé su sabor de memoria. Pero esta... Esta es diferente, es especial. Porque la tortilla sabe a Wolfgang. Con la escritura sucede lo mismo. No quiero que hagáis relatos perfectos, ni que copiéis himnos, ni a los clásicos. La escritura tiene que saber a vosotros. Vale mil veces más un mal relato escrito con el corazón, que uno perfecto que no sepa a nada. A partir de ahora, cocinaréis vuestras propias tortillas y os olvidaréis de todo lo demás.

# WILHELM FURTWÄNGLER Y LA COLECCIÓN DE LA BIBLIOTECA FICTIVA

En el tren, de vuelta a la casa de Hans, me puse los cascos para escuchar algunos fragmentos de la entrevista con Wolfgang. Después de contarme la anécdota de la tortilla, me contó otra historia cuyo protagonista era Bernd Liebers y cómo influyó la llegada de Laura en su vida. Pero como el propio Liebers me lo contaría unos días más tarde, dejaré que sea su voz la que relate ese capítulo de esta historia. Sin embargo, antes de terminar la entrevista, tenía la obligación conmigo mismo de lanzarle dos preguntas muy importantes para mí. Cuando escuché la primera en la grabación, me di cuenta de lo dura que había sonado.

—¿Cuál era su trabajo dentro de la Stasi?

Supongo que se lo esperaba porque sonrió un poco.

—Sabe, hay mucha imaginación con lo que hacíamos allí. Le Carré, las novelas de espías y el secretismo lo han convertido todo en algo muy... Hollywood. Pero, en realidad, la mayoría de los que trabajábamos allí éramos burócratas. Simples y sencillos técnicos. Nos asignaban una tarea y la hacíamos.

—¿Y cuál era su tarea? —le corté, porque sentía que se quería escapar de esa pregunta.

—Pues le parecerá a usted mentira, pero era escritor. —Aquello lo dijo con un brillo en los ojos, como si fuera algo importante—. Trabajaba en el departamento M. ¿Lo conoce? —Negué con la cabeza—. Era el departamento encargado de todo el correo del país. Ahora sonará antiguo, con tantos móviles y tantos *emails*, pero en aquella época, la carta era el medio de comunicación más efectivo. No todo el mundo tenía teléfono, pero sí lápiz y papel. Así que nos encargábamos de «cuidar» todo el correo del país. —El verbo que utilizó en alemán fue *sorgen*, que también puede traducirse por preocuparse, atender, pero quiero utilizar cuidar porque ese fue el significado que me transmitió en aquel momento—. Mis compañeros registraban quién escribía a quién, cuándo lo hacía, cuántas veces. Era como el control de pasaportes.

Cuando la escuché en el tren me pareció una expresión horripilante, un control de pasaporte como si fuera un mero trámite burocrático. Por eso debí lanzar la siguiente pregunta:

—¿Y abrían las cartas?

—Solo en los casos sospechosos y excepcionalmente. Lo juro. Lo sé, porque era mi trabajo. —Esa respuesta me dejó helado—. Por nuestras manos pasaban miles de cartas al día, pero al cabo del día, solo unas cuantas acababan en mi mesa. Mi tarea era abrir esas cartas con el máximo cuidado, tomar el contenido que había dentro y copiarlo. Tal y como estaba escrito, palabra por palabra. Tenía que ser muy riguroso, porque nunca sabía si una palabra o el número de párrafos podía ser un código secreto. Así que, menos la caligrafía, las cartas eran exactamente idénticas a las que enviaba la gente. Eran un calco. Eran copias perfectas.

Supongo que se podrá deducir de sus palabras escritas, pero en la grabación queda bastante claro que se sentía muy orgulloso de su trabajo.

—Después de tener un registro —continuó—, las volvía a introducir en el sobre y las mandábamos a su destino. Esa era mi labor. Así, día tras día, carta tras carta.

—¿Y qué hacía si descubría a algún disidente?

—Mi función no era esa, yo solo copiaba cartas. Después las pasaba a otro departamento y eran ellos los que se ocupaban. Al igual que la decisión de qué cartas teníamos que abrir. Todo lo decidían los de más arriba.

En ese momento detuve la grabación. Por un momento, las imágenes de Eichmann en el tribunal de Jerusalén se instalaron en mi mente. Aquel funcionario, aquel administrador de trenes de la Alemania nazi, cuyo único propósito era hacer que los trenes llegaran a su hora, miraba a los jueces del tribunal israelí como si aquello no tuviera ningún sentido. Cómo podían acusarlo de ser un asesino, si él solo sellaba papeles en su oficina. Nunca infringió las leyes, solo hizo lo que le ordenaban. Si había que castigar a alguien, era a los que habían tomado las decisiones. No a él. Todavía, cuando veo esas imágenes, me pregunto si él realmente creía que aquella era la excusa perfecta para no hacerse responsable de los trenes que llevaban a las víctimas a los campos de exterminio o si, efectivamente, estaba seguro de que no era su responsabilidad. Frente a Wolfgang Köster tuve la misma impresión. Con una salvedad: Eichmann había acabado en la horca y Wolfgang estaba allí hablando conmigo. Y podía hacerle preguntas.

—¿Y nunca pensó en no hacerlo? ¿Nunca decidió no obedecer las órdenes?

En la grabación se oye cómo se piensa la respuesta durante unos largos segundos.

—¿Quiere que apague la grabación?

—No... Supongo que ya ha pasado demasiado tiempo. No pasa nada.

—¿Ocurrió algo?

—Digamos que en alguna ocasión las copias de las cartas se duplicaban y ese no era el procedimiento.

—¿Por qué?

—Porque una copia me la quedaba yo.

La respuesta me sorprendió.

—Quizás suene extraño, pero es difícil encontrar algo bien escrito. Por mi mesa pasaban cientos de cartas al mes y todas eran... un desastre. La gente piensa que la escritura consiste en transcribir aquello que pensamos o decimos. Pero la persona que realmente sabe escribir, aquel que domina este arte, es el que escribe la palabra precisa en el momento oportuno. Eso es una maravilla. Acostumbrado a leer y leer cartas mal escritas, cuando encontraba una que sonaba a verdad, que te absorbía con sus palabras, era un premio. Y esa carta me la quedaba. —Se produjo un nuevo silencio—. No fueron muchas, solo cinco o seis en todo el tiempo. Pero me gustaba releerlas.

Entonces intervine, algo atónito:

—Se jugó la vida por tener unas cartas bien escritas.

—No exageremos. No me jugué la vida. Las cartas llegaban a su destino. Solo que yo me quedaba con una copia. Siempre podía excusarme con que se habían traspapelado o que no habían llegado al lugar adecuado por un error. Nadie iba a encarcelarme por guardar una carta, pero a mí me gustaba tenerlas, como si fueran mis pequeños tesoros.

En ese momento detuve la grabación. «Mis pequeños tesoros». Miré por la ventana del tren mientras los árboles pasaban a toda velocidad. Aquel hombre al que había intentado buscar las cosquillas, al que había intentado tender una trampa para que me contara las cosas más atroces del pasado, en realidad era... un cursi.

Avancé un poco más en la grabación, hasta llegar al momento más importante de la entrevista para mí.

—¿Lo reconoce?

Wolfgang tenía entre sus manos el cuaderno que Hans había encontrado en el archivo, el libro donde el mismo Wolfgang había escrito algo casi cuarenta años antes.

A pesar de mi pregunta, continuaba en silencio.

Hojeó el libro de atrás hacia delante.

—Hacía mucho tiempo que no lo veía. Es curioso, lo recordaba más grande.

—¿Usted no tiene una copia?

—No —dijo sobresaltado—. No se nos permitía sacarlo de Adlershof. Era material del Ministerio.

—Entonces, ¿para qué imprimieron este libro?

—Eran cosas de Laura. Decía que la verdadera recompensa de un escritor no era ni los aplausos ni los premios, sino tocar por primera vez un libro impreso con sus textos. Aunque no sé si esto puede considerarse un libro. —Sonrió.

Al escucharlo me acordé de la primera vez que recibí el paquete con varios ejemplares de mi novela *Cuatro amigos*. En ese momento, desaparecieron los miedos y la incertidumbre para dar paso a un sentimiento parecido al orgullo.

Aquel pensamiento me llevó a tomar el libro de las manos de Wolfgang y abrirlo por la página 21.

—¿Y este relato? ¿Lo recuerda?

En la grabación pasaron treinta y un segundos sin que ninguno de los dos dijera nada. Treinta y un segundos parecen poca cosa, pero se me hicieron eternos. Al terminar de leerlo, Wolfgang esbozó una sonrisa.

—¿Por qué este relato en concreto?

—Es algo personal.

Me dio vergüenza contarle todo, la coincidencia con mi libro, el hecho de sentir que había una conexión, el miedo a que detrás de aquellas palabras hubiera un criminal. Así que me limité a dejarlo colgado con esa frase. Wolfgang me miró y después volvió a posar la mirada en el libro. Estuvo unos segundos leyendo, pasó a la siguiente página y sonrió.

—Lo recuerdo perfectamente, es de Alexander. Al principio no lo he reconocido, pero después he caído. Le he dicho antes que tengo muy buena memoria, pero a veces falla. Tarda en recordar. Hasta que no he pasado a la siguiente página no sabía de quién era. —Mientras hablaba, seguía pasando páginas del libro—. Pero está claro que es de Alexander. Ese estilo, esa forma de escribir..., era inigualable. Era lo que Laura siempre decía: hay que conectar con el lector como un...

Entonces llegó a la primera página y se detuvo.

Dejó de hablar, como si se hubiera quedado mudo. Sin ningún tipo de duda estaba mirando los números anotados con lápiz en la primera página.

3721123.7

—¿Ocurre algo? ¿Ha reconocido esos números?

—No —dijo con una seguridad impropia del momento.

—¿Había visto alguna vez esos números? ¿Esa serie? ¿O tal vez la caligrafía?

—No —volvió a repetir.

Cerró el cuaderno y me lo devolvió.

—¿Por dónde iba?

Por un momento sentí que debía seguir preguntando por los números, que había visto algo que yo no había visto, pero me pudieron más las ganas de saber algo más de Alexander; ese que, según Wolfgang, había sido el mejor escritor de entre todos ellos y que, al parecer, había escrito las mismas palabras que yo reproduciría décadas después sin saberlo.

—Estaba hablando de Alexander y que Laura Berger decía que había que conectar con el lector.

—Ah, sí. —Volvió a actuar de una forma normal, o al menos como había actuado hasta entonces—. Alexander y Laura. Tendría que contarle muchas cosas sobre Alexander, muchas. Y muchas más sobre Laura —se quedó callado un momento—. Pero ahora estoy muy cansado, es mucho rato para un viejo como yo. ¿Qué le parecería si nos viésemos mañana? Aquí mismo, a la misma hora. Así le traeré el contrato firmado.

—Perfecto, así me contará más cosas sobre Alexander. Me interesa mucho.

—Sí, intentaré hacer memoria. —Sonrió mientras lo decía.

—A la misma hora, el mismo lugar —confirmé.

Detuve la grabación. Había unos segundos más de despedida, pero nada importante. Me quedé mirando a la ventana y pensando que al día siguiente le preguntaría por los números antes que por Alexander; estaba claro que había algo importante en ellos.

Llegué a la casa de Hans y, por alguna razón, me volvió a parecer algo distinta a la primera vez que la vi. Como si hubieran cambiado las ventanas y la fachada. Aunque, a lo mejor, el que había cambiado era yo. No tenía llave, pero la puerta volvía a estar abierta. Se escuchaba música que provenía del salón. Recuerdo que se oía una flauta destacar por encima de la orquesta, pero no pude reconocer la música ni el autor.

Decidí subir a mi cuarto. No había visto a Hans desde

el incidente con el reloj y no me parecía que las cosas estuviesen en orden entre nosotros. Pero antes de poner un pie en un escalón, escuché su voz grave:

—¡Bartleby!

Me giré en dirección al salón. Cuando entré, la cantidad de libros volvió a abrumarme. Hans estaba sentado en un sillón con un libro abierto en el regazo.

—¿Qué tal te ha ido con Köster?

Yo no le había dicho nada de que me había reunido con Wolfgang, pero asumí que formaba parte de su plan.

—Bien, ha ido bien. —Me señaló una silla, yo dejé la mochila en la mesa y acerqué la silla para sentarme cerca de él—. Es un tipo peculiar. Pero ha sido muy generoso, me ha contado muchas historias del círculo literario.

—¿Te ha hablado del libro?

—No mucho, pero hemos quedado mañana para seguir hablando. —Hans no hizo ningún gesto, pero sentí que le disgustaba aquello—. Sin embargo, sí me ha hablado bastante de otros miembros del Círculo: Wosz, Liebers, Alexander...

—No los conozco.

—También ha mencionado a una mujer, Laura Berger. ¿Te suena? Fue la profesora, parece que tenía un vínculo especial con el libro.

—No, tampoco había escuchado su nombre.

—Era escritora, escritora de verdad. He buscado en Google, llegó a ganar algunos premios importantes en la DDR. Ella fue quien los animó a hacer el libro. —La cara de Hans fue de sorpresa, quizás de demasiada sorpresa—. Es un personaje interesantísimo. Durante años tuvieron como profesor a un oficial de la Stasi, pero según cuenta Wolfgang, ella...

—Se llama Köster —me interrumpió Hans con su habitual tono malhumorado.

—Sí, eso he dicho: Wolfgang Köster.

—No, has dicho Wolfgang. Se llama solo Köster.

Preferí no hacerle caso, tal y como Sarah me había aconsejado la noche anterior, y seguí hablando de Laura Berger.

—Ella fue aire fresco para todos. Les enseñó a escribir de verdad, los hizo sentirse escritores.

Durante unos segundos, Hans se quedó callado, como si esperase que siguiera contándole. Fue entonces cuando descubrí que la música provenía de un elegante tocadiscos al fondo del salón. Me quedé mirándolo hasta que una pregunta de Hans rompió el silencio.

—¿Y cómo es escribir de verdad?

—¿Cómo?

—Has dicho que les enseñó a escribir de verdad. ¿Qué significa eso?

—Bueno, no sé. Antes de ella escribían sobre el Partido, sobre Lenin, el comunismo y esas cosas.

—Ah, ¿no se puede escribir bien sobre política?

Aquella pregunta me pilló a contrapié.

—Sí, supongo que sí. Claro, hay grandes libros sobre política y seguro que, incluso, los hay sobre Lenin, pero Berger les enseñó a abrirse, a mostrarse tal y como eran. A apreciar la escritura por encima de todo. O eso me ha contado Wolfg... Köster.

Como no vi muy convencido a Hans con mi respuesta, me propuse darle un argumento definitivo:

—Por ejemplo, Köster. Me ha contado una cosa que me ha impresionado. Él trabajaba en la sección de postal. Era una especie de censor del correo. Tenía que leer todo lo que le llegaba, pero a veces, si algo le gustaba mucho, rompía las reglas y se quedaba con las cartas. Solo por lo bien escritas que estaban. Era un romántico.

Hans se levantó de la silla. Caminó hasta el fondo de la sala y detuvo el tocadiscos. Se acercó a una estantería, la única sin libros, y sacó un disco de su carpeta. Lo cambió por el que estaba en el plato y la música sonó. Se oyeron unas voces en alemán durante unos segundos y, de pronto, arrancaron unos aplausos. Tras unos segundos de silencio, la orquesta comenzó a tocar. En todo momento, Hans se quedó callado junto al tocadiscos. La sinfonía era melancólica, algo triste.

—La *Pasión según San Mateo* de Bach, ¿sabes quién la interpreta?

—No sé mucho de música clásica —me defendí.

Hans sonrió con algo de malicia mientras volvía a sentarse en su butaca.

—Pero sí sabes de libros, ¿verdad?

—Algo.

—¿Conoces la biblioteca Fictiva de la Johns Hopkins?

Me dio vergüenza reconocer que no. No quería quedar como un inculto por segunda vez en tan solo unos segundos.

—Me suena.

Hans se apiadó de mí y comenzó su explicación:

—La colección de la biblioteca Fictiva es un archivo único en el mundo, porque todo lo que hay en sus estanterías es falso. Documentos, libros de todas las épocas, de todos los países. Desde legajos en griego clásico de autores que aseguran que estuvieron presentes en la caída de Troya, hasta la falsa autobiografía de Nietzsche. Nadie daría un euro por leerlos y, sin embargo, son de valor incalculable. ¿Por qué? Porque son libros únicos. La rareza de su falsedad, el hecho de intentar hacer pasar por verdaderos hechos que nunca ocurrieron, los hace valiosos. Al igual que esta grabación.

No sabía a qué se refería, pero había vuelto a adquirir ese tono de profesor enfadado.

Se detuvo y señaló al techo, como si la música viniera de ahí.

—¿Lo escuchas? El *basso continuo.* Ta-ta-ta-ta.

Volví a negar otra vez, me sentía en un examen para el que no había estudiado.

—Bach pensó esta obra para ser tocada por unos pocos músicos, no para una orquesta sinfónica. Pero en el siglo XX tuvieron que adaptar sus partituras a los instrumentos de toda una orquesta. Eso ocurre, por ejemplo, aquí: el que dirige es Wilhelm Furtwängler, el director de la Filarmónica de Berlín. En su adaptación decidió que el *basso continuo* tenía que adaptarse también. Lo que Bach había escrito para un clavecín, Furtwängler decidió trasladarlo a un piano porque pensó que para el público sería más fácil de escuchar. Lo haría más moderno, más adecuado a la época. Si haces esto hoy en día, te lapidan. A nadie se le ocurriría tocar música barroca con un piano, un instrumento que entonces no existía. Pero el director quiso hacer más amable aquello que venía del pasado. Es lo que ha hecho Köster contigo.

Esa última afirmación me dejó estupefacto.

—¿Köster? ¿Qué tiene que ver con esto?

De pronto, Hans me miró directamente a los ojos y las piezas del puzle fueron encajando en mi cabeza.

—¿Me ha engañado? ¿Wolfgang me ha engañado?

Una sonrisa apareció en la cara de Hans.

—Köster nunca perteneció a la sección postal. Si alguna vez se quedó alguna carta como recuerdo, sería de algún preso.

Sabía lo que iba a decir a continuación, pero no quería escucharlo.

—El agente Köster fue uno de los oficiales de más alto rango de la Stasi. Era uno de los de arriba, los que decidían. Fue especialmente conocido por ayudar a los miembros de la RAF. ¿Te suenan? —Afirmé con la cabeza. Claro que conocía al grupo terrorista que había asesinado a políticos y empresarios en Alemania del Oeste—. Pues él fue quien los ayudó a ocultarse en la propia DDR.

El silencio se hizo en la sala.

—Por eso no quiero que lo llames Wolfgang —dijo Hans—, porque los hijos de puta no se merecen tu respeto. Ya te lo dije el otro día.

En ese momento me sentí devastado, como si hubieran jugado conmigo. Así que las únicas palabras que me salieron fueron:

—Lo siento.

—No lo sientes, lo que pasa es que te ha hecho quedar como un imbécil. —Creía que iba a comenzar otra de sus peroratas lapidarias, pero no—. Todos somos imbéciles alguna vez, hasta los autores más reputados. Ser imbécil es humano. Desconfía de una persona que nunca dice una estupidez, eso quiere decir que está interpretando un papel. El mismo Köster lo ha hecho, pero él es un experto en esto. —Hizo una pausa al volver a reclinarse en la butaca—. Cuantas más capas de ficción metamos, cuantas más falsedades, más profundo queremos esconder algo. Como en la literatura. Pero lo que no saben los falsificadores es que en cuanto descubres la falsedad, es más fácil comprender qué hay debajo.

—Mañana he vuelto a quedar con él —dije intentando resarcirme de mi error.

—Ese hijo de puta no va a aparecer. Sabe que a estas alturas lo habrás pillado.

—Pero me ha dicho que mañana me daría el contrato, no lo ha firmado.

—Olvídate del contrato —dijo Hans muy tranquilo.

—Pero sin el contrato no podrás publicar el libro.

—¿Crees que un tipo así, lo peor de la Stasi, va a exponerse ante los medios por un librito donde aparece su nombre? No tenemos nada que temer de ese cabrón.

Me quedé boquiabierto. Hans parecía controlar toda la situación.

—Me ha pedido que no pongamos su nombre. Quiere aparecer como *Lieber Schriftsteller*.

—Eso se ha creído él. Ya te digo yo que va a aparecer su nombre.

Entonces lo recordé.

—Pero sabe algo más. Una cosa que no me ha contado.

Hans, por primera vez, pareció interesado en aquello que le estaba contando.

Fui hasta la mochila, saqué el libro *Wir über uns*, busqué en la primera página y se la mostré a Hans, que se levantó de su butaca para verla.

—¿Reconoces estos números?

Hans negó.

—Él sí lo hizo. En el mismo instante en que los vio, y dejó de hablar.

Hans se dio la vuelta y se dirigió a uno de los estantes del salón. De allí tomó siete libros idénticos al mío. Eran las ocho copias que había encontrado en el archivo de la Stasi. Aunque faltaba una, pero yo en aquel momento no lo sabía.

Extendió los ejemplares por la mesa, abrió la primera página de cada uno de ellos y en cada esquina:

733.71221
12213.737

3.7213712
1237213.7
377.31221
1237217.3
7.3123721

—Pensaba que eran números bibliográficos, ya sabes, para organizarlos en una biblioteca —musitó Hans, que por primera vez dejó su tono duro y realmente estaba interesado en la investigación—. Se repiten los mismos números una y otra vez.

11223377

—¿Qué significa? —pregunté un poco inocentemente.

—Ni idea, pero no es una casualidad. Ni una sincronía. Este número está escrito aquí por alguna razón.

*Memorias de Alexander Steinbach*
*Cuartilla 3*

Las clases con Laura eran lo mejor de cada semana. No solo eran divertidas, sino que progresábamos mucho en la escritura. Ella nos retaba, nos lanzaba pequeños desafíos literarios, como escribir una anécdota desde el punto de vista del vaso de un bar o escribir todo un relato sin utilizar la letra i. Creo que aquellos fueron los únicos momentos en mi vida que me sentí escritor. Por eso echaba aún más de menos a Matthias. La mayoría de los integrantes de la Asociación de Escritura de la universidad había acabado en el Ministerio y en el Círculo de Escritores Chequistas, pero Matthias no.

Lo vi después de mucho tiempo en un bar del centro. Estaba tomando una cerveza junto a una chica. No puedo negar que me hizo mucha ilusión verlo. Al acabar la universidad habíamos perdido el contacto y él pensaba que la razón era porque cada uno había seguido su vida. Lo cierto es que desde el Ministerio nos pedían restringir mucho nuestras amistades.

Aquella noche bebimos, bebimos mucho, como en los tiempos de la universidad. Contamos viejas anécdotas, intentamos ligar con un par de chicas, sin éxito, y nos despedimos al amanecer. Fue una de esas noches que uno recuerda para siempre.

Matthias se despidió de mí y me dijo algo que nunca olvidaré.

—Qué buena ha sido la casualidad juntándonos de nuevo.

Lo que no sabía Matthias era que en ese encuentro no había ni pizca de casualidad. Había sido organizado y preparado por mí.

# EL ESCLAVO Y LA COMUNISTA

—

Lo más parecido a un espía es un estafador. Ambos operan con las mismas herramientas. Comparten la estrategia de crear un futuro en la mente de la víctima, hacerle pensar que hay un plan y que lo está siguiendo al pie de la letra, hasta que en un momento dado se da cuenta de que ha caído en una trampa. Y ya es demasiado tarde. Solo puede llorar.

Tengo que decir que al menos yo no lloré.

Estaba en el mismo lugar, a la misma hora que el día anterior, rodeado de grafitis en antiguas fábricas, de turistas con gorras y gafas de sol, de pisadas en la calzada, pero esta vez tenía muy claras las preguntas que le iba a hacer a Wolfgang Köster, si aparecía. Sabía cómo iba a engatusarlo, casi podía escuchar en mi mente las respuestas que me iba a dar. Lo había visualizado todo la noche anterior, todo. Había ensayado cada palabra, cada inflexión de la voz. Todo iría según mi plan. Él confesaría sus atrocidades, yo las registraría en mi grabadora y después se las mostraría a Hans. Era un plan sin fisuras. Salvo un pequeño detalle.

Hans tenía razón: Wolfgang Köster no apareció.

Llevaba más de una hora esperando cuando tuve que admitir que, en efecto, me había estafado. Nunca contestaría a mis preguntas, nunca volvería a verlo. Al ver aquel número en el libro, algo lo había asustado y lo había perdido para siempre.

Por lo menos había conseguido una pista sobre Bernd Liebers, había buscado su nombre en Google y, en efecto, había una granja a las afueras de Berlín con su nombre. En la página de información sobre la granja había un número de teléfono, pero había llamado y nadie me lo había cogido.

Sin embargo, había buscado información sobre los otros: Reiner Wosz, Matthias Lampe y Alexander Steinbach, y no había encontrado nada.

Me preocupaba especialmente lo de Alexander Steinbach; si Köster no me había mentido también en eso, era un buen escritor y debía haber publicado algo. Su nombre debería de aparecer, aunque fuera en las páginas de librerías antiguas.

Mientras seguía ensimismado, escuché tras de mí a alguien:

—Buenos días.

Llegué a creer que podía ser Wolfgang, pero la voz era femenina. Me di la vuelta y allí estaba. Por un segundo me quedé confundido y tardé en reconocerla. Debió de notarlo, porque añadió:

—No me digas que no te acuerdas de mí.

—Sí, sí, claro. Eres Sarah —repuse con tono casual, como si no hubiera pensado en ella durante aquellos días—. Menuda coincidencia.

Ella sonrió de una forma extraña y enseguida cambió el rostro.

—Vale, aquí debería contarte que vivo cerca y que te he visto al pasar, pero sería mentira. Lo siento, se me da fatal mentir.

—No entiendo que...

—Mi padre me ha pedido que me pasara a verte.

Aquella respuesta me pilló desprevenido.

—¿Tu padre?

—Me dijo que te diera un mensaje si te veía aquí a esta hora. —Sarah dudó unos segundos y por fin arrancó imitando el tono de Hans—: «Te lo dije».

En ese momento no solo me sentí estafado, sino un primo total.

—¿Es siempre así? ¿Siempre sabe lo que pasa?

—En realidad no es que lo sepa todo, pero cuando tiene algo claro, lo proclama a los cuatro vientos.

Recuerdo que en aquel momento se produjo un silencio incómodo, uno entre dos personas que apenas se conocen. O quizás algo más.

—Bueno... —empezó a decir ella—, yo... tengo que irme.

—¿En serio has venido solo por eso?

—No quería dejar a un pobre joven esperando a nadie mientras podría disfrutar de la ciudad. Misión cumplida —anunció con encanto—. ¿Nos vemos otro día?

—¿Tienes que irte a cazar virus?

Ella sonrió, pero esta vez lo hizo también con los ojos, como en nuestro primer encuentro.

—No, hoy tengo el día libre.

—Pues parece que yo también —dije devolviéndole el gesto.

Ella hizo el amago de irse, dio un paso, pero se quedó parada.

—¿Te apetecería...? —Se detuvo y volvió a pensarlo, como si no estuviera segura de lo que iba a decir—. Voy a ir a hacer un pícnic con una amiga, ¿quieres venirte?

—No, perdona... No hace falta, gracias.

—De verdad, vente. Vamos a un sitio increíble. Nunca has hecho un pícnic en un sitio así. Es el antiguo aeropuerto de Tempelhof. Te va a encantar y así me cuentas quién te ha dado plantón.

Valoré la alternativa, volverme a casa de Hans a transcribir la entrevista con Wolfgang, pero lo que de verdad hizo que me decidiera fue volver a ver sus ojos sonreír.

—¿Seguro que no molesto?

—En absoluto, a mi amiga le va a encantar la idea.

En aquel momento noté que la gravedad dejaba de empujarme hacia el suelo y me dirigía hacia ella. Tuve la absoluta certeza de que Sarah también sintió esa fuerza, así que me acerqué hacia ella. Pero algo me detuvo.

Ocho números y un punto:

Tres
Siete
Dos
Uno
Uno
Dos
Tres
Punto
Siete

Estaba pintado en una de las paredes.

Sentí que era el grafiti más grande del muro: 3721123.7

Mis pies siguieron a mis ojos, me olvidé por un momento de Sarah y caminé hasta los números pintados. Junto a los números había algo escrito, con el mismo color, con la misma letra. Saqué el móvil para hacerle una fotografía. Sarah se acercó también.

Entonces lo leí en alto:

*Du, Sklave, schneid deine Haare.*

*Tú, esclavo, córtate el pelo.*

Me tendría que haber marchado. En el mismo momento en que leí aquella pintada en la pared tendría que haberme despedido y haber vuelto a casa de Hans. Puede que, si le hubiera contado todo en aquel momento, algo hubiera cambiado. Pero, para qué negarlo, quería seguir a Sarah. Algo de ella me atraía y no solo era su físico o su personalidad, era el misterio. Una vez leí a un psicólogo que decía que lo que nos gusta de otra persona nunca es lo que sabemos sobre ella, sino lo que imaginamos que todavía no sabemos. Quizás por eso las parejas se separan con los años, porque ya han descubierto todos los misterios.

Y por eso no me largué corriendo a casa de Hans, porque Sarah era un enigma. Al fin y al cabo, seducir a alguien siempre es como una partida de póker, intentas apostar jugando con las cartas del otro... Aunque en realidad nunca estás seguro de nada.

—¿Quién es el esclavo? —preguntó Sarah.

No sé por qué lo dije, pero acerté.

—Supongo que yo.

—¿Y qué significa todo esto?

—Ni idea. Pero tiene que ver con el libro.

—¿El que estás traduciendo? —dijo Sarah con ansia.

—No, el que encontró tu padre.

La expresión de su cara dejó claro que no tenía ni idea de lo que estaba hablando.

Podía haber mentido, podía haber dicho cualquier cosa, pero quería contárselo. Quería decirle a quién estaba esperando. Quería que se uniera a mi investigación.

—No estoy aquí para traducir un libro, sino para escribirlo. O para que lo escriba tu padre.

No tardó en preguntar:

—¿Qué libro?

—El del Círculo de Escritores Chequistas. Un grupo literario de la Stasi.

Entonces lo hice. Le conté todo, el descubrimiento de Hans en el archivo, el último párrafo de mi libro y el primero de esa página 21 de *Wir über uns,* el trabajo real de Wolfgang Köster, los números de la portada. Todo.

Cuando terminé de hablar, Sarah se quedó callada durante unos segundos y después dijo algo que no tenía mucho sentido para mí.

—Tenemos que celebrar el pícnic en otro sitio. Tengo que llamar a mi amiga para avisarla.

Aquello me dejó descolocado. Sarah cogió su teléfono y se alejó de mí. Mientras la veía parlotear, mi cabeza se centró en la pintada que tenía delante.

*Tú, esclavo, córtate el pelo.*

Estaba seguro de que Wolfgang Köster había escrito aquello, pero no tenía ni idea de qué significaba. ¿Era una pista sobre los números? ¿O era un mensaje para mí? Mientras escuchaba la voz de Sarah al teléfono, mi mente fue descomponiendo una a una las letras de la frase para ver si había algún código oculto.

*Du, Sklave, schneid deine Haare.*

DSsdH

Demasiadas eses.

¿Y si lo intentaba con la última letra de cada palabra?
uedee
Nada que tuviera sentido.

Busqué en mi móvil la frase. Nada. Borré y escribí «etimología *Sklave*». Provenía de latín medieval *sclavus* que, a su vez, era una deformación de la palabra *eslavo,* ya que el Sacro Imperio Romano Germánico había esclavizado al pueblo eslavo. Aquello podía tener algún sentido, pero ¿qué tenía que ver con los libros y el Círculo de Escritores Chequistas?

La voz de Sarah terminó con aquella catarata de pensamientos.

—Ya está todo listo. Te va a encantar.

—¿El qué?

—Cuando llegues allí, lo entenderás.

El tranvía no nos esperó. Estoy seguro de que el conductor nos vio correr, pero le debió de dar igual, porque las puertas se cerraron cuando apenas nos faltaban unos metros para entrar.

—Típico de Berlín —dijo Sarah muy enfadada—. ¿Por qué ayudar a alguien si puedo cerrarle la puerta en las narices? —Nos quedamos en mitad de la carretera viendo como el tranvía se marchaba—. Si quieres, podemos coger un autobús más allá que también nos dejará en la estación.

—No, me parece bien esperar al próximo tranvía. Además, nunca me he montado en uno.

—¿Nunca te has montado en un tranvía? Oh, mi pobre *Wessi* —dijo con sorna.

*Wessi* es la forma en la que llamaban a los habitantes de Berlín Oeste.

—Bueno, llevo poco tiempo en Berlín.

—Si has estado en Berlín Este, obligatoriamente has tenido que coger un tranvía —me contestó mientras se sentaba en uno de los asientos de la parada—. Es el único medio fiable en esta parte de la ciudad. Y si me apuras, de toda la ciudad.

—Pero esto es Alemania. Seguro que es la red de transporte más puntual de toda Europa.

Sarah comenzó a reírse.

—No me digas que tú también te has tragado eso. Soy alemana, pero también científica, y trabajo con datos. Los trenes en Alemania son los más impuntuales de toda la Unión Europea, una de cada tres locomotoras llega con retraso.

—¿Ese dato lo acabas de mirar en el móvil o te lo aprendiste de memoria para humillar a extranjeros indefensos? —le respondí sentándome a su lado.

—Lo segundo —dijo volviendo a mostrar su sonrisa.

—Pero te gustan los tranvías.

—Me encantan los tranvías.

—¿Por?

—Porque llegan a su hora, porque son más ecológicos y porque soy una izquierdista convencida, como tus escritores de la Stasi —dijo con un tono de broma.

—¡Lo sabía! —grité siguiendo la broma—. ¡Deténganla, tiene ideas! ¡Ideas comunistas!

Ella me dio un ligero golpe para que me callara.

—Vosotros los capitalistas...

—¿Yo soy capitalista? —la interrumpí.

—Por supuesto —retomó su discurso—. Vosotros los capitalistas pensáis que todo está intoxicado por la ideología, que nada bueno puede venir del otro lado. Pero con los tranvías os equivocasteis. Cuando se construyó el Muro, el Oeste tenía más líneas de tranvía que el Este, pero decidieron que era necesario dejar más espacio para los coches. Así que eliminaron los tranvías. —Sarah imitó el sonido de una alarma—. Error. Y no lo digo yo, lo admitió el Senado de Berlín veinte años después.

—Ajá... O sea, que el Este tenía un sistema de espionaje interno, torturaba a sus propios ciudadanos y los separaba de sus familias con un muro, pero, a cambio, tenía tranvías. Pues sí, creo que tienes razón —dije irónicamente—, me has convencido. Vayamos a reconstruir el Muro.

—Ya me habían dicho que los españoles erais muy graciosos, pero no esperaba que lo fuerais tanto.

—Es el problema de los estereotipos, yo pensaba que las comunistas de Berlín Este erais mujeres autoritarias con ceño fruncido y el puño en alto.

—Ah, ¿es que no soy así?

—No. Todo lo contrario.

Primer misil lanzado.

Ella me miró como si supiera lo que estaba pasando, pero al segundo apartó la mirada.

—Me has pillado. No soy del Este. Mi padre sí, pero yo nací ya en la Alemania unificada. Mi padre conoció a mi madre cuando él se pasó al Oeste.

—¿Huyó?

—Sí. Nunca habla mucho de ese tema, fue antes de la caída del Muro. Es como si su vida empezara después de mi nacimiento. Antes, no hay nada.

No sé por qué, pero eso me recordó nuestra conversación frente al lago.

—Aún no me has dicho cuál es tu edad.

—Nací... —Sarah hizo una pausa—. ¿Cuántos años crees que tengo?

—Bueno, es que...

—Cualquier respuesta que des —me interrumpió ella— será horrible.

—Es que el comunismo envejece muy mal.

—Te lo dije —me recriminó apuntándome con el dedo.

Por suerte apareció, salvador, el sonido del tranvía embocando la calle.

—Perdón, lo siento, no he podido evitarlo —dije esperando que verdaderamente no se hubiera enfadado—. Pero antes de que te vayas con tu amiga y me dejes tirado en esta calle, te voy a regalar algo que te va a encantar, algo que va a borrar cualquier sombra de mal humor.

—Habla.

—Te voy a invitar a montar en tu transporte favorito: te regalo un ticket para el tranvía.

Levanté las manos como si la aparición del tranvía fuera un gran regalo. Ella me miró de soslayo y se limitó a decir:

—Te has librado. Me gusta demasiado el tranvía, pero no vuelvas a meterte con mi edad... ni con los tranvías.

—Pero es que no sé tu edad.

—Solo te diré que nací después de que Gorbachov fuera presidente de la Unión Soviética y antes de que Putin lo fuera de Rusia.

Los dos nos subimos al vagón con la sensación de que la batalla acababa de comenzar.

*Memorias de Alexander Steinbach*
*Cuartilla 3*

Estoy seguro de que hice bien mi trabajo. Es verdad que Matthias era mi amigo y tenía muchas ganas de que pasara la prueba para poder verlo cada semana, pero eso no interfirió en mi trabajo. Lo hice todo bien, estoy seguro.

Fueron meses de seguimiento; entré en su casa en varias ocasiones, revisamos su correo, nos remitieron informes de muchos de sus vecinos, de sus amigos, hasta de su lechero. No había nada. Nada de nada. Por eso se lo concedieron. Si yo no hubiera hecho bien mi trabajo, no lo habría logrado nunca: auxiliar técnico en el Departamento III. No era un departamento muy interesante del Ministerio, pero lo importante era que volvía a ser uno de los nuestros.

Cada semana lo teníamos en el Círculo, comentando nuestros textos, escuchando las explicaciones de Laura, compartiendo el tiempo con nosotros.

Quizás suene horrible, pero aquel tiempo es el que más he disfrutado en mi vida.

Hasta que ocurrió algo anecdótico en el Círculo, pero que con el tiempo tendría su trascendencia.

—Para, para —le dijo Laura a Matthias—. Detente.

Aún estaba a mitad de su relato.

—¿Puedes leer esa última frase? —le exigió.

—Claro —Matthias tomó el papel, carraspeó y leyó en voz alta—: «La brisa soterrada del jardín se proyectaba sobre los pájaros que se movían angulosamente».

—¿Qué significa eso, Matthias? —se dirigió a él.

—¿El qué?

—Esa frase. ¿Qué querías decir?

—Que los pájaros se movían con el viento.

—¿Y por qué no lo has dicho así?

Todos nos reímos.

—Me sonaba más... literario.

El pobre Matthias no sabía dónde meterse.

—Vale, quiero que sigas leyendo tu relato. —Matthias respiró tranquilo—. Pero esta vez, quiero que lo hagas moviendo angulosamente tus párpados cada seis segundos. —Él la miró sin entender—. Que parpadees cada seis segundos.

—¿Mientras leo?

—Mientras lees —afirmó Laura.

Así que comenzó a leer y cada seis segundos tenía que parpadear. Se lo veía sufrir porque iba contando con los dedos, a la vez que leía, y a los seis segundos cerraba los ojos. Todos nos estábamos aguantando la risa; no era nada contra Matthias, pero era ridículo.

Al poco tiempo, Laura lo detuvo.

—¿Cómo te has sentido? —le preguntó ella.

—Idiota.

Una carcajada estalló en la sala.

—¿Por qué? —insistió ella.

—Porque tenía que parar, contar y parpadear, todo a la vez.

—¿Era difícil leer y parpadear a la vez?

—Sí, muy difícil —contestó entre las risas de los compañeros.

Laura sonrió con cara de satisfacción y después se dirigió a la pizarra que tenía detrás.

—Pues no debería serlo. —Cogió una tiza y escribió: «seis segundos»—. Lo haces todos los días. Un ser humano pestañea una vez cada seis segundos. Matthias lo ha intentado y parecía una vaca resolviendo un problema matemático. —Más risas—. Pero no os riais, vosotros haríais lo mismo. Porque lo que hacemos naturalmente no puede ser forzado, no puede ser imitado. Si lo intentamos, parece falso, artificial. —Se dirigió a Matthias—. Si quieres escribir algo, si quieres transmitir, lo tienes que hacer de forma natural, como lo haces todos los días. Si quieres decir que los pájaros se movían con el viento, simplemente dilo, no pongas adjetivos como anguloso o soterrado.

Matthias, obediente, asintió y se sentó en su silla.

—Matthias, no escribas pensando en parpadear. Simplemente, parpadea.

Ahora que llevo unas páginas de estas memorias, todavía tengo la impresión de contar los segundos para detenerme y parpadear. Nunca he sentido que esto sea algo natural.

## ÉDITH PIAF Y EL SALTO AL VACÍO

—Bienvenido a Teufelsberg, Daniel.

Una verja de alambre de al menos dos metros se alzaba ante mí.

Después del tranvía habíamos cogido un tren y luego un autobús que nos había llevado al medio... de ninguna parte. Habíamos descendido en una parada en mitad de la nada. Solo una carretera rodeada de bosque. Sarah no me había dado ninguna indicación, solo cruzó la carretera y se adentró en el bosque. Yo intenté seguirla, pero entre la ausencia de un camino y que las ramas se me iban enrollando en la mochila, se me hacía muy difícil. Caminamos así unos minutos, hasta salir a un claro. Y allí estaba la verja.

—¿Vamos a hacer el pícnic aquí o...?

—No —dijo Sarah con picardía—, dentro.

—¿Y por dónde se entra?

Sarah me miró fijamente a los ojos y apretó los labios. Un segundo después lanzó su mochila por encima de la verja.

—No. No, no, no. No pienso saltar esa valla.

Sarah siguió sin hablar; lo decía todo con la mirada. En un rápido movimiento se encaramó a la verja y comenzó a subir. Yo la observaba desde abajo negando.

—Sarah..., ten cuidado, no...

Pero a los pocos segundos, Sarah ya estaba al otro lado del alambre.

—Vamos, escritor.

—No sé lo que hay ahí dentro, no voy a infringir la ley porque sí. Dime qué es esto. —Sarah se negó a decirme nada y comenzó a andar, alejándose de la verja—. Además, ya te lo dije: no soy escritor. Soy traductor.

Al escuchar aquella última frase, Sarah se volvió y acercó su rostro al alambre.

—Es verdad, no lo eres: un verdadero escritor siempre quiere saber qué hay detrás, al otro lado.

Se dio la vuelta, recogió su mochila del suelo y comenzó a andar.

Si tengo que decir en qué momento comenzó este libro, creo que fue allí, en el momento en que tiré mi mochila a más de dos metros para que cruzara la valla.

Sarah tenía razón: un escritor siempre tiene curiosidad por saber qué hay al otro lado. La misión del que escribe es subir y ver lo que nadie ve tras el muro. Por eso yo no lo hacía, porque yo nunca he tenido agallas para subir tan alto.

Pero no era lo mismo si tenía que perseguir a Sarah.

Ella ni siquiera me esperó. Mis nulas cualidades físicas hicieron que tardara bastante en saltar la valla, así que tuve que correr para alcanzarla. Cuando llegué hasta su altura, fue cuando lo vi.

Tres cúpulas blancas gigantes se alzaban al final de la cuesta. Dos de ellas se encontraban pegadas a un edificio, pero la tercera se elevaba bastantes metros, sustentada por una especie de torre desnuda, en la que solo se veían los pilares. Las cúpulas parecían estar hechas de tela o algún otro material ligero.

—¿Vamos a ir a hacer un pícnic ahí? —pregunté.

—El centro de escuchas de la NSA, qué mejor lugar para un escritor de novelas de espías.

Me detuve por un segundo.

—Esto es muy peligroso, nos podrían detener.

Sarah se rio.

—Tranquilo, nos podrían echar, pero ¿detener?... No lo creo. Está vacío desde hace años —me informó dándose la vuelta para que la escuchara—. Cuando cayó el Muro, el ejército de Estados Unidos abandonó este lugar para siempre. —Aquella aclaración me tranquilizó bastante—. Ahora pertenece a una constructora, pero por lo visto no pueden edificar nada. Cosas de leyes medioambientales... Así que, básicamente, esto es ahora un lugar para hacer grafitis. Y para hacer un buen pícnic, claro.

Llegamos por fin al edificio y Sarah tenía razón: todo estaba lleno de murales y pintadas en las paredes. Entramos por el hueco donde una vez hubo una puerta. Dentro, todo estaba oscuro. Sarah sacó su móvil para iluminar la zona con la linterna.

—Mi amiga ya debe de estar aquí.

Acto seguido, emitió un potente silbido que empezó a rebotar en las paredes. Tras un segundo de silencio, se oyó un sonido que no esperaba.

«La vie en rose».

Aunque, a decir verdad, ni la entonación ni el francés eran como los de Édith Piaf.

—Está arriba —me informó Sarah.

Caminamos hasta una escalera de hormigón y comenzamos a subir por ella.

Seguimos la tonadilla, pasando piso tras piso, hasta llegar al lugar de donde salía la voz. Al segundo estribillo entramos a nuestro particular pícnic.

Un balcón abierto a Berlín.

Lo que un día fue el recubrimiento de la torre de vigilancia, ahora estaba deshecho y, miraras donde miraras, solo veías cielo, bosque y ciudad. Era el mirador más extraño en el que nunca había estado. Y también el más bonito.

En el suelo de hormigón, a unos metros del vacío, una manta de pícnic, una botella de vino y una sombra que cantaba: «Il me dit des mots d'amour, des mots de tous les jours».

—Daniel, te presento a Nelly.

La imagen me pareció surrealista: una chica joven recortada contra el cielo de Berlín, destrozando a grito pelado la canción.

Nos acercamos a ella y, por fin, cuando Sarah la abrazó, dejó de cantar.

—Ajá, ¿así que tú eres el culpable de que lleve una hora esperando para comer? —dijo Nelly acercándose a mí.

—Sí, soy yo. —Me dio un abrazo.

—No sé si te mereces probar mi cuscús.

—No ha sido su culpa —intervino Sarah—. He sido yo.

Nelly se giró hacia su amiga.

—Y ¿a qué se debe este cambio de planes?

—El chico es escritor.

—¿Ajá? —respondió Nelly.

—Y está escribiendo un libro sobre espías.

—¡Ajá! —volvió a contestar Nelly—. Entonces entiendo el cambio de escenario y de hora. Podéis disfrutar de mi cuscús con mucho gusto.

Yo dejé la mochila y me dispuse a sentarme en la manta que había preparado Nelly, pero antes tenía que hacer una aclaración.

—No es verdad —dije con determinación—. Lo de que soy escritor... no es verdad. Solo estoy haciendo una serie de entrevistas para su padre.

Nelly miró a Sarah con un gesto de incomprensión.

—¿Entrevista a espías?

—Sí —contestó Sarah.

—Entonces, ¿es periodista? —Hablaban de mí como si yo no estuviera.

—No, creo que es traductor.

Yo asentí.

Nelly tardó unos segundos en contestar.

—Es un traductor que entrevista a espías para hacer un libro que no va a escribir él, ¿correcto?

—Correcto —se adelantó Sarah.

—Casi correcto —dije yo—. En realidad, no los entrevisto por ser espías, sino porque eran escritores.

—Los poetas de la Stasi —puntualizó Sarah.

Sarah tenía esa capacidad para resumir todo en un par de palabras, como si fuera capaz de sintetizar el mundo en una frase. Toda mi historia cabía en esas cinco palabras: los poetas de la Stasi.

—Vale, creo que voy a sentarme para tratar de entenderlo todo —respondió Nelly.

Yo me hice un hueco en la manta junto a Sarah.

—En los años setenta, la Stasi creó una especie de grupo de escritura para que sus trabajadores aprendieran a escribir.

—O sea, eran espías que escribían en su tiempo libre —aclaró Nelly.

Por un momento dudé; no sabía si estaba bien contárselo a aquella chica. Pero supuse que, si no lo hacía yo, lo haría después Sarah, así que comencé a hablar.

—Más o menos... Pero lo más interesante ocurrió en los años ochenta. Después de tener varios profesores de la propia Stasi decidieron dar un paso más y metieron a una verdadera escritora en el grupo. Ella les enseñó de verdad a escribir. Incluso llegaron a escribir un libro, un libro que no podía leer nadie, porque no podían sacarlo de la central de la Stasi.

—Me encanta. Es como *El club de los poetas muertos,* pero con estalinistas. —Nelly me miró con entusiasmo—. Va a ser un gran libro.

Sarah volvió la cabeza hacia mí, como si Nelly le estuviese dando la razón, aunque yo entonces no sabía a qué se refería. Rápidamente cambió de tema.

—En realidad, Daniel, no solo quería que vinieses aquí por el lugar o por el cuscús de Nelly. También quería que la conocieras a ella, porque te va a interesar su trabajo. Ella es...

Nelly se adelantó antes de que Sarah terminara.

—Espía.

No me lo podía creer. ¿Tenía ante mí a una espía en activo?

—¿En serio?

Ella asintió.

—¿Para quién trabajas? ¿MI6?

—No.

—¿CIA?

—No.

—¿Mossad? —pregunté extrañado.

Volvió a negar. Entonces lo dijo y me descolocó aún más de lo que esperaba.

—Para Hermès.

En un primer momento, no entendí nada. No había oído hablar de una agencia de espionaje así en mi vida, aunque supuse que ese es el objetivo de una agencia secreta, que nunca se sepa del todo si existe o no.

—En realidad no trabajo para ellos, trabajo gracias a ellos.

—Cuéntaselo —la apremió Sarah—, mírale la cara que tiene.

Nelly se rio y comenzó su explicación.

—¿Conoces a la actriz Jane Birkin? ¿La de la canción con orgasmos? *Je t'aime... Je t'aime* —dijo con un tono sensual.

—Sí, sí —respondí rápido para que siguiera.

—Ella era muy liberal, muy rompedora, muy francesa..., iba siempre muy a la moda. Porque ella era la moda. Se ponía cosas que jamás nos podríamos poner ninguna de nosotras y que, sin embargo, a ella le quedaban fenomenal. Como la cesta.

—La cesta —secundó Sarah.

—¿La cesta? —pregunté yo.

—La cesta —confirmó Nelly—. Iba siempre con una cesta... De esas de mimbre, como para hacer un pícnic como este.

—Ojalá hubiera traído una cesta —interrumpió Sarah.

—¿O sea, que la próxima vez vas a aportar algo de comida? Qué considerada.

—Lo soy —replicó Sarah con su habitual sonrisa.

—Volvamos a la cesta —prosiguió Nelly—. La cosa es que usaba esa cesta de mimbre como bolso. Llevaba ahí dentro su maquillaje, su monedero, sus tampones. Todo. Pero ¿por qué no llevan las mujeres una cesta como bolso?

—Porque se cae todo —respondió Sarah demostrando la compenetración que había entre ambas.

—Efectivamente. Era muy mono, muy chic, muy francés, pero muy poco práctico... Se le caía todo. Un día, en un avión, sus cosas rodaron, cómo no, delante de un hombre. Este le recomendó, con mucha razón, que se comprara un bolso, que así no podía seguir. Ella le respondió que no había encontrado nunca un bolso con las asas para llevarlo como a ella le gustaba, como una cesta. Aquel hombre cogió un papel y dibujó algo. En un minuto tenía un nuevo modelo de bolso, con las asas como si fueran de una cesta. La idea le gustó tanto que decidió ponerle el nombre de la actriz: Birkin. Birkin de Hermès.

—¿Hermès? —Hasta que no escuché los dos conceptos juntos, «bolso Birkin» y «Hermès», no até cabos. Me sentía idiota. Entonces recordé la tienda que hay en Madrid, cerca de la Puerta del Sol. —. ¿Trabajas para la marca de bolsos?

—Trabajo gracias a ellos —reiteró Nelly—. ¿Sabes cuánto vale un bolso Birkin? No en la tienda, en el mercado negro.

—No —respondí.

—¿Y tú? —le preguntó a Sarah, que también negó.

—Los más baratos... unos cuarenta mil euros —explicó.

—¿Cuarenta mil euros por un bolso?

—Un bolso, no..., un Birkin —me respondió Nelly—. No estás pagando el bolso, estás pagando estatus. Muy poca gente puede acceder a uno de ellos y eso quiere decir dos cosas: una, tienes mucho dinero y dos..., tienes buenos contactos. Y ahí es donde entro yo. ¿Cómo ves mi *outfit*?

Recuerdo que ella utilizó la palabra *outfit*, así que yo la utilizaré también.

La miré de arriba abajo: llevaba un vestido con estampados de hojas amarillas y verdes.

—Bien. Es muy... —no sabía que decir— colorido.

—Pues no. Es una mierda. —Lo dijo como si fuera un hecho objetivo—. Así jamás podría entrar en una tienda Hermès. Y a mí me gusta, pero a ellos no. Así que de vez en cuando me visto como una chica Hermès y voy a la tienda.

—¿A comprar bolsos?

—Ay, me encanta —le dijo a Sarah—, es tan inocente. —Volvió a dirigirse a mí—. No, no voy a comprar bolsos. Voy a seducir a los dependientes. Me pasó por allí, hablo con ellos, les cuento mi vida. Una vida inventada con una casa en Ku'damm, con un marido empresario y muchos problemas con la asistenta. Me hago amiga de los trabajadores, porque son los que tienen la clave.

—¿La clave?

—La clave para saltarse la lista de espera. Pregunta número cinco o seis, ya no me acuerdo. ¿Sabes cuántos bolsos Birkin se venden en Berlín al año? —No me dio tiempo ni a decir un número—. Diez. Eso significa que de media hay que esperar unos tres o cuatro años para poder tener un Birkin. Y mis clientas no quieren esperar tres o cuatro años, lo quieren ya. Así que yo voy una vez por semana a Múnich, a Fráncfort, a Hamburgo y hablo con ellos. No compro nada, solo voy a ver cómo va lo del Birkin. Me aprendo los nombres de sus hijos, les felicito por su cumpleaños... Y un día, normalmente cuando hay poca gente, me comentan algo en voz baja.

Y se calló para hacerse la interesante.

—¿Qué? —preguntó Sarah.

—*Ha habido una baja en la lista de espera. Está en un puesto alto. Podríamos poner tu nombre si...* —Hizo una pausa—. Mil euros. Eso es todo lo que me piden. Yo les cobro a mis clientas más de diez mil y por unos míseros mil euros ellos me suben en la lista. Yo consigo mi bolso y mis clientas están tan contentas. Así me gano la vida.

Miré a Sarah desconcertado.

—Ese es su trabajo. ¿No trabaja de nada más?

—Antes era informática —respondió Nelly—, pero era muy aburrido. Esto es más divertido y se me da mejor.

—Toda una espía del siglo XXI —apostilló Sarah.

Pasamos la tarde hablando y riendo. Yo les conté casi todo sobre mi fracaso como escritor y mis peripecias editoriales. Nelly me habló de su amor por los idiomas, aunque confesó que era una estudiante malísima. Había empezado muchas veces a aprender español, pero nunca había conseguido pasar de unas cuantas clases. Yo le recomendé que se buscara un tándem; tenía la impresión de que, con su sociabilidad y su manera de expresarse, le iría mejor un tú a tú que una clase.

El sol comenzó a descender y Nelly anunció que tenía que irse. Yo miré a Sarah temeroso de que quisiera marcharse, pero ella contestó por los dos.

—Nosotros nos quedamos —respondió con una sonrisa—. No puedes escribir sobre espías si no has visto un atardecer en Berlín desde la cima del espionaje.

Yo sabía lo que esa respuesta implicaba, así que me mantuve callado.

Me levanté y abracé a Nelly.

—Mucha suerte con el español... y con los bolsos.

—Si necesitas una James Bond para tu libro...

—No le vendría mal un poco de marcha, es muy aburrido. Solo es gente que habla.

—Entonces, coge mi teléfono. —Saqué el móvil y apunté su número con el nombre Nelly Édith Piaf.

Sarah se despidió también de ella y se sentó a mi lado de nuevo. Los dos estábamos en silencio, quietos, el uno junto al otro.

—Es muy simpática tu amiga.

—Lo es.

La cosa se estaba poniendo cada vez más tensa, hasta que...

—Mi padre te va a hacer escribir el libro.

Lo último que me esperaba era que en aquel momento me hablara de su padre.

—¿Cómo?

—Mi padre no te ha traído aquí para que hagas entrevistas, te ha traído para que escribas el libro.

—No, ya lo hablé con él. Solo le voy a ayudar a...

—No. Vas a escribir el libro. —Parecía muy segura de lo que decía—. De alguna manera, de alguna forma, te va a convencer, te va a engatusar y vas a acabar escribiendo el libro. Estoy segura, ¿y sabes qué? Me parecerá bien. Yo también creo que deberías escribirlo.

—¿Por qué?

—Por cómo hablas de ello. Cuando le has contado la historia a Nelly, cuando me la has contado a mí, eras otra persona, una más segura, más interesante. Detrás de cada palabra había... confianza.

Aquello me dejó desarmado; no sabía qué decir, así que hice lo que mejor se me daba. Me escondí.

—Da igual lo que diga tu padre, no voy a escribirlo, simplemente porque no puedo.

—¿No puedes escribir?

Negué con la cabeza.

—Creo que no te entiendo.

—No puedo escribir bien —respondí sin pensar—. Leo lo que han escrito otros autores, los libros que ha editado tu padre, por ejemplo, y sé que yo no puedo llegar ahí. Que no soy tan bueno. Así que cuando me siento delante de la página en blanco, intento ponerme a su altura, intento escribir bien, pero no puedo y eso me frustra.

—¿Y qué significa escribir bien? —En aquel momento me recordó mucho a su padre preguntándome si no se podía escribir bien sobre política.

—No, no me vengas con esas preguntas de autoayuda. Hay gente que sabe escribir, sabe encontrar las palabras para potenciar una idea, para hacerte sentir... algo. Yo no soy capaz.

—Pues no lo entiendo.

Aquella conversación no estaba yendo por donde yo quería que fuese, así que traté de explicarme.

—Mira ahí delante, donde termina el suelo. ¿Lo ves? —le dije a Sarah sobre el final de la plataforma en la que nos encontrábamos. Ella asintió—. Imagina que te dijera que debajo hay una colchoneta gigante. ¿Saltarías?

—Ni en broma —respondió.

—¿Y si te dijera que va a ser la mejor experiencia de tu vida? Que ese salto, esos segundos cayendo, es el nirvana, disfrute total. ¿Saltarías?

—No.

—Pues eso es lo que me va a pedir tu padre. Me va a pedir que salte desde ahí, me va a decir que no tenga miedo, que no va a haber ningún problema, que va a ser maravilloso. Y yo le voy a creer y me voy a acercar al límite, voy a mirar hacia abajo, voy a respirar profundo y voy a contar hasta tres... ¿Y sabes qué va a pasar después?

—Que vas a saltar —aseguró ella.

—No. Me voy a quedar quieto, totalmente bloqueado —afirmé—. No hay ninguna palabra que te pueda convencer para saltar. Simplemente estás muerto de miedo. Tu cabeza se pone a mil y no dejas de escuchar cosas, todo va tan rápido y eres incapaz de hacer nada. Eso es lo que me pasa cada vez que me pongo delante de la página en blanco. Puede que sea la mejor sensación de mi vida, puede que sea un privilegio, pero cuando tengo que dar el paso, no puedo.

Sarah se levantó y tomó su copa, le dio un trago y comenzó a caminar en dirección a la abertura.

—¿Qué haces?

Ella siguió caminando.

Yo me levanté preocupado.

Se quedó solo a unos centímetros de la caída. Miro hacia abajo y solo dijo:

—A lo mejor es eso. —Hizo una pausa y se giró para mirarme—. Eso es sobre lo que tienes que escribir. Sobre el segundo antes de saltar al vacío. —Volvió a mirar al frente—. Ven.

Yo estaba a solo unos metros de ella, pero parecía un mundo.

—Cuando tengo un problema me gusta subir alto, muy alto. Como si pudiera huir de los problemas. Por eso estoy aquí... ¿Tú por qué estás aquí, Daniel?

No supe qué contestarle, simplemente estaba bloqueado. Me acerqué un poco.

—¿Sabes? Hay una forma de hacerte saltar —añadió sin dejar de mirar al vacío.

—Sarah, ¿por qué no vuelves?

—¿Quieres saber cómo?

Por un momento se me pasó por la cabeza que iba a saltar.

—Sí, ven hasta aquí y me lo cuentas.

—No, acércate tú.

Di un par de pasos hacia ella y comencé a sentir el viento en mi cara. Los pequeños trozos de tela que colgaban de la estructura sonaban en cada embestida de aire. Ya estaba a solo unos centímetros de ella.

—¿Te lo cuento? —Ni siquiera me dio tiempo a negar con la cabeza, Sarah me agarró del brazo con fuerza.

—Sarah, deja de...

—¿Quieres saber cómo saltar?

Ella me interrumpió.

—Si alguien se tira contigo.

Sentí entonces que tiraba de mi brazo, que me empujaba hacia el vacío. Durante unas décimas de segundo pensé que mi vida acababa allí, en una caída infinita desde un centro de escuchas de la NSA, pero no fue el suelo con lo que me topé.

Sus labios me recibieron con un sabor a alcohol y deseo. Rápidamente, cubrí con mis brazos su espalda y la atraje hacia mí. Mientras nos besábamos, retrocedí unos pasos para asegurarme de que no tuviésemos una muerte tan romántica como estúpida.

Después de aquello, mis recuerdos empiezan a nublarse un poco. O he querido nublarlos. Tengo pequeños flashes, trozos de imágenes que no puedo hilar del todo. Recuerdo besarnos a escondidas en la parte de atrás de un tranvía. Recuerdo apoyarme en la pared del ascensor de su casa para no caerme. Recuerdo su mano agarrando la mía y guiándome por un pasillo. Recuerdo dejar mi ropa y mi mochila junto a su puerta. Recuerdo acariciar su ropa interior morada. Recuerdo la curva de sus pechos. Recuerdo un ligero gemido cerca de mi oído. Recuerdo la saliva sobre mi hombro.

También conservo un último recuerdo. Uno muy importante. Debió de ocurrir de madrugada, porque todavía era de noche, aunque la claridad de la calle se colaba entre las cortinas y dejaba ver todo. Yo estaba profundamente dormido, pero un movimiento a mi espalda me despertó. Sarah se estaba incorporando sobre la cama, me miró, o creo que me miró. Después se levantó y caminó hacia la puerta. Lo sé porque entreabrí los ojos y vi sus pies desnudos avanzar por las tablas de madera. Supuse que iría al baño, pero no. Sus movimientos se detuvieron junto a la puerta de su habitación. Vi claramente como se agachaba y cogía algo. Un objeto alargado y rectangular y, por lo que parecía, pesado. Salió del cuarto con él en las manos y tuve la certeza de saber qué era aquel objeto. Sarah se había llevado el cuaderno *Wir über uns*, el libro de los poetas de la Stasi.

Y, aunque estaba claro lo que estaba pasando, decidí cerrar los ojos y darme la vuelta para seguir durmiendo. Porque si me hubiera interrogado, si me hubiera hecho las preguntas oportunas, habría acabado dándome una respuesta que no quería oír: Sarah me estaba espiando.

*Memorias de Alexander Steinbach*
*Cuartilla 3*

Un día, Laura entró en la sala llorando.

Lo hacía de forma desaforada. Como quien entierra a alguien o ha perdido a un ser querido. Puso su cabeza en una de las mesas y siguió sollozando. Todos nos pusimos en pie y la rodeamos.

Köster fue el que le hizo la pregunta:

—¿Qué ha pasado?

Ella no contestó. Köster insistió:

—¿Has tenido un accidente? ¿Le ha pasado algo a tu marido?

Laura negó con la cabeza.

—Wosz, trae un poco de agua —le dije.

Lo hizo y cuando le acercó la botella, descubrimos su cara.

No había ni una sola lágrima.

Estaba totalmente serena.

—Gracias —le dijo a Wosz con tranquilidad.

Köster insistió.

—Laura, ¿qué ha sucedido?

—Nada —contestó con una sonrisa.

—¿Nada?

—Nada. Solamente que soy una buena actriz.

—¿Cómo?

—Era una actuación. Bastante sobreactuada, por cierto, para demostraros algo.

Todos nos quejamos; habíamos caído en otro de sus trucos.

Volvimos a nuestros asientos y ella se puso de pie.

—¿Quién de vosotros ha llorado?

—Nadie —respondió orgulloso Liebers.

—Exacto. Nadie. Porque ver a una persona llorar no sirve para emocionarnos. Tampoco ver a alguien reír nos hace gracia. Para eso tenemos que hacer otra cosa.

—¿Actuar mejor? —la interrumpí.

—Eso también —contestó con sorna—. Pero hay algo más importante. ¿Qué es lo que ha hecho Köster al verme llorar?

—Preguntarte qué te había pasado.

Laura lo señaló y se mantuvo unos segundos en silencio con su dedo en alto.

—Si no somos capaces de entender al personaje, no podemos emocionarnos. Esto es muy importante.

Se fue hasta la pizarra e hizo una línea que recorrió todo el ancho.

—Esto es todo lo que tenemos que saber de un personaje para escribirlo.

Después, hizo una línea debajo, que era la mitad de la otra.

—Esto es lo que va a entender un lector de nuestro personaje.

Y por último hizo una línea diminuta.

—Y esto es lo que está escrito del personaje —le dio un golpecito con la tiza—. Esta parte minúscula es la que vamos a crear con las palabras. Tenéis que encontrar las palabras, las acciones, los diálogos precisos para que todo esto —señaló las enormes líneas de arriba— quepa en esta pequeña parte que mostramos.

Cuando desperté, ya de mañana, no había ni rastro de Sarah. Ni una nota, ni un café preparado, nada. Di una vuelta por su piso pensando que a lo mejor podía estar esperándome en otro espacio, pero tampoco la vi. Lo que sí encontré fue mi mochila. Parecía que nadie la hubiera tocado, me resultó extraño. Quise pensar que todo había sido un sueño o una especie de alucinación producto del alcohol que habíamos bebido la noche anterior.

Me vestí y salí, todavía contento, aunque medio dormido, y cuando crucé el portal del edificio me di cuenta de que no tenía ni idea de mi ubicación, no reconocía esa zona. Lo peor era que mi móvil estaba sin batería. Hacía frío y me sentía demasiado exhausto como para ponerme a buscar direcciones, así que decidí que era el momento de hacer un dispendio. Paré un taxi y le di la dirección de Hans.

A través de la ventana del taxi, vi los edificios colindantes al piso de Sarah, todo fachadas llenas de *Putz*, el enfoscado que cubría casi todas las paredes del barrio de Kreuzberg. Poco a poco, el paisaje fue cambiando y donde había edificios fueron apareciendo casitas y, entre medias, pequeños jardines, árboles, naturaleza.

Entré en casa de Hans, otra vez la puerta abierta, y al instante noté que él tampoco estaba. Mejor. No quería darle explicaciones sobre la noche anterior. Así que subí a mi habitación, puse mi móvil a cargar, me tumbé en la cama y volví a dormirme.

Dormí plácidamente. Hasta que, de pronto, un estruendo me despertó.

Lo oí a escasos metros, fue como si una placa de hierro cayera al suelo junto a mí.

Abrí los ojos y vi a Hans. Sus facciones eran las de alguien enfadado, aunque, en realidad, nunca lo había visto relajado, así que no podía distinguir si estaba molesto o no. Estuve seguro de que se había enterado de que había pasado la noche con su hija y me iba a echar.

Pero no.

No dijo nada, no hizo nada.

Solo se quedó delante de mí y después se marchó de la habitación.

Algo desnortado, vi que el sonido que me había despertado provenía de un libro, un libro que estaba en el suelo. Supuse que Hans lo había dejado caer desde una distancia suficientemente alta.

Me arrastré para verlo y mi sorpresa fue mayúscula al leer el nombre de la autora: Laura Berger. Cogí el libro y pude descubrir también el título de la obra: *Jahreszeiten* (*Estaciones*).

Salí corriendo escalera abajo, persiguiendo a Hans.

—¿Dónde lo has encontrado?

—No —respondió él—, la pregunta es: ¿dónde no lo has encontrado tú?

Ya sabía la respuesta, así que no hizo falta que me diera más pistas.

—En internet.

—Efectivamente —respondió él con orgullo—. Allí no estaba, ¿verdad?

Intenté defenderme.

—Encontré una referencia al libro. Ganó el premio de libreros de Leipzig en 1979 y tuvo varias ediciones, pero...

—Pero no existía ningún libro a la venta, ¿verdad? —me interrumpió Hans mientras se metía en la cocina—. He hablado con un librero amigo mío. Uno de esos que no tienen página web. Me ha conseguido este ejemplar.

Lo hojeé rápidamente. Era un libro pequeño, en una edición antigua, aunque bien cuidado, con las páginas de un amarillo pálido.

Hans comenzó a hacerse un café y me interrogó con esa forma tan peculiar que tenía él de hacerlo todo:

—¿Qué más te ha dicho la maquinita esa sobre Laura Berger?

Con algo de vergüenza, comencé a relatar todo lo que había leído sobre ella.

—Que murió en 1997, que fue una escritora algo reconocida en los ochenta, aunque sin ser una primera pluma de la DDR. Que escribió de todo, novelas, relatos, poemas, teatro... Y que sus libros son muy difíciles de conseguir.

Dejó la cafetera en la placa de la cocina y se giró hacia mí.

—¿Y Köster? ¿Qué tal con él?

—No apareció. —Una sonrisa se formó en su rostro—. Gracias por mandar a Sarah para que no estuviera esperando todo el día.

Aquello lo dije intentando no parecer culpable.

—De nada —dijo él poniendo dos tazas blancas sobre la mesa—, pero fue idea suya. Por mí te habrías quedado pudriéndote allí durante horas.

Aquello no era lo que Sarah me había contado, pero no quise indagar por si acaso él también quería.

—Eso sí, Köster me dejó un mensaje.

Fui a por el móvil a la planta de arriba y cuando volví, le enseñé la pantalla. Allí estaba otra vez la inscripción en la pared, los números y el mensaje *Du, Sklave, schneid deine Haare* ('tú, esclavo, córtate el pelo').

Fue entonces cuando vi en su rostro que él sí entendía el mensaje.

De su boca salió un:

—*Scheisse.*

La única traducción posible sin sonar grosero es «mierda».

*Memorias de Alexander Steinbach*
*Cuartilla 3*

... Pero con Laura no solo aprendimos de literatura, también nos formó como agentes. Aunque a su manera. Un día nos puso una frase en la pizarra y nos dio unas instrucciones, digamos, especiales.

Debíamos escribir un relato a partir de aquella frase. Sin contexto, sin saber su procedencia, sin ninguna información que nos ayudara a ordenar las ideas.

La frase aún la recuerdo:

*Du, Sklave, schneid deine Haare* ('tú, esclavo, córtate el pelo').

Nos contó que había ocasiones en las que una frase aparecía en su cabeza, como si fuera una mosca que revoloteaba por su pensamiento y que no quería salir, la asaltaba una y otra vez y, hasta que no conseguía crear un relato con ella, no podía descansar en paz. Nos habló de algunos de sus relatos y de como habían nacido de una sola frase, de un destello, como ella los llamaba.

Esa frase, *Du, Sklave, schneid deine Haare*, la había leído hacía poco y le había llamado poderosamente la atención. La había tenido en su mente durante semanas y, ahora, nos la regalaba. Tenía que ser el comienzo de nuestro siguiente relato.

Durante toda la semana trabajé en un relato. En él hablaba sobre la esclavitud y el movimiento obrero. Algo muy político, muy del Partido. Sentí que era lo que tenía que hacer.

Entonces llegó el día del Círculo y yo leí mi relato, pensando que a Laura le gustaría.

Al terminar, Laura volvió a escribir la frase en la pizarra.

*Du, Sklave, schneid deine Haare.*

—¿Qué significa esto para ti?

Le hablé de la lucha de clases, de Marx, de la justicia social, pero no me dejó acabar.

—Nada de eso. Todo esto se puede resumir en una palabra —respondió solemne—: subtexto.

Fue entonces cuando nos contó la historia del traidor de Mileto. En mi recuerdo, aún es su voz la que la narra:

—Cuando la ciudad de Mileto fue conquistada por los persas en el siglo vi antes de Cristo, todo el mundo sabía que los jónicos iniciarían una revuelta para expulsarlos, solo faltaba saber cuándo. Los persas desplegaron a miles de soldados por Mileto, atentos a cualquier movimiento. Los jónicos comprendieron que tenían que esperar; debían iniciar la revolución justo en el momento en que las tropas persas se replegaran o, al menos, dejaran de presionarlos. Así que introdujeron un espía en la corte del rey Darío, alguien que les indicaría el momento perfecto para atacar.

»Para informar de cuándo debía comenzar el ataque, el espía creó un sistema para codificar el aviso, un mensaje que no pudieran conocer los persas.

»Afeitó el pelo a un esclavo y le tatuó un mensaje en la cabeza. Después dejó que le creciera el pelo lo suficiente como para que el mensaje no pudiera leerse. Cuando llegó el momento, lo mandó a Mileto con una nota: *Tú, esclavo, córtate el pelo.* Allí volvieron a afeitarle la cabeza, descubrieron el mensaje del espía e iniciaron la rebelión.

—¿Y qué tiene que ver eso con la palabra subtexto? —le pregunté yo.

—Todo —respondió Laura—. Los escritores deben ser como el espía de Mileto. Debemos poner una capa por encima de nuestro mensaje. Si quieres hablar de la lucha de clases no puedes «hablar» de la lucha de clases, tienes que dejar que le crezca el pelo. Perdona que te lo diga, Alexander, pero es aburridísimo oírte hablar del marxismo y de la lucha de clases... —Todos se rieron—. Si quieres mandar un mensaje, lo mínimo que puedes hacer es ocultarlo. Taparlo y que sea el lector el que lo descubra, capa a capa. Eso es el subtexto.

Quizás eso es lo que estoy haciendo con estas memorias, poner una capa de pelo delante de lo que realmente quiero contar.

# EL PAQUETE

Hans puso la cafetera sobre mi taza y dejó caer el café mientras me contaba la vieja historia del espía de Mileto y cómo ocultó su mensaje en el pelo de un esclavo.

Cuando terminó, nos quedamos un segundo en silencio y volvió con su cantinela:

—La próxima vez, no le hagas una foto. Escríbelo en el cuaderno.

Ignoré su comentario y fui directo al meollo.

—¿Por qué has dicho *Scheisse* al verlo?

—Porque lo sabe. Köster lo sabe.

—¿El qué?

Hans se marchó de la cocina y subió al piso superior. Allí estuvo unos minutos, después volvió con un papel en la mano.

Me lo tendió.

Estaba plegado en dos partes.

Lo desdoblé raudo.

*Para ser publicado por Hans Hellman*
*La historia del Círculo de Escritores Chequistas debe salir a la luz.*
*BStU: 34.98-KFT-89*
*Un admirador.*

—¿Qué es BStU y esos números?

—Es el lugar donde encontré el resto de los libros. BStU es el archivo de la Stasi y el resto es la signatura para encontrarlos. —Lo miré, aún sin comprender—. El ejemplar que tienes tú es el original, por así decirlo.

—¿El original de qué?

—*Wir über uns* no lo encontré en el archivo de la Stasi. O no lo encontré por primera vez allí. El ejemplar que le enseñaste a Wolfgang Köster lo recibí en un paquete... anónimo —añadió con desgana, como si fuera un ultraje que no lo hubiera encontrado él—. Apareció un día en mi buzón, no pasó por ninguna empresa de paquetería. Solo un sobre marrón sin más datos que esa nota que tienes entre las manos y la antología que ya has leído.

Miré de nuevo la nota, intentando descifrar su contenido.

—Más tarde —continuó Hans— fui al archivo y encontré el resto de los ejemplares. Me pareció que era un buen material y que debía ser publicado. Eso es todo lo que sé, todo lo que tengo.

—¿Y qué tiene que ver eso con la pintada de Köster?

Hans se reclinó sobre su silla.

—Creo que esos números son el mensaje. Quien envió este sobre debe de ser el espía de Mileto. Y tú...

Lo interrumpí:

—Yo soy el esclavo.

Hans alzó la taza de café y bebió en silencio.

Miré la foto en mi móvil, miré el libro de Laura Berger y me sentí desorientado. Así que busqué una excusa para marcharme, una que le gustara a Hans.

—Será mejor que suba a leer el libro de Laura Berger.

Hans no dijo nada, cosa que tomé como una afirmación, pero cuando estaba a punto de salir de la cocina, alzó de nuevo la voz.

—Antes de que te vayas, creo que deberías conocer el final de la historia de Mileto. —Me detuve—. Los jónicos se levantaron en armas tal y como les había indicado el espía. Atacaron el lugar más vulnerable del ejército persa, pero, por desgracia para ellos, allí les esperaba un gran número de soldados... —Hans tomó un sorbo de mi café—. El espía había cambiado de bando y desde hacía años trabajaba para los persas. Los había llevado a su propia muerte. El rey Darío ordenó matar a todos los hombres de Mileto y castrar a todos los niños. Así, nunca más nacería alguien que pudiera rebelarse contra él.

Abrir un libro siempre me recuerda a una cita a ciegas. Al igual que cuando llego a un bar buscando a la persona con la que he quedado, cuando paso las primeras páginas de un libro siempre tengo ese nerviosismo, esa ansiedad por saber si será lo que estoy buscando, si será uno de *esos* libros. De los que te cambian la vida, de los que se quedan contigo para siempre.

Lo cierto es que pasa poco, tanto en el amor como en la lectura, encontrar algo así. Podemos pasar la noche con un libro y con una persona, pasarlo bien y olvidarlo. Pero cuando lo encuentras sabes que es diferente, que está sucediendo, y lo mejor de todo es que no sabes por qué. Es muy fácil explicar por qué un libro no te gusta, pero es muy complicado dar razones lógicas por las que te enamoras de una historia o de una persona. No forma parte de nuestra parte racional, simplemente lo sientes.

Cuando abrí el libro de Laura Berger, *Jahreszeiten*, tenía ganas de enamorarme. Lo que me había contado Köster sobre ella me había gustado mucho; en mi cabeza tenía la idea romántica de una poeta entre espías. La literatura pura entrando en el estómago del terror. La imaginación contra la Stasi. Pero para mi desgracia, la magia no sucedió.

La escritura de Laura Berger no me enamoró, nada de lo que allí había me atrapó. Me pareció un libro lleno de relatos intelectuales, incluso petulantes, y sin ninguna emoción.

Sentí que aquella primera cita había sido un fiasco.

Sin embargo, me dio por pensar en mi profesor de literatura alemana durante la carrera. Prefiero no dar nombres, pero si alguien ha estado alguna vez en mi facultad, sabrá quién es. Era reconocido como una eminencia en literatura europea, alguno de sus libros había trascendido más allá del simple interés bibliófilo y había llegado al gran público. Uno de esos libros cayó en mis manos poco antes de iniciar la carrera. Hablaba de escritores apátridas y me pareció una maravilla. Esa sí fue una buena primera cita, lo pasé en grande. Así que no dudé en madrugar para ser el primero de la final el día de matriculación en la universidad y así asegurarme una plaza en su clase.

El día de su primera clase aprendí dos cosas. La primera: que escribir bien no te hace buen profesor. Y la segunda: que puedes ser un erudito y a la vez un gilipollas. Incluso puede que una cosa vaya ligada a la otra.

Quizás Laura Berger fuese el caso contrario; tal vez no era una magnífica escritora, pero sí una profesora excepcional.

Cosa que confirmé unas semanas después, en su propia casa.

*Memorias de Alexander Steinbach*
*Cuartilla 4*

Con Matthias en el Ministerio y Laura al mando del Círculo, parecía que todo iba sobre ruedas. Fue entonces cuando nos lo anunció.

—Queridos escritores, vais a publicar un libro.

Todos nos miramos sin entender.

—Cada uno de vosotros va a seleccionar un relato, un poema o un pequeño ensayo y lo vamos a editar, imprimir y distribuir.

El nerviosismo cundió entre nosotros y Liebers lo definió mejor que nadie.

—Eso no puede ser.

—¿Por qué?

—Nadie puede saber nuestros nombres.

—Pues no pondremos nombres —resolvió ella rauda.

—Pero... el Ministerio nunca nos dejará publicarlo —comentó Köster—. No se pueden sacar documentos del Ministerio sin permiso, da igual su contenido.

—Entonces, no los sacaremos —volvió a zanjar Laura.

Un murmullo se escuchó en el aula.

—Chicos, chicos... Escuchadme un momento. Escribir

para nosotros está bien, pero vosotros sois escritores y no os podéis quedar en esta aula. Nosotros escribimos para conectar con otras personas, con otras miradas. Quizás esos libros no puedan sacarse del Ministerio hoy, pero quién sabe qué pasará dentro de cuarenta años. Los libros se escriben para resistir al tiempo. Cuando vosotros hayáis muerto, cuando ya nadie recuerde quiénes erais, esos libros seguirán ahí. Quizás no los lea nunca nadie, pero... quizás sí. —Nos miró a todos—. Decidme que no queréis publicar vuestro propio libro.

Hubo un silencio que solo rompió Wosz.

—Podríamos utilizar la imprenta del Ministerio.

—Yo conozco a quien la lleva —dijo alguien al fondo.

—Tengo una reunión con el departamento de producción de documentos, quizás ellos puedan ayudarnos —añadió Matthias.

Laura sonrió. No olvidaré nunca esa sonrisa.

Durante aquella semana, cada uno estuvo seleccionando su relato o poema. Yo no, yo quería escribir algo especial, algo nuevo. Así que me encerré durante dos días para escribir un relato que hablara... de mí. Aunque los personajes tuvieran otros nombres y actuaran de forma diferente, estaban en mí.

Fue al volver al Ministerio cuando me dieron la noticia.

Matthias iba a ser arrestado.

No entendía nada de lo que estaba sucediendo. Decían que había sacado información del Ministerio. Yo había hecho bien mi trabajo, estaba seguro de que Matthias no era un topo. Además, era alguien en quien había confiado.

Así que decidí jugármela por él.

Estaba medio dormido cuando entré en su casa con la llave que tantas veces había utilizado.

Podría haberlo despertado y explicarle todo, pero no tenía sentido. El tren no saldría hasta la mañana siguiente.

Le dejé un pasaporte falso y un billete para salir de Berlín. Y una instrucción:

*Cuando pases por la cabina de visados, tose mucho, los supervisores no saben diferenciar si alguien se mueve mucho por los nervios o por la tos.*

Me di la vuelta y me dispuse a salir de su casa.

Antes de eso, Matthias se despertó.

Me miró.

—¿Qué haces aquí? —me dijo muy serio.

Yo preferí no contestarle.

Me dirigí a la salida.

Se levantó corriendo y se cruzó con el pasaporte. Lo cogió.

Yo abrí la puerta.

Él, el pasaporte.

Lo comprendió todo.

—¿Por qué haces esto?

Me gustaría haberle respondido otra cosa, pero lo único que dije fue:

—No contactes conmigo. Si alguna vez quiero volver a hablar contigo, seré yo quien lo haga.

Al cerrar la puerta, escuché un tímido:

—Gracias.

Al día siguiente, me inventé que tenía una cita con un contacto para no ir al trabajo. Me pasé toda la mañana pateando la ciudad, pidiendo favores. Me costó diez mil marcos conseguirlo, pero al fin pude ver el informe sobre la filtración del Ministerio.

Me sorprendió, porque era una carpeta muy delgada. Normalmente, cuando ocurre algo así suele haber mucha documentación.

Abrí la carpeta y solo había un documento.

Un informe clasificado como secreto, aunque muy poco importante. Hablaba de la afluencia de tráfico en los días de verano de Chemnitz.

Pero había una frase subrayada.

Lo comprendí todo.

Me había equivocado.

*Los coches se mueven angulosamente por la carretera principal de Chemnitz.*

Me dio pena, porque Matthias nunca llegó a ver el libro terminado.

# EL BESO DEL PASADO

Es curioso cómo funciona la memoria: pasamos la vida intentando experimentar buenos momentos, vivir plenamente, y cuando lo conseguimos..., apenas tenemos nada que decir sobre ellos. Aquella semana, sin nada que hacer, sin ninguna pista nueva y a la espera de que Liebers respondiera a mis llamadas, fue maravillosa. Casi podría decir que fue uno de los mejores momentos de mi vida. Y, sin embargo, no tengo mucho que escribir sobre ella. Por la mañana me levantaba y leía y leía. Leía testimonios de los presos de la cárcel de la Stasi, leía historias de gente que saltó el Muro, leía antologías poéticas de la época. Solo leía. Hasta que al atardecer recibía un mensaje de Sarah. Recogía mis cosas y salía disparado a verla. Pasábamos las horas haciendo el mejor plan posible para dos personas que se acaban de conocer: ninguno. Caminábamos por la ciudad sin dirección, entrábamos en restaurantes que ninguno de los dos había pisado jamás y nos confesamos cosas que jamás habríamos dicho en voz alta.

Fueron unos días únicos, pero hubo un día en que se rompió esa plácida monotonía.

Estábamos frente al grafiti más famoso de Berlín, el mural *Mein Gott hilf mir, diese tödliche Liebe zu überleben* ('Dios mío, ayúdame a sobrevivir a este amor mortal') que plasmaba a todo color el beso en la boca del presidente de la DDR Erich Honecker y el líder de la URSS Leonid Brézhnev. Aquella plancha de hormigón se había convertido en un ícono de Berlín, con una cantidad increíble de turistas cada día.

—No es mi favorita —dijo Sarah mirando con displicencia la imagen.

Aquella era la obra más famosa, pero no la única. Alrededor de aquel enjambre de turistas se erguía un kilómetro del antiguo Muro de Berlín, pero no un kilómetro cualquiera. Uno muy especial. Toda aquella parte del Muro había sido el lienzo para cientos de murales de artistas. Recibía el nombre de East Side Gallery, la exposición al aire libre más conocida de Alemania, promovida por artistas de todos los lugares del mundo.

—¿Por qué no?

—Porque no. No digo que esté mal, solo que no me dice nada. Sabes, Daniel Medina, no siempre todo tiene una explicación.

—Tuve un profesor que me dijo una vez: podemos explicar con cien mil palabras algo que no nos gusta, pero somos incapaces de encontrar palabras para lo que nos encanta.

—Bonita frase, pero es mentira —replicó ella.

—¿Cómo que es mentira?

—Yo sería capaz de estar hablándote una tarde entera de algo que me apasiona.

—Sí, tú sí —respondí con sorna.

Ella me dio un golpecito en el brazo, como castigo.

—Por ejemplo, podría decirte más de cien mil palabras sobre mi mural favorito de la East Gallery.

—Acepto.

—Está un poco más allá. Es el de Thierry Noir.

—Thierry... ¿qué?

—Noir. Ven. —Me cogió de la mano y tiró de mí—. Te lo enseñaré. —Y comenzamos a andar en dirección a la estación de Ostbahnhof, siguiendo la hilera de murales—. Toda esta locura de la East Side Gallery es culpa suya, ¿sabes?

—¿Es el comisario de la exposición?

—No sé si lo llamaría yo comisario. —Sarah sonrió mientras caminábamos frente a otros murales—. Yo diría que fue el creador de la exposición, pero en el sentido más amplio de la palabra. Noir era francés y, no sé cómo, acabó en el Berlín Oeste de los ochenta. Ya sabes, Bowie, *techno* y fiestas. Noir vivía frente al Muro, en Kreuzberg, creo, y aunque le gustaba la ciudad, no soportaba el gris del Muro. Decía que le perseguía. Todo el día gris, gris, gris. Así que una noche robó pintura de unas obras y, harto de aquel gris, se puso a pintar el Muro.

—Pero ¿se podía?

—En realidad, no, pero en el Oeste eran más permisivos. Sin embargo, en el Este... yo no lo habría hecho.

—¿Noto ciertas reticencias al sistema comunista..., señorita comunista?

Sarah, esta vez, hizo caso omiso de mi comentario.

—¿Sabes lo que hizo Noir el día de la caída del Muro? —me preguntó emocionada—. En cuanto se enteró de la noticia, corrió a cruzar el paso fronterizo. Iba con un cubo de pintura. No tardó ni un minuto en empezar a despejar el gris desde el otro lado del Muro.

De pronto, Sarah se detuvo. Delante de nosotros había un tramo de la calle cortado por obras.

—No me lo puedo creer.

—¿Qué pasa?

—No lo podemos ver —respondió sorprendida—. El

mural de Noir... No lo podemos ver. Están construyendo el maldito rascacielos de lujo y han tapado el mural.

—¿Qué?

—Están construyendo uno de esos bloques de pisos de lujo justo en los murales.

—Pero... ¿eso se puede hacer?

—Con dinero se puede hacer de todo en esta ciudad. Incluso se habló de quitar la East Side Gallery para construir el edificio, pero hicieron una acampada para impedirlo. Hasta vino David Hasselhoff en una furgoneta cantando «Looking for Freedom». Al final lograron detenerlo, pero esta pesadilla no acaba nunca. —Sarah se dio la vuelta hacia mí—. Siento que no puedas verlo.

—No pasa nada.

—Se me ha ocurrido algo. Ya que no puedo llevarte a ver el mural de Noir, te llevaré a un lugar que tengo ganas de que visites.

Cuando crucé la entrada, no pensé que algo como aquello pudiera existir. Era un viaje en el tiempo, pero no como sucede en ciertos museos y palacios, donde todo parece un decorado. No. En aquel edificio estábamos en el día a día de la DDR. El lugar por donde transitaban cada día miles de personas, exactamente igual.

Estábamos en la estación de Friedrichstrasse, pero no la de ahora, la de hacía cincuenta años.

Estábamos en el lugar donde se podía cruzar el Muro en tren.

Estábamos en la época y el *hall* donde mi padre dejó Berlín.

Según me explicó Sarah, después de la caída del Muro, esa parte de la estación, la que funcionaba como puesto fronterizo entre las dos Alemanias, el lugar donde un funcionario decidía si pasabas al otro lado o no, había sido mantenida tal cual estaba en 1989. Era un pedazo de historia que cuidaban para que permaneciera igual y pudieras sentir lo que suponía salir de allí.

—Lo llaman el Tränenpalast, el palacio de las lágrimas. Lo llaman así por las lágrimas que caían al suelo cada vez que una familia tenía que despedirse.

—Lo sé, mi padre escapó de la DDR en un tren que partió de aquí.

Ella me miró confusa.

—Perdona, no sabía que...

—Está bien, me gusta haber venido —le respondí inspeccionando el espacio, que permanecía exactamente igual, salvo por los paneles informativos frente a los controles de seguridad y los vídeos explicativos en lo que un día fueron los bancos de la sala de espera—. Nunca pensé en que el último lugar donde estuvo mi padre en Alemania Oriental pudiera seguir existiendo. Es casi un reencuentro con lo que fue.

No, no lo era.

—¿Tenía familia?

—No —respondí rápido—. O creo que no. —Me fijé en el reloj que coronaba la parte superior de la estación: parecía estar parado, como si esa hora que marcaba fuera importante—. Para mí, todo lo que pasó antes de que yo naciera es una incógnita. Apenas hablaba de mi madre ni de su vida en Berlín Este. Supongo que le dolía demasiado. ¿Sabes que solo conservo una foto de mi madre?

—¿Ninguna más?

—Solo una —respondí intentando evitar que la tristeza se apoderase de mí—. Está en una casa, no reconozco de quién, pero no era la nuestra. Tiene en la mano una revista y sonríe a cámara. Es el único recuerdo que tengo de ella. Mi padre jamás me contó cómo era o qué le gustaba. Siempre se callaba todo —entonces hice memoria—, salvo el día que se conocieron. Eso sí me lo contó muchas veces.

Sarah, que siempre tenía respuestas para todo, esta vez dejó que la conversación se apagara. Pero al instante, contratacó.

—Es interesante —dijo.

—¿El qué?

—Lo de tu padre. Él siempre intentando huir del pasado y tú, tan interesado en él.

—No te confundas, a mí me interesa mi familia, no el pasado. Al que le interesa el pasado es a tu padre.

—Por favor... —respondió con ironía Sarah—. Te veo con tus libros y tus notas, te encanta entrometerte en el pasado. Eres un yonqui del ayer. —Y entonces me miró con sus ojos claros y me lo preguntó—: ¿Por qué te interesa tanto lo que ya ha ocurrido? No lo puedes cambiar, no lo puedes modificar. Solo lo puedes... mirar.

Aquella pregunta, que en principio era simple, me dejó desarmado. Así que preferí no contestar y arrastrar a Sarah hasta uno de los controles de seguridad de la estación. Eran como un armario; apenas un metro cuadrado, con una puerta opaca de madera delante y otra detrás. Dentro, una balda a la altura de la cabeza y un espejo en el techo. La puerta se cerró detrás de nosotros.

El lugar perfecto para darle un beso a Sarah.

—No sabía que te gustaban tanto los puestos fronterizos.

—Me encantan los visados —respondí con sorna.

—Pues no te hagas ilusiones, ese espejo en el techo no es para lo que te piensas —dijo señalando hacia arriba—, era para espiar los bolsos de los pasajeros. Desde esta posición podían ver qué había dentro cuando sacaban el pasaporte. Los supervisores estaban en contacto con la Stasi y si veían algo sospechoso, no te dejaban salir.

—La Stasi tiene ojos en todas partes.

—En todas partes, *mi amante* del *checkpoint* —pronunciando en un torpe español las palabras «mi amante».

Después de aquella excursión a los años de la DDR, decidimos ir hasta el parque de Monbijou, donde nos tumbamos en el césped a leer y a ver pasar los barcos frente a la Isla de los Museos. Fue un momento tan feliz que me olvidé de todo, del Círculo, de Hans, de mi cometido en Berlín. Por eso me sorprendió tanto ver en la pantalla de mi móvil una llamada perdida de un número desconocido y un mensaje:

«Soy Bernd Liebers, creo que ha querido ponerse en contacto conmigo».

# ORWELL NO TENÍA RAZÓN

La casa de Liebers estaba fuera de Berlín, en Brandemburgo, en un pueblo tan perdido que no había medio de transporte que me llevara hasta allí. Así que Sarah se prestó voluntaria para llevarme en el coche de su padre, aunque ella hubiera preferido ir en tranvía.

Quizás fuera porque el día no era soleado o por la presión de obtener un contrato firmado, aunque solo fuera uno, pero todo me pareció más gris en aquel pueblo. Las casas estaban muy separadas, como si los vecinos no quisieran tener relación los unos con los otros. A lo mejor esa era la razón por la que Liebers se había ido a vivir allí.

Antes de llegar, le pedí a Sarah que me dejara a unas manzanas de su casa. Supongo que no quería que me viera con otra persona ni que supiera nada de Sarah. Llegué a pie tras andar unos diez minutos.

Según me iba acercando a una especie de granja en medio del campo, me di cuenta de que una figura se movía en la entrada. Un hombre de grandes espaldas con unas botas de goma sacaba malas hierbas de una tierra labrada. Cuando estuve a una altura considerable, le grité:

—¿Bernd Liebers?

La figura se levantó y me sorprendió comprobar que era más alto de lo que esperaba.

—¿Daniel? —contesto él con un acento que nunca había escuchado.

Me aproximé con la mano tendida, él se quitó el guante con el que estaba trabajando y me la estrechó.

—Perdone, el trabajo en el campo nunca para.

—No se preocupe. —Esa pequeña presentación me hizo recordar las vueltas que me había dado Wolfgang Köster antes de contestar a nada, así que decidí ir directo a la yugular—. ¿Es usted el Bernd Liebers que trabajó para la Stasi en los años ochenta?

Liebers tomó un paño del suelo y se secó el sudor en el cuello. Tardó un poco en contestar, pero cuando lo hizo sentí que aquello era distinto.

—Sí, ¿de qué quiere hablar conmigo?

—Vengo de parte del editor Hans Hellman. Hemos encontrado un libro y creemos que participó en él. *Wir über uns.* —Saqué de mi mochila uno de los contratos que me había dado Hans—. Nos gustaría que firmase la cesión de los derechos de autor, recibirá un porcentaje del...

Liebers me arrancó el papel de la mano. Me pidió el bolígrafo y firmó sin mirar.

—Ahora ya se puede ir.

Me desencajó un poco su velocidad, pero yo no había ido hasta allí solamente para eso.

—Como ya le dije por teléfono, me gustaría hablar con usted. Estoy entrevistando a antiguos miembros del Círculo de Escritores Chequistas para un libro. ¿Cuánto tiempo formó parte del Círculo?

—Antes de responder a nada —dejó el pañuelo en el suelo otra vez—, me gustaría saber quién es usted.

—¿Yo? Me han contratado para hacer las entrevistas y...

—¿Es usted español o de Latinoamérica?

Me desmontó en un segundo.

—Me ha delatado mi acento.

—No —respondió rudo—, es por cómo se mueve.

—Nunca pensé que me pudieran reconocer por mi forma de moverme, pero había acertado—. ¿Español o latinoamericano?

—Español.

—¿Y qué hace un español escribiendo sobre nosotros?

La respuesta fue tan cortante que me puse a la defensiva.

—Yo no voy a escribir el libro, solo hago entrevistas.

—Me da igual. ¿Qué hace aquí? No me fio de lo que no entiendo. No sé si es amigo o enemigo, si es quien dice ser u otra persona. No sé nada de usted y no pienso hablar de nada.

Entonces, volví a pensar en Wolfgang Köster y lo único que querría haberle preguntado si hubiera aparecido en nuestra segunda cita. Saqué el libro y le mostré la primera página:

—¿Sabe qué significan estos números?

Liebers miró las cifras a cierta distancia; se notaba que tenía presbicia.

Después de leerlos, me miró y me dijo algo que no esperaba:

—¿Quieres algo de beber? Podemos sentarnos detrás para la entrevista, tengo una mesa, estaremos más cómodos.

—Un vaso de agua estaría bien —pedí, comprendiendo que había roto la primera barrera.

—Yo voy a tomarme una cerveza —dijo en tono amigable—. ¿Quieres otra?

Asentí.

Liebers comenzó a andar hacia la casa y yo le seguí sin

entender muy bien qué había sucedido. Al entrar me encontré con una vivienda bastante austera: el salón apenas tenía un sillón, una manta y una tele. Pese a la escasez de muebles, la casa estaba muy desordenada. Había ropa encima del sofá y algunas botellas de cerveza junto al sillón.

Él me indicó que saliera al jardín por una puerta cristalera al final del salón.

—Hay una mesa y unas sillas, allí estaremos más cómodos.

Y después se perdió por lo que parecía la puerta de la cocina. Yo salí y me encontré con una mesa de jardín blanca con un cenicero lleno de colillas y dos sillas de hierro que parecían tener muchos años.

Mientras Liebers se entretenía en la cocina, yo seguía pensando en los números. Estaba claro que eran una clave. Primero me habían cerrado la puerta de Wolfgang Köster y ahora parecían haberme abierto la de Liebers, pero ¿por qué? Por un momento pensé en preguntarle por los números en cuanto se sentara, pero me contuve. Prefería que hablase él.

—Aquí estaremos mejor —dijo, ofreciéndome la cerveza.

Su corpulento cuerpo sobresalía por todas partes en aquella diminuta silla, pero parecía estar a gusto.

—Cuéntame, ¿cómo has llegado hasta mí?

Pensé que no tenía sentido mentirle.

—Wolfgang Köster me habló de usted.

—¿Köster se ha ofrecido a esto? —me preguntó mientras sacaba una cajetilla de tabaco de sus pantalones—. Me sorprende.

—¿Por?

—Es especialista en no decir nada. Era conocido en

el Ministerio por jugar siempre con varias barajas. Probablemente todo lo que te contó sea mentira.

—Sí, lo sé. Ya he comprobado que muchas de sus historias son falsas, por eso quería saber su versión.

Liebers se encendió un cigarro y después me dijo:

—Yo te diré la verdad. Me da igual todo, eso pasó hace mucho tiempo.

En ese momento decidí sacar la grabadora de la mochila.

—¿Le importa?

Dijo que no. Le di al botón de grabar y comenzó el juego. Esta vez empecé apostando fuerte.

—¿Cuál era su puesto en el Ministerio de Seguridad del Estado en los años ochenta?

Acercó el cenicero a su posición y por un momento pensé que le incomodaba la pregunta, pero no era así.

—Era reclutador. El Ministerio siempre estaba buscando ampliar su red de colaboradores.

—¿Los IM? —le interrumpí.

—Los *Inoffizieller Mitarbeiter* —me confirmó Liebers.

Los IM eran la pieza clave del estado de vigilancia de la Stasi. Eran colaboradores no oficiales, es decir, no pertenecían al Ministerio, pero trabajaban para él. Por así decirlo, eran personas normales, con sus trabajos normales, con sus familias normales, que espiaban a otras personas normales con trabajos normales y familias normales. No vigilaban a posibles amenazas ni a políticos contrarios. Vigilaban a toda la sociedad, también a los que estaban a favor del Estado. Mielke no solo quería mantener a raya los problemas, quería controlarlo todo, escucharlo todo. Él pensaba que todo el mundo podía ocultar un secreto y solo hay alguien peor que un enemigo del Estado: uno que no sabes que lo es.

—¿Usted buscaba IM para el Ministerio?

—Sí. Yo trabajaba aquí, en Brandemburgo, era mi zona. Me trajeron después de los acuerdos de Helsinki.

En el momento en que me dijo aquello no tenía ni idea de qué eran los acuerdos de Helsinki, pero luego lo leí. Fue un documento firmado en 1975 por todos los países europeos, la Unión Soviética, Estados Unidos y Canadá para relajar la tensión de la Guerra Fría. Entre todos los países se llegó a un acuerdo para mantener las fronteras y la no intervención de otros países, algo muy importante para los soviéticos, pero también se introdujo una serie de compromisos para dar más libertad a la población.

—En los años sesenta, los agentes tenían más margen de maniobra —aseguró—. Sin embargo, después de Helsinki el número de agentes debía bajar. Así que el Ministerio se centró en tener cada vez más colaboradores externos. Y ese fue mi trabajo, atraer a esos colaboradores al Ministerio.

—¿Atraer? ¿A eso lo llama atraer? ¿No le parece una palabra demasiado bonita para lo que hacía usted?

Dio otra calada al cigarrillo.

—No sé, así es como lo llamábamos en el Ministerio. Quizás no te guste, pero era lo que hacíamos: atraer a los IM. Igual que la mierda atrae a las moscas.

Aquello me pareció soez, como si no quisiera que le preguntase más. Por eso incidí.

—¿Y cómo lo hacía?

—Al departamento llegaban dos tipos de casos. Los primeros eran los más sencillos, solían aparecer después de una OV.

—¿OV?

—*Operativer Vorgang* ('procedimiento operativo'). Cuando una persona era sospechosa de profesar «pensamientos políticos o culturales indeseados» era sometida a un OV. Se la vigilaba de cerca, se le pinchaba el teléfono, se introducían micrófonos en su casa... El procedimiento estándar.

Me sorprendió mucho la frivolidad con que describía todo aquello.

—Lo dice como si fuera algo burocrático.

—Es que lo era. —Volvió a hacer una pausa para fumar—. Cuando intentábamos atraer a un colaborador después de una OV, era sencillo trabajar. Generalmente eran disidentes o personas contrarias al Partido. Teníamos pruebas de ello, así que tan solo teníamos que mostrárselas y amenazarlos para que trabajaran para el Ministerio. Era jugar con las cartas marcadas.

Ahora que transcribo sus palabras en papel me doy cuenta de que se pierde un poco la sensación hipnótica que provocaba su voz. Aquello que estaba contando suena horrible, pero por alguna extraña razón, su manera de articular las palabras hacía que me apeteciera seguir escuchándolo.

—Luego estaban los casos que venían directamente del Ministerio, de los de arriba. Esos eran mucho más complicados. Con estos había que vigilar lugares o grupos donde el Ministerio estaba ciego. Una facultad, por ejemplo, o un grupo de teatro. Cuando los jefes no sabían lo que estaba pasando en un lugar, se ponían nerviosos. La idea del Ministerio era que siempre tuviésemos a alguien vigilando por nosotros. ¿Ha leído la novela *1984*?

—Claro.

—Pues se equivocaba. No solo se puede vigilar con cámaras y micrófonos. Es necesario que haya personas. Nadie se levanta de la cama, se mira en el espejo y dice: hoy me he levantado con ganas de socavar el Gobierno. Las cámaras no pueden registrar lo que realmente hay dentro de alguien, para eso necesitamos a otro, un hombre, una mujer, lo que sea. Y ahí es donde entraba yo.

—¿Usted elegía los IM? ¿Decidía quién se convertiría en colaborador del Ministerio?

Dejó caer un poco de ceniza.

—Yo no elegía a nadie. Ellos se elegían a sí mismos. —Despegó su espalda de la silla y se acercó a mí—. En las paredes del Ministerio teníamos dibujada una pirámide. En lo alto poníamos el nombre de los sujetos más importantes de un grupo o de un lugar. En lo más bajo, los menos importantes ¿Sabes a quién intentábamos atraer?

Dudé un momento.

—A los que estaban más abajo —razoné—. Son los que más pueden ganar con el trato.

Liebers se rio a carcajada abierta.

—Se nota que has nacido en Occidente. Nosotros siempre íbamos a por los de la cúspide de la pirámide, ¿sabes por qué? —Me quedé en silencio, así que Liebers tuvo que contestarse solo—: Porque no teníamos que darles nada. Solo quitárselo.

Volvió a apoyar la espalda en el respaldo.

—Si llegabas a lo alto de esa pirámide —continuó— era porque querías estar allí arriba. Y a esa altura no hay nada más temible que perder tu posición. Ni más barato. Es la paradoja del comunismo: crearon un sistema igualitario para aprovecharse de aquellos que no querían ser iguales.

Liebers apagó el cigarrillo en el cenicero, aplastando la colilla contra el cristal. Y en mi cabeza se encadenaron dos pensamientos: si en esa sociedad primaba el privilegio..., ¿qué podía hacer la gente que pensara de forma ambiciosa? ¿Los que tuvieran otros intereses o buscaran la felicidad en otros lugares? Entonces me acordé de ella.

—Y Laura Berger, su profesora en el Círculo de Escritores Chequistas, ¿ella era distinta?

El gesto de mi entrevistado cambió al escuchar su nombre, se volvió más relajado, menos hosco.

—Muy distinta.

—¿Y qué hacía una persona tan distinta en la Stasi?

Liebers sonrió de medio lado.

—Laura era... —Se detuvo como si no supiera qué decir—. ¿Sabe de quién no se puede aprovechar el sistema? De quien no puede comprender. —Cogió otra vez la cajetilla de tabaco—. El Ministerio tenía una universidad para enseñar a vigilar. ¿Lo sabía? —Asentí—. Pues yo di clases muchos años allí. Mis clases supuestamente eran de psicología, pero en realidad enseñaba a los chicos a saber cómo razona una persona, el pensamiento lógico y esas cosas. —Tomó otro cigarrillo y se lo encendió—. Como individuos nos gusta pensar que cada uno es diferente, que pensamos de forma diferente, pero no es verdad. Más o menos todos tomamos las mismas decisiones ante determinados problemas. Si tienes sed, vas a por agua. Si tienes hambre, comes. Si tienes que delatar a alguien para salvar el cuello..., lo haces.

Liebers hizo una pausa para echar el humo.

—Una vez intenté reclutar a un pintor. Un tipo de Potsdam, un hombrecillo poco sociable, pero muy admirado por otros artistas. Pensamos que podría ser muy útil para adentrarnos en ciertos círculos. Estábamos equivocados. Aquel hombre era un disparate. He tratado con mucha gente, pero con él... era incapaz de imaginar su siguiente paso. No seguía un pensamiento lógico, era como un niño. Le pedimos un informe sobre uno de sus amigos y nos lo entregó, pero toda la información era irrelevante. Nos hablaba de su gato y del color de sus plantas. Le ordenamos que volviera a escribir el informe de una forma útil y si no lo hacía..., nos llevaríamos todos los cuadros que tenía en el taller. ¿Sabe lo que hizo esa misma noche? Los quemó todos. Quemó los cuadros en los que llevaba trabajando meses. —Dio otra calada a su cigarrillo—. Cuando le preguntamos por qué lo había hecho, simplemente dijo: «No eran suficientemente buenos para que se los llevaran». —Liebers rio—. Pues así de indescifrable era para mí Laura Berger.

—Pero, según me ha contado su compañero Köster, les enseñó mucho sobre escritura.

—Mucho.

De pronto, pareció como si Liebers no tuviera ganas de responder más.

—¿Cuándo entró usted en el Círculo de Escritores Chequistas?

Silencio.

—Según tengo entendido, pasaron de la universidad a la Stasi.

Más silencio.

—¿Sucede algo?

—Mira, no vamos a jugar a este juego. No voy a sentarme aquí a ver como me haces preguntas y esperas a que cometa algún error, a que me delate. Yo no fui. Todo el mundo piensa que fui yo, pero no es verdad. Yo no lo hice. No sé quién te lo habrá contado, pero es mentira.

Fue en aquel momento cuando realmente empezó a hablar de sí mismo.

## UNA PEQUEÑA NOVELA DE ESPÍAS

Podría haber transcrito la versión de esta historia tal y como la contó Liebers aquel día, pero me encantan esos libros que esconden otras historias dentro de la historia principal. Por eso he preferido unirlo con las partes que me narró Wolfgang Köster y crear una pequeña novela de espías.

La historia de Liebers comienza mucho antes de entrar en el Círculo de Escritores Chequistas. Comienza con su llegada a la Escuela Rusa de Berlín. Un centro creado en un viejo edificio de Friedrichsfelde, uno de los pocos edificios intactos de toda la ciudad tras la guerra. Un colegio que solo admitía hijos de altos mandos soviéticos. Consideraban que la educación alemana era «demasiado laxa» con los estudiantes. Ellos querían una verdadera escuela que impusiera disciplina entre sus estudiantes. Por suerte o por desgracia para Bernd Liebers, se convirtió en uno de los escasísimos alumnos de origen alemán de la escuela.

Durante aquellos años, según el propio Liebers, su educación fue «a la antigua usanza». Detrás de esta frase intuyo un modelo rígido que dio lugar a una personalidad hosca. Aunque tengo la impresión de que eso solo era una coraza que se había construido.

Y aquella armadura empezó a resquebrajarse en sus

años de universidad, cuando se cruzó con «los raros», como él mismo los denominó: Matthias Lampe, Wolfgang Köster, Reiner Wosz y Alexander Steinbach. Los llamaba los raros porque no eran los amigos que esperaba tener. Interesados en la literatura, la pintura y la música, se pasaban horas conversando sobre los libros que habían leído, sobre las películas del Kino International o el último disco llegado de Latinoamérica. Según me contó Köster, Liebers los acompañaba a todos los sitios, siempre se apuntaba a cualquier plan, pero rara vez hablaba. Era una especie de acompañante mudo. No era que no disfrutara, simplemente no sabía qué tenía que decir, qué tenía que opinar. Como el mismo Liebers me confesó, pensaba que sus compañeros eran mejores que él. Más listos, más encantadores, más cultos y, sobre todo, más creativos.

Esa cruz la llevó cuando llegó a sus vidas el general Malte Hass. El hombre los acogió en la Stasi como sus discípulos. Para Hass, aquellos jóvenes representaban la esencia del hombre nuevo que crecería en la Alemania Oriental. Por eso a Liebers le dolió especialmente no ser capaz de alcanzar las cotas artísticas de sus compañeros. No solo sentía que se estaba fallando a sí mismo, sino que le parecía que estaba defraudando al Estado.

Esto me hace recordar algo que me contó el propio Liebers y que acabo de conectar. Al parecer, uno de los parámetros que buscaban en la Stasi a la hora de reclutar IM, los colaboradores no oficiales, era saber si habían sido huérfanos de padre o de madre. Según sus palabras, las personas sin padres eran más fáciles de convencer para que trabajaran para el Ministerio. En su experiencia, esas personas buscaban siempre la aprobación de alguien. Los oficiales de la Stasi se convertían en sus padres, en los hombres que les dieran una palmadita en la espalda y les dijeran lo orgullosos que estaban de ellos. Es curioso que cuando Liebers me contó aquello, no se diera cuenta de que se estaba retratando.

Por eso, para él, la llegada de Laura fue un *shock*. Acostumbrado a encontrarse con generales padres, aquella mujer no encajaba en su visión del mundo. Ahora voy a saltarme mi propia regla y voy a transcribir cómo definió Liebers a Laura Berger: «Cada vez que subíamos una escalera con ella, no lo hacía como todo el mundo, no ponía un pie y después el otro. Ella subía a saltitos, como si fuera más ligera. Y en cierta manera lo era. Caminaba como si nada le pesase, como si no estuviera en el Ministerio de Seguridad, como si no existiese Berlín Este. Ella parecía que no andaba, sino que descendía para estar con nosotros». Fue esa manera de ser, esa ligereza que tanto envidiaba Liebers, lo que provocó justo el efecto contrario en él.

En vez de amoldarse a una vida más ligera, comenzó a copiar a los autores que se suponía que debían ser sus referencias. Copiaba de aquí y de allá. Buscaba por un lado y por otro, pero no encontraba su sitio. Sus poemas eran un reflejo de su educación: efectivos, lógicos, resolutivos. Nada que ver con lo que les pedía ella en clase. Se sentía torpe, se sentía inútil, se sentía perdido. Así que desistió.

Tras una de las reuniones del Círculo, le pidió a Laura Berger que se quedara para hablar con ella. Le dijo que había sido un gusto tratar con ella y que le había encantado formar parte del Círculo, pero que no podía seguir. No era lo suficientemente bueno.

Sin embargo, Laura le sonrió y le dijo que nadie era lo suficientemente bueno para sí mismo.

Entonces ella se lo escribió. Cogió uno de los papeles con membrete del Ministerio y garabateó algo en él. Y le dijo algo que Liebers recordaría más de cuarenta años después: «Si estás perdido, vete con los más perdidos de todos. Los martes a las seis».

Bajo el escudo del Ministerio estaban escritas dos palabras casi antitéticas al propio escudo. Esas dos palabras eran: Umweltbibliothek y Zionskirche.

Según Liebers, la Zionskirche, o iglesia de Sion, es uno de esos lugares que solo podían existir en Berlín. La Iglesia siempre había sido una piedra en el zapato del Gobierno y durante décadas hubo tensiones entre ambos, hasta que en los años ochenta se rompió definitivamente la relación. Desde su perspectiva, y supongo que desde la de la Stasi, la curia tomó partido por los críticos del Estado y sus templos se llenaron de todos aquellos que no encontraban un espacio. Las iglesias y sus locales sirvieron como escenario para conciertos punks, encuentros antimilitares y creación de revistas al margen del sistema. En Berlín, me aseguró mi entrevistado, el lugar de encuentro para los jóvenes fue la Zionskirche. Allí ocurría todo lo que no podía ocurrir en Berlín Este. Se crearon cientos de asociaciones y grupos lejos de la mirada de la Stasi. Y todos giraban en torno a una sala: la Umweltbibliothek, la biblioteca ecológica.

Un lugar que pronto conocería Liebers.

Un lugar donde no podía estar un agente de la Stasi.

La boca del lobo.

Allí fue donde lo mandó Laura Berger.

Liebers dudó mucho si ir; sabía perfectamente lo que ocurría en la Zionskirche. Había leído informes e incluso algunos de sus «colaboradores no oficiales» habían estado allí, por lo cual le asustaba mucho entrar. Sabía que cualquiera podía reconocerlo. Sin embargo, le pudieron más las ganas de saber por qué su querida profesora lo enviaba allí. Así que un martes de nieve y frío, en el que sabía que poca gente se acercaría a la Zionskirche, decidió coger el tranvía y bajarse en la estación de Kastanianalle. Tras asegurarse de que nadie podía ver su entrada en la iglesia, se decidió a cruzar la puerta.

Dentro, solo se encontró a un cura, el padre Hans Simon, un hombre al que normalmente consideraría su enemigo, pero del que ahora buscaba ayuda. Con vergüenza, le pidió que le indicara dónde podía encontrar la biblioteca. Solo lo dijo así, la biblioteca. Liebers me confesó que pensó que cualquier referencia a la ecología le parecía una traición a sí mismo.

El padre lo acompañó hasta una puerta y le dijo que todavía era pronto, pero que se podía quedar allí esperando. Aunque iba con un cura, Liebers tuvo la sensación de que estaba a punto de abrir las puertas del infierno. Y así fue.

Porque lo que encontró fue algo que sabía que estaba mal, que era contra aquello en lo que le habían educado, era el lugar del que siempre lo habían alejado. Y, sin embargo, ahora no quería estar en ningún otro lado.

Porque la Umweltbibliothek no era una biblioteca de ecología.

Era una biblioteca de libros prohibidos.

Todo lo que deseaba y lo que aún no sabía que deseaba se encontraba allí. Autores estadounidenses, obras italianas, poetas berlineses de los que nunca había oído hablar. De pronto, sintió que tenía el universo al alcance de su mano.

Mientras Liebers cogía desaforadamente libros de las estanterías, la sala se fue llenando de chicos y chicas con el pelo largo, abrigos de segunda mano y zapatos negros.

Liebers sabía perfectamente lo que estaba pasando, porque él había estado miles de veces en un lugar parecido a ese. Estaba a punto de comenzar un círculo literario. Pero uno muy diferente.

En aquella reunión no había nadie que la dirigiera, no había un Malte Hass o una Laura Berger, la gente tomaba el turno de palabra cuando creía que debía hacerlo para leer sus textos. Los demás los escuchaban por gusto, como si aquel pequeño gesto, el de escuchar a otra persona, fuera tan importante como leer.

Liebers pasó una tarde deliciosa; no leyó ninguno de sus textos, pero se dio cuenta de que volvería a la semana siguiente. Intentó convencerse de que lo hacía como agente de la Stasi, que recabaría información sobre los asistentes a esas reuniones para futuros reclutamientos, pero esa idea se fue evaporando con el paso de las semanas. El problema era que Liebers había encontrado un lugar seguro para su literatura en el lugar más peligroso para sí mismo.

Según me confesó, su escritura mejoró..., mejoró mucho. No en lo técnico o en lo estético, sino en otra cosa, en algo más profundo. Ya no le importaba lo que opinaran Laura Berger, o Malte Hass, o su padre, lo que hacía diferente su escritura era que ahora disfrutaba de ella. Cada día se guardaba un par de horas para escribir y cuando llegaba ese momento, lo hacía con el mismo entusiasmo del que queda con su amante o de un deportista al pisar el terreno de juego. Era eso lo que había estado buscando toda la vida: no debía escribir para nadie ni para nada... Debía escribir solo por placer.

Pero todo eso cambió la noche del 24 de noviembre de 1987.

Esa noche, un grupo de agentes de la Stasi entró en los sótanos de la iglesia con gritos de «manos arriba, máquinas apagadas». La iglesia, debido a la separación entre religión y Estado, tenía libertad para poder publicar sus propios panfletos y notas informativas, siempre que tuvieran relación con la actividad eclesiástica. Así que era el único grupo que podía tener máquinas para imprimir a gran escala sin tener que pasar la censura del Estado. Durante muchos meses, la Umweltbibliothek había cobijado a un grupo de opositores que publicaban un periódico (aunque llamarlo periódico sería demasiado, era un papel mecanografiado) llamado *Grenzfall* que criticaba abiertamente al Estado y al Ministerio de Seguridad del Estado.

Una semana antes del 24 de noviembre, un IM, un colaborador extraoficial, informó a la Stasi de que un grupo de hombres estaría imprimiendo en los sótanos de la Zionskirche y así era. Cuando los agentes entraron, se encontraron a siete hombres utilizando las máquinas de impresión y pensaron que acababan de obtener una victoria frente al enemigo. Sin embargo, aquella fue una de las grandes derrotas de la Stasi.

Porque el periódico que estaban imprimiendo pertenecía al grupo medioambientalista de Berlín, una asociación formada tras la explosión de la central de Chernóbil para mejorar y comprender el medio ambiente. Todo lo que estaban imprimiendo esa noche era un compendio de medidas medioambientales para combatir la contaminación en la ciudad. Algo que nadie admitiría como un acto ilegal y mucho menos como un acto reaccionario.

Aun así, tras encontrar las obras prohibidas, la Stasi decidió mantener su *modus operandi*. Detuvo a los siete hombres y los llevó a prisión. Aquello fue una afrenta para la Iglesia. Era la primera vez en cuarenta años que notaban una injerencia tan fuerte por parte del Estado, así que organizaron manifestaciones en las iglesias, disfrazadas como vigilias. A través de sus redes de pastores, pasaron toda la información a sus compañeros del Oeste, que, en la primera gran campaña orquestada desde el Este, informaron a los medios de comunicación de medio mundo.

Lo que había comenzado como unas detenciones rutinarias en un periódico local acabó convirtiéndose en el primer gran enfrentamiento de la sociedad alemana contra la Stasi.

Tal fue la presión que recibió, que el Ministerio de Seguridad del Estado decidió tomar una medida absolutamente extraordinaria: liberó a los siete hombres y detuvo cualquier investigación abierta sobre lo que sucedía en las iglesias de todo Berlín. La sociedad lo tomó como una victoria y en los días siguientes se colgaron pancartas criticando al Estado, algo que jamás había pasado hasta entonces. Además, el resto de las iglesias de Berlín tomaron ejemplo del caso de Zionskirche y abrieron sus puertas a los opositores.

Mientras, la Stasi vigilaba cada iglesia, pero con las manos atadas.

Pero la Stasi nunca dejaba de ser la Stasi.

Antes de liberar a los siete hombres de la Umweltbibliothek trazó un plan. Si ellos no eran los creadores del periódico opositor, seguro que podrían llevarlos hasta las personas que habían llevado al Ministerio al mayor ridículo de su historia.

Y para eso llamaron al hombre que era capaz de encontrar el punto débil de cualquier persona: Bernd Liebers.

Cuando Liebers supo cuál era su misión: conseguir que algunos de esos siete hombres liberados se unieran a la Stasi, comprendió que sus días en la Stasi habían acabado. Era un movimiento de ajedrez que sabía que terminaría en jaque mate. Aquellos hombres lo reconocerían y tendría que dar unas explicaciones que, por mucho que las envolviera, sonarían inverosímiles. Liebers optó por la solución que pensaba que menos daño le causaría: una explosión controlada. Mandó a otro agente, más inexperto y con menos formación, a hablar con los siete hombres. Por supuesto, no consiguió «atraer» a ninguno para trabajar como colaborador no oficial.

Y si había algo en lo que eran especialistas en el Ministerio de Seguridad del Estado era en la desconfianza.

El mismo día que Liebers no apareció, sus superiores empezaron a hacerse preguntas, pero no hizo falta que iniciaran una investigación sobre él. Al día siguiente presentó su renuncia y admitió que había tenido contacto con los siete detenidos. Intentó explicar lo mejor que pudo las razones que lo habían llevado hasta la Umweltbibliothek y por qué había decidido mantener esa doble vida de escritor y de agente de la Stasi.

Según me juró Liebers, en aquel testimonio en ningún momento nombró a Laura Berger. Contó que fue uno de sus IM, uno de sus colaboradores no oficiales, el que le había pasado el contacto y había acudido a una de las reuniones para intentar recabar información. Después, se había prendado de lo que allí sucedía y prefirió no abrir la investigación y continuar con las visitas. Como había aprendido en las reuniones del Círculo de Escritores Chequistas y en la Umweltbibliothek, no hay mejor forma de hacer creer una realidad que inventando una ficción verosímil.

Y a partir de aquí es donde empiezan a diferir las versiones de Köster y Liebers.

Según me contó el propio Liebers, después de aquello no recibió ningún castigo severo. Simplemente, fue anotado en la lista negra del Partido. Una lista que te impedía conseguir trabajos cualificados o ascender en la escala social, por lo cual decidió dejar Berlín, gastar sus ahorros en una granja en mitad de ninguna parte y vivir más de treinta años sin volver la vista atrás.

Pero esto era lo raro para sus compañeros. Según Köster, nadie salía así de la Stasi, salvo... que hubiera algo más.

La semana siguiente, Laura Berger no apareció en la reunión del Círculo de Escritores Chequistas. Ni en esa, ni en ninguna más. Su trabajo en el Ministerio había terminado, como les informó un agente. Nunca más supieron de ella y, como me aseguró Köster, tampoco quisieron saber de ella. Tenían claro que Liebers la había denunciado y acercarse a ella era tóxico. Así que hicieron lo que mejor sabían hacer: guardar silencio.

Tras la salida de Bernd Liebers y Laura Berger, el Círculo continuó con sus reuniones, pero poco a poco empezó a descomponerse. El primero en marcharse fue Alexander Steinbach, después Reiner Wosz, el propio Köster... Hasta que el Círculo desapareció y se acabó la poesía en la Stasi.

Lo peor de oír dos historias con finales diferentes es saber que alguien te está mintiendo. En este caso, tenía muy claro que ambos me habían mentido. La pregunta ahora era cuánto.

—No lo sé.

—Es una pregunta sencilla. Si usted no la denunció, ¿por qué sacaron a Laura Berger del Círculo de Escritores Chequistas? Tendrá que tener una teoría.

Y por supuesto que tenía una teoría.

—¿Quién dice que la sacaron? A lo mejor se fue ella. —Según ha quedado registrado en la grabadora, yo reí. No recuerdo haberlo hecho ni por qué lo hice, pero así fue—. A lo mejor temió que alguien descubriera que ella me mandó a la biblioteca. O a lo mejor la sacaron por otro motivo. Podemos estar haciendo conjeturas todo el día, pero nunca vamos a saber qué pasó con Laura Berger. Esto es como lo de la Operación Film.

—¿La Operación Film?

—Veo que no estás muy bien informado, tienes que leer e investigar más. En Berlín siempre hubo contrabando de revistas eróticas. Se vendían a un alto precio, pero eso nunca preocupó en el Ministerio, se consideraba un delito menor. Mientras no se produjeran en el Este, no había problema. —Hizo una pausa para encenderse otro cigarrillo—. Cuando llegaron los ochenta, aquello fue una locura. Se pasaban cientos de vídeos porno cada mes. Incluso vendían el reproductor de vídeo, porque aquí era imposible de conseguir. Así que tomaron cartas en el asunto. Fue un problema que llegó hasta arriba. —Dio una calada—. Y ¿sabes qué pasa cuando un problema llega tan alto? Que a los de arriba les pica la curiosidad y empiezan a hacer preguntas. ¿Qué se ve en esas películas? ¿Cómo son? Así que, sin dudarlo ni un momento, el departamento de imagen les dio la respuesta que querían obtener. Pidieron voluntarios entre sus agentes y produjeron una película porno para que la vieran los altos mandos del Partido.

—Pero era... ¿porno de verdad? —pregunté incrédulo.

—Sí, allí la gente follaba.

—¿Y por qué no cogieron una de las cintas de Berlín Oeste y se la pusieron?

—Porque eso sería ver propaganda del enemigo.

De pronto, Liebers soltó una carcajada.

—Sé que no me crees, pero es todo real. Hasta hicieron un documental en la televisión. Se rodaron solo cuatro películas, por lo que sé. Pero lo interesante viene ahora. El departamento de imagen mandó una invitación exclusiva para algunos políticos y gente del Partido.

—¿Te mandaron una?

Liebers volvió a reír.

—¿Tengo cara de alto cargo? No, yo no recibí ninguna. Ni yo ni nadie que conociera. Pero a la cita acudieron doce personas, todas del Partido, del núcleo duro. No voy a dar nombres, pero era gente muy importante, aunque ninguno pertenecía a la Stasi. Los doce pasaron a una sala del Ministerio, proyectaron la película y una hora después, se marcharon. No hicieron ningún comentario, no dijeron nada. Aquello quedó como lo que parecía, unos viejos verdes que habían satisfecho su curiosidad. —Liebers me miró con una sonrisa pícara—. Veinte años después, cuando cayó el Muro, se supo la verdad. En realidad, aquello era una operación encubierta. Durante la proyección, habían utilizado cámaras ocultas para grabar a los doce espectadores. Entre ellos había un político que estaba poniendo trabas continuas al Ministerio. Amenazaron con enviarles las grabaciones a su mujer y a su familia. El chantaje funcionó y el Ministerio consiguió lo que quería.

Liebers se detuvo en la narración, como si no hubiera nada más que contar.

—¿Y eso qué tiene que ver con Laura Berger?

—En el Ministerio siempre había una segunda intención, si no una tercera o una cuarta. No podías imaginar por qué se hacía algo. Sus intenciones solo las conocían dos o tres personas y, muchacho, esas dos o tres personas no estaban en aquel grupo de críos que se creían escritores.

Aquella respuesta me dejó frío, porque realmente vi sinceridad en él.

—¿Realmente eran solo un grupo de críos que se creían escritores? Quiero decir, eran escritores. Hicieron un libro.

Liebers me mostró la mirada más fría de aquel día.

—Lo tienes.

—¿El libro? —pregunté sabiendo la respuesta.

—¿Me lo enseñas? Por favor.

Aquel por favor sonó como si no estuviera acostumbrado a decirlo muy a menudo.

Yo lo saqué de la mochila y se lo pasé.

Lo tomó como quien coge un tesoro. Pasó su mano por la cubierta como si a través del tacto también pudiera leer. Después lo abrió y acercó su nariz a las páginas.

—Los libros ya no huelen así.

—¿Cómo? —pregunté haciéndome el ignorante.

—Como... como el Ministerio —respondió separando

la nariz de las páginas—. Cada sala, cada pasillo, estaba lleno de miles de papeles. Todo olía a esto. Ahora los libros ya no huelen así.

Liebers comenzó a pasar las páginas del libro.

—¿Hay algún texto suyo ahí?

—No, no quise participar. —Ahí entendí por qué había firmado con esa dejadez la cesión de derechos—. Laura insistió e insistió. «Un texto no está acabado hasta que está impreso», decía, pero yo no quería. Me habría muerto de la vergüenza. Ahora me da envidia, ¿sabes? Recibir un libro en el que has escrito debe de ser la mejor sensación del mundo.

—Lo es.

Liebers me miró como si me hubiera marchado a años luz de allí y, en realidad, era lo que había pasado. Ya no estaba en Berlín ni en verano. Era un día de lluvia y yo esperaba con la puerta abierta al mensajero. Solo pensaba en que los hubieran cubierto bien y ningún ejemplar se hubiera estropeado. El mensajero apareció en el pasillo de mi casa completamente calado. Me pidió firmar algo, pero yo solo deseaba que me diera el paquete y abrirlo. Por fin me lo cedió; bajo el plástico de la empresa de transporte había una caja de cartón, estaba fría y húmeda. Intenté romper las bridas que sostenían el cartón con las manos, pero era imposible. Fui corriendo a la cocina a por unas tijeras. Me hice daño en la mano de la tensión con la que apreté las tijeras para romperla. La tapa se abrió un poco al saltar el último cierre y entonces lo vi. Era mi nombre. Daniel Medina. *Cuatro amigos.*

Me gustaría decir que sentí emoción, pero fue otra cosa. Me sentí ingrávido, como si una carga de años se hubiera desprendido de mi cuerpo y pudiera flotar.

Liebers tenía razón, era la mejor sensación del mundo.

—¿Eres escritor?

—Solo he escrito un libro, no se me puede considerar escritor.

Liebers sonrió y dijo, parafraseándome:

—Eran escritores, hicieron un libro.

Por primera vez en toda la entrevista me sentí cómodo. Esa frase produjo una extraña sensación en mí, me sentí parte de ese grupo. No solo podía entenderlos, sino que compartía los mismos miedos, las mismas dudas. Me sentí cerca de ellos. Es raro sentirse así cuando, objetivamente, sabes que son las peores personas que vas a conocer nunca.

Mientras por mi cabeza planeaban estos pensamientos, Liebers llegó a la página 21.

—¿Recuerda quién escribió ese relato?

—¿Este? —dijo señalando.

Asentí y esperé. No quería que pasara como la última vez, cuando Köster se fue en el momento en que empezaba la verdadera conversación.

—¿Crees que voy a picar? —respondió Liebers—. Llevo mucho tiempo retirado, pero aún sé cuándo alguien me intenta *abschöpfen.*

Había traducido muchos libros y había escuchado el suficiente alemán para saber que esa palabra no era de uso común.

—*Abschöpfen?*

—No sé cómo lo diréis ahora, pero no voy a darte información gratis.

Tiempo después busqué la palabra en internet. «Abschöpfen» significa en el argot de la Stasi robar información importante sin que parezca que lo estás haciendo. Era un trabajo que normalmente se les encargaba a los IM. En inglés tiene un nombre todavía más claro, «skimming», quitar la nata de la leche.

—No pretendía... —Pero Liebers no me dejó acabar la frase.

—Tú ya sabes quién escribió el relato.

Aquello me sorprendió. Me sorprendió mucho.

—¿Cómo?

Volvió a mirar el libro y buscó la primera hoja. Señaló los números en la primera página:

3721123.7

—Es el suyo. —No entendí—. Sabes perfectamente de quién es.

Me había pillado, aunque no sabía con qué.

—¿Por qué está tan seguro? —intenté seguir.

—Porque este es el ejemplar de Alexander.

Había intentado jugar con mis cartas y había perdido.

—Cualquiera de nosotros lo reconocería —aseguró Liebers.

—¿Por qué?

—Porque es el único que salió del Ministerio.

*Memorias de Alexander Steinbach*
*Cuartilla 4*

Lo había hecho mil veces, me había colado en casas, teatros, restaurantes, incluso una vez en un prostíbulo, pero nunca me había colado en mi propio trabajo. Era una situación extraña, porque no hacía falta ocultarse ni ir disfrazado. Podía ir a cara descubierta.

Entré en Adlershof unas horas antes de la reunión del Círculo. No sabía dónde estarían, pero lo intuía.

—¿Esto es el departamento de impresión de documentos?

Una chica muy joven me informó de que sí.

—Verás, he hecho un pedido de un informe impreso hace unas semanas y no lo he recibido.

—¿Tiene la orden de impresión?

—Vaya... —fingí—, la he dejado en mi oficina. Está en el cuartel general.

—Sin la orden no puedo saber si está ya impreso o no.

—Una lástima, tendré que volver hasta allí...

Me di la vuelta y esperé.

—¿Recuerda cuál era el nombre? A lo mejor lo podemos buscar.

La mayoría de las veces, para colarte, no tienes que forzar la cerradura, solo tienes que hacer que te inviten.

Entré en el almacén y allí estaban.

En una caja llena de portadas rojas.

Es difícil expresar lo que sentí.

Me senté en el suelo y saqué uno de los libros.

*Wir über uns.*

Era un título acertadísimo.

Lo había elegido Laura, era precioso.

—Lo he encontrado —le dije a la chica.

Y salí del departamento con la caja en las manos, como el hombre más feliz de la tierra.

Llegué como media hora antes. Estaba tan emocionado que no me importó esperarlos. Según fueron entrando, les iba dando un libro. Cada uno de esos militares y agentes brillaba cada vez que veía la portada. Me sentía Sankt Nikolaus.

Pero lo más importante era dárselo a Laura.

Ella entró como otro día más, pero cuando vio a todos con un libro en la mano, corrió hacia la caja.

—¿Están listos?

Le di el último ejemplar

—Ha quedado genial —musitó al pasar las páginas. Después se dirigió a la clase—. Queridos escritores. No hay sensación igual que abrir un libro por primera vez, disfrútenlo.

Todos aplaudieron con los nudillos en la mesa.

Entonces llegó mi momento.

—Pero no es la única sorpresa para hoy —anuncié—. Abrid la primera página de cada ejemplar y mirad la parte superior izquierda.

Lo vieron.

—¿Qué significan esos números, Steinbach? —preguntó Wosz.

—Es la sorpresa —dije—. Es un código. Quien sea capaz de descifrarlo sabrá cuál es la verdadera sorpresa.

Fue entonces cuando lo hizo.

Laura abrió su ejemplar y lo vio.

—Alexander, ¿y tu ejemplar? —exclamó Köster.

—Bien visto, Köster —le contesté—. Mi ejemplar está en mi casa.

Köster se sorprendió.

—Pero dijimos que no se podían sacar de...

—Denúnciame —le espeté.

Todos empezaron a reír.

—Seguro que la clave para descifrar la clave está ahí, en tu libro —dijo Köster.

—No, tranquilos, ahí no está la clave. Y para que estéis seguros, os diré los números que también he apuntado en mi ejemplar. Son...

—3721123.7 —repitió Liebers. —Alexander era el que más talento tenía de nosotros —comenzó a contar—. Hay gente que nace con ello y gente que no. ¿Has estado alguna vez en un taller observando cómo trabaja un mecánico? Pues así me sentía yo con Alexander. Mientras para mí solo era un motor y un montón de cables, Alexander sabía para qué estaba ahí cada pieza. Y lo mejor de todo, sabía cómo conectarlas para que el motor funcionara. Tenía un don para las palabras, siempre encontraba la que mejor se adaptaba a sus necesidades. Si algo aprendí en la Umweltbibliothek fue precisamente eso: que la literatura es solo escoger las palabras adecuadas y, cuando lo haces, los engranajes encajan y el motor arranca.

Por un momento, yo también tuve envidia de Alexander; aunque hubiera escrito un párrafo como el mío, sentí que tenía un talento que yo no tenía.

—Por eso le dolió tanto a Laura que este fuera su último relato —dijo Liebers.

Una daga cruzó mi corazón.

—¿Murió?

Liebers sacó otra vez su sonrisa más cáustica.

—No, peor. Dejó de escribir.

En la grabación se escucha solo un segundo de silencio antes de la siguiente respuesta, pero para mí fueron muchos más.

—Para ella fue una decepción que lo dejara. Tenían una forma de entenderse diferente a la del resto. Era como si hablaran el mismo idioma. Por ejemplo, con este —señaló la página 21— se quedó callada y solo dijo: no sé qué decir. Y dejar a Laura sin palabras era... imposible.

Se echó a reír de nuevo, como si yo entendiera la broma.

—¿Por eso dejó de escribir? ¿Porque llegó a lo mejor que podía hacer?

—Puede ser, no lo sé. Alexander era un tipo muy raro. Cada semana teníamos que escribir un texto, pero a la semana siguiente de traernos el libro, Alexander dijo que no tenía nada. A la siguiente, tampoco. Y así continuó hasta que me fui. Nunca volvió a escribir nada, que yo sepa. Por cierto —dijo, como si quisiera cambiar de tema—. El relato no lo recordaba así. El principio... no me sonaba que empezara así.

Aquello, de pronto, captó mi interés por encima de cualquier otra cosa.

—¿El primer párrafo?

—No lo sé.

—¿Cómo era antes?

—Diferente.

Ahora que transcribo la grabación, se nota que en ese momento ya no quería hablar más de esto.

Aun así, quise intentarlo una vez más:

—¿Por qué? ¿Qué recuerda? ¿Era diferente en estilo o lo que sucedía?

A esta pregunta directamente no respondió. Había encontrado mi punto débil.

—Los números... Quiero saber qué significan.

En aquel momento la pelota volvió a mí. Recuerdo que sentí calor en las orejas. Siempre me pasa cuando me pongo nervioso.

—Los números —se me oye balbucear en la grabación—. Eh...

Necesitaba una respuesta, necesitaba decir algo y rápido. Tenía ante mí a un exagente de la Stasi bastante corpulento y, por lo que había descubierto en la entrevista, con poca paciencia.

—Los números son...

¿Qué eran los números? ¿Qué eran esas putas cifras? Llevaba noches enteras pensando en qué podían ser y no tenía ni idea. No lo iba a resolver en dos segundos con toda la presión. ¿O sí? Ahora tenía nueva información, ya sabía que los había escrito Alexander Steinbach, el mismo que había escrito las mismas palabras que yo escribí años después. Un escritor que había dejado de escribir. Entonces lo vi claro. No sé cómo no lo había visto antes.

—Alexander Steinbach sabía mucho de códigos.

—Sí —respondió casi automáticamente Liebers.

—Escribió un código en los ocho libros: por cada libro, un cifrado diferente, aunque con los mismos números. ¿Por qué? Porque están relacionados. Son ocho palabras diferentes, ocho mensajes unidos, ¿me sigue? —Liebers asintió—. ¿Y qué son ocho mensajes unidos?

Entonces Liebers dijo lo que yo estaba pensando:

—Una frase.

—Exacto, eso es. Una frase. Cada uno de esos números escritos en la primera página debe de ser una palabra. Y las ocho palabras juntas deben de formar un mensaje.

Liebers se tocó la cara, como si quisiera despertarse:

—Eso ya lo sé. Yo estaba allí cuando Alexander lo anunció —me interpeló—, pero te equivocas en una cosa.

—¿El qué?

—No son ocho ejemplares, son nueve: los siete de los miembros del Círculo, el de Alexander y...

Se quedó mudo, esperando que yo terminara la cuenta:

—El de Laura.

—El más importante de todos —me informó, como si fuera la consecuencia lógica a nuestra conversación—. ¿Me lo dejarás ver?

—No lo tengo.

—¿Qué? —se sorprendió—. ¿Tienes el de Alexander pero no el de Laura?

—Sí —afirmé, muerto de vergüenza.

Liebers empezó a negar con la cabeza.

—¿Cómo he podido? Me he dejado engañar por un niñato. *Meine Gotte!* —gritó mientras golpeaba con rabia la mesa—. Soy un viejo tonto. Pensaba que lo tenía. ¡¿Cómo he podido ser tan imbécil?!

—¿Por qué es tan importante el ejemplar de Laura? Tendrá otros números como esta serie.

—No. —Me miró con odio, pero al menos su forma de hablar era más tranquila—. Alexander escribió un número en cada uno de nuestros ejemplares, pero en el de Laura... Aquel día, ella escondió rápidamente el libro y no dejó que ninguno lo viera más. Estaba claro que ella sabía el código.

—¿Crees que la clave está en el ejemplar de Laura?

Se revolvió en la silla.

—Alexander lo codificó por algo. No había vuelto a escribir nada y si lo hizo fue por una razón. Y yo pensaba que lo sabías. Pensaba que lo habías descifrado.

Liebers seguía con su soliloquio de maldiciones, pero

entonces se detuvo y me miró con odio. Pensé que podía hacerme algo.

—Lo has hecho bien.

—¿El qué?

—Sacarme la información.

Recogió su cajetilla de tabaco y se la metió en un bolsillo.

—Dile a quien sea que te esté instruyendo que estás aprendiendo rápido. Serás un buen agente de campo.

Y se marchó.

*Memorias de Alexander Steinbach*
*Cuartilla 4*

Me duele admitirlo, pero la culpa de que Laura Berger se marchase fue mía, solo mía.

# FINGE COMO UN POETA, ESCRIBE COMO UN ESPÍA

—

En las películas los grandes momentos de amor son declaraciones bajo la lluvia o besos apasionados. Para mí, aquel fue uno de los mejores de nuestra relación: en el coche de Hans, Sarah al volante y yo a su lado. Y nada más. La carretera y música, no necesitaba otra cosa para saber que estaba enamorado de ella.

Habían pasado tantas cosas en la conversación con Liebers, que al ver su coche verde oscuro aparecer por la carretera de aquel pueblo de Brandemburgo sentí que estaba en casa.

No sé de lo que hablamos, pero recuerdo aquel viaje como uno de los mejores de mi estancia en Alemania. Sonaba Florence and The Machine y reíamos. Qué fácil es recordar cada detalle de los momentos difíciles y qué complicado acordarse de por qué fuimos felices.

Lo que sí recuerdo es lo que me contó al llegar a Berlín. Entramos por el este, no sé si por Pankow o por Marzahn, pero todo estaba lleno de *Plattenbau*, edificios prefabricados que trajeron los soviéticos para inundar todas las avenidas de la DDR con torres enormes, prácticamente idénticas.

—¿Te interesan? —preguntó Sarah desde el asiento del piloto.

—¿Los edificios? No son muy de mi estilo.

—Pues deberían.

—¿Ah, sí?

—Sí. Es más: sé que te interesan, pero tú todavía no lo sabes. —Se rio.

Con Sarah siempre era así, un tira y afloja para saber quién tenía el poder.

—Me vas a contar por qué o...

—En dos minutos me vas a dar la razón.

—Venga, prueba.

—Empecemos por lo más importante: se están gentrificando. Su valor creció mucho desde la caída del Muro. —Dejó de mirar un momento la carretera para fijarse en mí—. La gente los abandonaba en los noventa y ahora son lo más.

—Soy traductor..., ¿crees, en serio, que lo que más me interesa es el dinero?

—No, ese era un dato trampa, solo para hacerte creer que ibas a ganar esta discusión.

—Ah.

—Ah —me imitó ella—. Por lo que realmente te van a interesar es lo siguiente: esos edificios son los modelos WBS 70, una vez hice un trabajo sobre ellos en el instituto. Son bastante especiales por una razón. Están construidos solo de hormigón.

—Ajá. Siguen sin gustarme.

—¿No me has oído? Solo hormigón. —Volvió a mirarme como si no la entendiese—. Con los escritores hay que hacer siempre todo el camino, eres igual que mi padre —suspiró—. Después de la Segunda Guerra Mundial había mucho que reconstruir y poco dinero. Así que los políticos pidieron un modelo que costara poco y se construyera rápido. La solución fueron estos edificios, los WBS 70

—dijo, señalando las construcciones de la avenida por la que conducíamos—, pero, como te he dicho, había que ahorrar costes. ¿Y sabes en qué ahorraron?

—En estilo.

—En eso también —sonrió. Me encantaba sacarle una risa—, pero principalmente en aislamiento. Aislamiento térmico, pero también acústico...

—Buah, sin aislamiento acústico, me encanta, increíble.

—Cállate, que no he terminado —me reprendió—. Lo del aislamiento térmico fue siempre un problema, pero lo del aislamiento acústico, no. Dentro de esos edificios se escucha todo. Y cuando digo todo es todo. Desde el noveno puedes escuchar hacer pis al del primero. ¿Sabes quién sacó provecho de eso?

—La Stasi.

—¡Bingo! —Me miró con cara de sabionda—. La Stasi utilizó estos edificios como una colmena de informadores. Todos los vecinos se escuchaban entre ellos y se podían espiar. Si alguien tenía una reunión, todos los sabían, era imposible mantener secretos. Sin quererlo, habían creado los altavoces perfectos para el espionaje.

Miré aquellos edificios y pensé en si Liebers habría pasado por allí para reclutar a algún IM o para darle un premio, como a una mascota que acaba de hacer un truco. Pero los ojos de Sarah no me dejaron centrarme en mis propios pensamientos.

—¿Tenía o no tenía razón?

—¿Eres de esas personas a las que les gusta que les den la razón?

—Preferiría que me dieras un beso.

Me acerqué para besarla, pero ella se negó.

—Ahora no, estoy conduciendo.

—¿Entonces cuándo?

Sarah dio un volantazo y cruzó dos carriles sin que yo supiera qué estaba pasando. Dejó el coche mal aparcado junto a una acera y se me agarró con sus dos manos. Fue uno de esos besos que no se olvidan con facilidad. La adrenalina generada por el giro con el coche y la pasión hicieron que supiera aún mejor.

—¿Sabes que el edificio en el que yo vivo y donde estuvimos juntos es un WBS 70?

—No lo sabía.

—¿Sabes quién sí lo sabe? Mi vecina del sexto.

En aquel momento me dio mucha vergüenza pensar que una señora había oído mis gritos de placer, pero de todas formas, supongo que impulsado por las hormonas, le pedí que fuéramos.

—No.

—¿No?

—Te voy a llevar a otro edificio muy especial. Uno que diseñó la Stasi para espiar a toda la ciudad. Algo así como una colmena gigante de información.

Sarah arrancó y me llevó por esa gran avenida siguiendo siempre en dirección a la Fernsehturm, la Torre de Televisión, el monumento icónico que creó el Gobierno de la DDR para demostrar su poder por encima del Muro. Hoy en día, esa bola sostenida de un palo enorme se sigue pudiendo ver desde cualquier sitio de la ciudad.

Durante ese trayecto, Sarah cambió su forma de comportarse; estaba nerviosa, conducía rápido y, lo más sorprendente, estaba callada.

—¿Todo bien? —le pregunté.

—Sí, ¿por?

—Me ha parecido que te pasaba algo.

—Perdona, estaba pensando en mis cosas.

Cuando llegamos a las cercanías de la Torre de Televisión, Sarah aparcó el coche en una zona azul. Yo cogí mi mochila y me bajé confundido por su cambio de humor repentino y por las prisas que de pronto parecía tener.

—¿La Fernsehturm fue diseñada por la Stasi?

—No —respondió—. Es un poco más adelante.

Fue entonces cuando lo noté.

Como un alivio en el peso de mi espalda. Como si me sintiera más ligero. En solo un segundo. Es difícil de explicar la sensación de levedad.

Y, sin embargo, seguí escuchando a Sarah.

—En realidad, ya no existe, han construido encima el nuevo Humboldt Forum, pero...

Y ahí me di cuenta.

—¡Mi mochila!

No pesaba.

Me di la vuelta y lo vi.

Había un gran agujero en la parte inferior. Era limpio, recto, como una línea que abría la tela en dos.

Lo tuve claro desde el primer momento: era un robo.

Y me quedó más claro cuando lo vi.

Iba de negro, con un gorro. En las manos tenía algo voluminoso, no hizo falta que lo viera para saber que eran mi grabadora, mi libreta y, lo más importante, el ejemplar de *Wir über uns* de Alexander.

Salí corriendo sin pensarlo.

El tipo me vio y comenzó a correr.

Es extraño cómo funciona el cuerpo en esas situaciones: yo no soy un portento físico, pero la adrenalina que corría por mis músculos me hizo empezar a acelerar de una forma que jamás lo había hecho.

Iba unos veinte metros por detrás de él, esquivando a

la gente que avanzaba hacia la Isla de los Museos. Sarah enseguida se detuvo, no podía seguir mi ritmo.

El ladrón avanzó hasta la Alte Nationalgalerie y llegamos al puente que une la isla con tierra. Por debajo de nosotros pasaban los barcos desde donde los turistas nos miraban y gritaban.

Al iniciar él la cuesta, pensé que lo alcanzaría, estaba seguro. Pero en la bajada, el hombre de negro aceleró en dirección al edificio del Instituto Cervantes. Recé porque allí hubiera un policía, pero, por desgracia, la cultura no parece necesitar protección.

El tipo giró y entró en un lugar que me sonaba mucho, aunque nunca había entrado: los Hackesche Höfe, los antiguos patios judíos, en cuyos locales habían proliferado los talleres de artesanos y vendedores de joyas en las primeras décadas del siglo XX y que ahora se habían convertido en el centro del lujo y las tiendas exclusivas en la ciudad.

Pero para mí era mucho más.

Era un laberinto dentro de la ciudad.

Su intrincada arquitectura, que conectaba todos los patios a través de pasadizos, convertía la zona en el lugar perfecto para perderse. O para perder a alguien.

En cuanto entré en el primer patio, supe que me iba a costar encontrarlo.

En la plaza había tres pasadizos, con tres direcciones diferentes. No había ni rastro de él.

Me detuve un segundo, para intentar decidir por dónde continuar lo más rápido posible.

Me decidí por el pasadizo de en medio, pero cuando comencé la carrera, lo vi.

La portada roja, las letras en diagonal, el subtítulo.

Estaba en el suelo.

Era *Wir über uns.*

Cambié la dirección y cogí el ejemplar a la carrera.

Pasé al siguiente patio y otra vez el mismo problema.

No sabía a dónde ir.

Esta vez no tardé tanto en decidirme. Tomé el primer pasadizo a la derecha.

En el siguiente patio tampoco estaba.

Volví sobre mis pasos y tomé otro pasadizo.

Nada.

Se había esfumado.

Me pasé varios minutos corriendo alrededor de los patios antes de llamar a Sarah.

—Lo he perdido.

No era tan buen agente de campo como Liebers creía.

Al menos no había perdido uno de los pocos ejemplares escritos por el Círculo de Escritores Chequistas.

Cuando se te mete la adrenalina en el cuerpo es muy difícil dormir. A lo mejor para otra gente es su día a día, pero para mí, aquello superaba mi media anual de estrés.

Después de hablar con la policía y que nos dieran cero esperanzas de encontrarlo, nos fuimos a casa de Hans, pero él no estaba. Sarah se prestó a quedarse allí conmigo, pero le dije que no pasaba nada, que podía volver a su casa.

Mentira.

Me costó mucho dormirme. Di vueltas y vueltas en la cama hasta caer rendido. Pero a las dos de la mañana, el hombre del abrigo negro apareció en mis sueños. Esta vez no era yo el que lo perseguía, él me perseguía a mí. Corrimos y corrimos hasta que quedé exhausto.

Entonces vi algo que me asustó, me asustó muchísimo.

Vi la cara del hombre de negro. Reconocía esa cara. Pero no era una cara real, era una cara que nunca había existido. Era el rostro del torturador del relato de Alexander. Una máscara de ficción.

Me levanté agitado como solo puedes despertarte de una pesadilla. Oí un ruido y eso me hizo ponerme más en alerta. Salí de mi habitación asustado, intentando que no sonara cada escalón. Una luz estaba encendida en el comedor. Pensé en quién podía estar allí.

La respuesta era la más lógica.

Hans estaba sentado en su butaca, mirando al infinito. Tenía una botella de vino en el suelo.

Me extrañó verlo allí, así que me acerqué hasta él.

—¿Todo bien, Hans?

—¿Tú tampoco puedes dormir? —me respondió aún con la mirada ida—. Normal, ya me ha contado Sarah por teléfono que has tenido un pequeño encontronazo. Siéntate conmigo, te vendrá bien una copa. Es vino de Sachsen, emborracha más que los del Oeste.

—Pensaba que los alemanes solo bebían cerveza.

—Los alemanes piensan que todos los españoles saben bailar flamenco.

Estaba claro que estaba borracho. Borracho y de muy mal humor.

Así que decidí unirme al club.

Tomé una de las copas de la cocina y me serví un vaso lleno hasta la mitad.

—Se toma frío, pero este ya está caliente —me dijo Hans, como si aquel dato fuera muy importante.

Le di un trago y... para mi sorpresa, tenía un sabor afrutado. No sé por qué pensé que al ser del Este sería algo más robusto, no tan ligero. A veces los prejuicios llegan hasta el paladar.

—Está bueno.

Hans me miró aguzando los ojos.

—Claro que está bueno. ¿Por qué no iba a estar bueno? No es un borgoña ni un *rioja* —esto lo entonó con una voz muy rasgada, imitando lo que, para él, era el sonido español—, pero es un buen vino. Ya no hay buenos vinos, solo vinos superiores o mierdas de supermercado. No hay clase media. Igual que en la escritura, solo hay grandes escritores o mierdas. No hay clase media —volvió a repetir.

Parecía que se iba a detener por el modo en que acabó esa última frase, pero continuó hablando.

—Ahora todo es así, ¿verdad? O eres el mejor o eres el peor. Bartleby —me dijo mirándome fijamente—, ¿tú eres el mejor?

Yo le sonreí y le dije que no.

—Haces bien. Ser el mejor es igual de mierda que ser el peor. El momento en que te crees mejor que los demás, en el que piensas que nadie llega a tu altura, ¿sabes qué eres? Un *Backpfeifengesicht.* —Mi insulto favorito en alemán; se podría traducir como «alguien con cara de pedir un tortazo»—. Esa gente que solo va buscando estrellitas en internet.

—¿Estrellitas?

—Sí, estrellitas. Ya sabes. Me gusta: cinco estrellas; no lo he terminado: una estrella. ¡Qué idiotez! Cuando yo era joven, ¿sabes lo que hacíamos si nos gustaba un libro? Lo prestábamos. Y si no nos gustaba, pues no pasaba nada. Llevamos dos mil años publicando mierda y, por ahora, ningún libro malo ha matado a nadie. —Se calmó por un momento—. Escúchame bien, Bartleby. Para escribir bien necesitas dos cosas.

—Yo no soy escritor —le corté.

—Deja de decir tonterías y escúchame. Necesitas dos cosas: no creerte el mejor y escribir como si no tuviera importancia. Escribe porque es lo que te apetece hacer, porque te levantas por la mañana y no tienes nada mejor que hacer, porque no lo puedes reprimir. Pero si escribes con miedo... Si escribes por las putas estrellitas, estás perdido. Tienes que escribir como se caga, porque no lo puedes evitar. Si no lo sacas te hace daño por dentro.

Volvió a apoyar la espalda en su butaca y dejó de mirarme. Nos quedamos así durante unos segundos. Mientras él miraba al infinito, yo daba tragos a mi copa de vino.

—Se está acabando la oscuridad de esta ciudad —soltó de repente Hans—. Y no me refiero a metafóricamente. Están cambiando las farolas. Ahora la luz es más... —hizo un gesto con las manos como si pudiera abarcar más espacio— y está expulsando la oscuridad.

—Eso es bueno, ¿no? A menos oscuridad, menos crimen.

—Es una tontería —se rio Hans—. ¿Crees que los criminales no hacen sus cosas a plena luz del día? Los que se parapetan en la oscuridad son ladronzuelos de poca monta. Los verdaderos cabrones, los que pueden joder la vida a mucha gente, no tienen miedo de la oscuridad. —Volvió a reírse—. Hablando de los mejores y los peores. ¿Sabes que yo conocí al mejor entre los cabrones de la Stasi?

—¿Erich Mielke? —pregunté yo por el director de la Stasi.

—Bueno, el segundo —dijo tomando la botella de vino—. Günter Guillaume. ¿Te suena?

Negué con la cabeza mientras Hans se echaba más vino.

—Busca, busca su foto en Google. Guillaume. G-u-i-l-l-a-u-m-e. Mira la cara de buena persona que tenía.

Cogí mi móvil y busqué su nombre en el buscador.

Lo que me apareció fue la cara redonda de un hombre bajito, con sonrisa de medio lado y un traje que le quedaba grande. Era el prototipo de persona normal, por eso me sorprendió el epígrafe que encontré junto a su nombre: espía.

—¿Este tipo era espía?

—El peor de todos. Consiguió destituir al canciller de Alemania Occidental, a la leyenda, a Willy Brandt. Él solito, sin nadie más. A base de escalar y trabajarse a la gente. Se metió en el Partido Socialista y durante más de quince años fue ganándose la confianza de todo el mundo hasta conseguir ser el secretario personal de Brandt. Por él pasaba toda la información que recibía el canciller y era un maldito espía de la Stasi. Cuando lo descubrieron, llevaba dos años pasando toda clase de secretos al otro lado del Muro. Brandt no pudo hacer otra cosa que dimitir. —Dio un trago a su copa—. ¿Y sabes cómo lo consiguió?

—Por su cara de buena persona.

—Exacto —dijo señalándome—, por su cara de buena persona. Como tú, exactamente igual que tú.

Aquello me turbó por razones que entonces no comprendía y ahora sí.

—No entiendo qué...

—Esa cara os abre puertas. Podéis ser quien queráis, podéis hablar con quien queráis. No como yo. A mí la gente me ve venir...

—Hans, has bebido demasiado, será mejor que...

No me dejó acabar.

—Ojalá hubiera tenido yo esa cara, así no tendría que estar todo el día encerrado en los archivos, donde nadie me puede encontrar.

Me acerqué hasta su butaca y le dije que lo acompañaría a la cama.

Él me hizo caso y se apoyó en mí para levantarse. Entonces quedamos cara a cara.

—No sabes lo afortunado que eres...

Después, mientras caminaba a pasos cortos, soltó una frase que me quebró en dos:

—Qué agradable tiene que ser vivir siendo uno mismo.

Lo vi subir los escalones a trompicones.

Cuando estaba a punto de desaparecer en la planta de arriba, se giró y me habló con voz más calmada:

—Siento mucho lo que te ha pasado.

—No te preocupes, solo he perdido una grabadora.

—Y te va a costar sesenta y cinco euros. Te lo voy a quitar de la paga final —respondió con seriedad—. Mientras tanto puedes coger la mía. Está en alguna de esas estanterías —dijo señalando una de las paredes llenas de libros—. Buenas noches.

Y oí sus tumultuosos pasos recorrer las estancias del piso superior.

Me fui hasta las estanterías que había señalado y vi que, sobre las baldas, en el espacio que dejaban los libros, tenía varios objetos. Todos bastante impersonales. Una cámara de fotos, una baraja de cartas, un mando a distancia. Por fin vi la grabadora; era negra y bastante antigua. Tenía un pequeño casete dentro.

No pude evitar darle al *play*. Todo estaba en blanco. Ningún sonido emergió de la grabadora salvo el repetitivo soniquete del casete dando vueltas.

Sin embargo, hubo algo que me llamó la atención. En el estante donde había encontrado el aparato había varios libros de autores de nacionalidades distintas, en contra de cómo había deducido yo que funcionaba el orden de su biblioteca.

Eran nombres que me sonaban mucho.

John Le Carré, Pierre Augustin de Beaumarchais, Arthur Koestler, Graham Greene, Frederick Forsyth.

Todos escritores. Todos espías.

Era su propia sección de libros escritos por espías. Un baile entre letras y secretos, entre dobles personalidades y personajes de ficción. Una relación que se perpetuaba en el tiempo entre personas que sabían escribir y sabían espiar.

Fue entonces cuando sucedió.

A veces solo hace falta eso, un rayo que haga que todo se ilumine. La única comparación que se me ocurre es como cuando estás haciendo un crucigrama y tienes varias letras, pero no consigues descubrir cuál es la palabra. Y de pronto, algo conecta y puedes verla. Literalmente puedes ver las letras en los huecos vacíos.

Eso fue exactamente lo que ocurrió aquella noche.

Vi los huecos vacíos y los rellené.

Y así comencé a escribir lo que sería este libro.

Subí corriendo las escaleras y busqué el cuaderno que Hans me había regalado. Escribí:

*Finge como un poeta.*
*Escribe como un espía.*

Solo fueron dos frases, pero era la primera vez que escribía en mucho tiempo.

*Memorias de Alexander Steinbach*
*Cuartilla 5*

Después de la impresión de *Wir über uns,* no quise escribir más. Se me hacía muy difícil. No hay una sensación más frustrante que sentarte delante de un papel en blanco y saber que no puedes escribir nada. Así que lo dejé.

Continué yendo a las reuniones del Círculo, pero sin hacer nunca los ejercicios que Laura nos mandaba. Solo iba por estar con ellos, pero algo se había roto. Tiempo más tarde, cuando Laura ya se había marchado del Círculo, intenté volver a escribir sin éxito. Ya no me sentía parte del grupo. Era como si, al salir Laura de la ecuación, hubiésemos perdido la identidad. La gente que me había fascinado en otra época ahora me parecía distinta. Aunque actuaban igual, para mí no era lo mismo.

Así que hice algo totalmente ilógico, algo que nos pondría a los dos en peligro, algo idiota.

Fui a buscarla.

Una noche de invierno, ella tenía la presentación de un libro de relatos, *Jahreszeiten,* en una pequeña librería de Prenzlauer Berg. Llegué tarde a propósito, contradiciendo todo lo que nos enseñaban en el Ministerio.

Si querías ver a un objetivo en un evento debías llegar pronto, antes que él, para no llamar la atención. Cuando alguien está subido a un escenario, controla a todo el público. Si llegas con retraso, destacas entre la multitud. Y eso era exactamente lo que quería.

Cuando entré, estaba hablando de la importancia de convertir en un lenguaje al narrador. En cuanto me vio se quedó muda. Perdió el hilo. La librera tuvo que recordarle de qué estaba hablando. Mientras Laura intentaba retomar el norte de su discurso, yo me senté en la tercera fila para que supiera dónde estaba. Ella respondió un par de preguntas y después decidió, sin explicitarlo, terminar la presentación.

Me levanté para ir a hablar con ella apenas se despidió del público, pero antes de que me diera tiempo a llegar, desapareció por una puerta trasera de la librería. Salí a toda prisa para no perderla. La calle estaba nevada y ella me estaba esperando.

—Déjame en paz.

No me sorprendió que me odiara.

—Solo quiero hablar contigo.

—Yo no —respondió tajante.

Se dio la vuelta y comenzó a andar haciendo crujir a cada paso la capa de hielo.

—Solo serán cinco minutos —le grité mientras se alejaba.

—No.

—Necesito hablar contigo.

Se dio la vuelta más enfadada de lo que la había visto nunca.

—Me echaron del Círculo por tu culpa, tuve que dar cientos de explicaciones y posiblemente alguien me esté vigilando ahora mismo.

—¿Me nombraste?

Pareció aflojar su tono.

—No.

—Si me odiaras tanto como quieres hacerme creer, yo no estaría aquí ahora. Ni tú tampoco. Vamos a hablar cinco minutos.

Parecía que iba a decir que sí, pero lo pensó bien.

—Alexander, déjame en paz.

Volvió a darse la vuelta y a caminar por la calle oscura. Entonces decidí sincerarme: decirle lo que realmente había ido a hacer allí.

—No puedo escribir. —Ella se detuvo—. Desde que te fuiste no he vuelto a escribir. Ni una línea. Estoy bloqueado.

Ella seguía allí parada sin decir nada. Yo continué con mi monólogo.

—He intentado todos los trucos que nos contaste. He fingido ser otra persona, me he forzado a sentarme y nada. Incluso he intentado reescribir los textos de otros, pero no funciona. Estoy roto.

Laura por fin se dio la vuelta.

—Sí, estás roto por dentro. Me has jodido la vida y aun así lo único que te importa es tu maldita literatura... —caminó hasta mí y me dijo—: Cinco minutos, te doy unos consejos y te marchas.

Era mentira, estuvimos más de una hora hablando.

Fuimos a un pequeño bar que yo conocía, cerca de la librería. Un sitio que solía utilizar para quedar con los IM, porque todo el mundo sabía que estaba controlado por el Ministerio, así que nunca había nadie. Era tranquilo, podíamos hablar sin problema.

Me gustó que ella pidiera una cerveza, imaginé que tomaría un té o algo parecido. Pero no, la ordenó sin dudarlo. Y fue directa al grano.

—¿No puedes escribir nada o no puedes terminar nada?

—¿Hay alguna diferencia?

—Mucha —dijo dando un trago a su cerveza—. Si no puedes escribir nada es por algo psicológico. Si lo dejas a medias, es por un lío de faldas... —Se estaba riendo de mí—. ¿Qué te crees que es esto? ¿Astrología? Cuéntame qué te pasa.

Le hablé de las noches sin dormir, la sensación de que cada nuevo comienzo de relato era peor que el anterior, la idea de que todo lo que escribía era una mierda. Ella me escuchó sin decir nada, hasta que finalicé.

Y entonces lo dijo:

—¿Sabes cuál es la única manera de fracasar en la escritura? No fracasar.

No entendí nada.

—En la literatura no existe la perfección. Todos escribimos fatal, nadie está a gusto con su escritura, pero seguimos escribiendo. ¿Has leído el libro que acabo de publicar?

—No.

—Es malísimo. Yo lo sé. Mi editor lo sabe. Los lectores lo saben. ¿Y qué? No pasa nada. Gracias a ti, no ha sido el mejor año de mi vida, así que no he podido escribir bien..., pero he seguido escribiendo.

Me sorprendió que fuera tan franca.

—Sin embargo, tú tienes tanto miedo a fracasar que prefieres no hacer nada. Así crees que no fracasarás, pero es todo lo contrario.

—¿Cómo? —No entendí aquel galimatías.

—Un escritor no puede dejar de escribir. Tú no puedes dejar de escribir, porque escribir es nuestra forma de ser. A mi marido le encanta la música clásica, pero yo no voy nunca a un concierto, ¿sabes por qué? Porque no puedo parar de escribir. Cuando voy y tengo que sentarme dos horas en esa butaca, a los dos minutos mi mente ya está en otro lugar, quizás pensando en cómo será la biografía de la persona que tengo al lado o en una historia de amor entre el violinista y la directora de orquesta. No lo puedo evitar. Y a veces se me ocurren cosas buenas, verdaderamente buenas, pero no puedo escribirlas porque... —usó esa voz de enfado fingido que tantas veces había escuchado en clase— todo está a oscuras y no está bien visto escribir.

Mientras me contaba aquello, perdí la noción del lugar y me sentí otra vez en el aula de Adlershof, pero esta vez solos ella y yo.

—¿Y qué puedo hacer?

—Alexander, tienes que aprender a fracasar.

## EL ADVERSARIO DE LA STASI

Uno de los libros que más me han impresionado en mi vida es *El adversario,* de Emmanuel Carrère. En él se cuenta la historia de un médico que intenta aparentar lo que no es: cuenta a su familia que es un hombre exitoso, siempre ocupado por culpa de su trabajo en la Organización Mundial de la Salud. Pero en realidad no tiene trabajo y todo lo que hace es sentarse en su coche a esperar que llegue la hora de volver a casa. Hasta que un día no puede sostener sus mentiras y mata a toda su familia.

Nunca pensé que me podría identificar con un tipo así, pero la mañana después de la borrachera de Hans me sentí como ese hombre que simula estar siempre ocupado. Cuando me desperté, él estaba ya en la cocina. Había supuesto que dormiría la mona mucho tiempo, pero no fue así. Bajé por las escaleras cuando lo oí maldecir en alemán porque algo se había caído. Estaba de peor humor que por la noche.

—Buenos días.

—Buenos días —me respondió, aunque de una forma totalmente agria.

Estaba comenzando a hacerme un café cuando lo soltó como si fuera un bofetón:

—Creo que deberías marcharte. Ha sido un error que

vinieras, no quiero que corras peligro por mi libro. Si quieres, puedes irte mañana mismo, te pagaré todo lo que acordamos.

No supe qué responder. Después de casi obligarme a venir, aquello me sorprendió.

—¿Por qué?

—Te lo acabo de decir —aseguró.

—Pero... creo que estoy avanzando, que estoy descubriendo cosas. Ayer con Liebers...

Hans me interrumpió.

—¿Qué descubriste ayer con Liebers?

—Que el ejemplar que te entregaron era de Alexander Steinbach. Liebers me lo confirmó.

—¿Y?

—Pues...

No me dejó continuar.

—¿Sabes qué significan esos números?

—No.

—¿Cómo se llaman el resto de los autores del libro?

—No lo sé.

—Siento decirlo, pero me he equivocado. No sirves para esto. No tienes ni una sola pista, ni un solo hilo del que tirar. No me vales.

Aquello me dolió. Es cierto que aquel hombre era desagradable, poco agradecido y muy engreído, pero por alguna razón que se me escapaba, quería gustarle.

—Tengo una pista nueva.

—¿Cuál?

—Me la dio Liebers. —Pensé rápido y acerté—. El ejemplar de Laura. Según él, es la clave de todo.

—¿Y cómo piensas encontrarlo? ¿Con la maquinita esa?

—Tengo la dirección.

—¿De quién?

—De Laura Berger —mentí con una seguridad que hasta ese momento nunca había tenido.

Hans, por primera vez en nuestra relación, pareció sorprendido.

—¿Cómo?

—Liebers me dio su dirección, ahora mismo iba a buscarlo.

—¿Liebers te dio su dirección? —repitió.

—Sí.

Me miró perplejo.

—¿Liebers la ha visto?

—No, no. O sea, sí que la vio una vez —volví a mentir—. Le dio su dirección.

—¿Después de la caída del Muro?

—Sí —mentí sin saber muy bien lo que hacía.

Hans volvió a dar vueltas a su cucharilla.

—Está bien, si es lo que quieres, ve a buscarla.

—Después del café —le dije, consciente de que había dado un golpe de efecto.

—Después del café.

Lo que no pensé en ese momento es qué haría el resto del día.

Así que solo me quedaba una solución: ser *El adversario.*

Me senté en un banco del parque Volkspark Friedrichshain, junto a una estatua del Gato con Botas, a esperar que pasara el día y pudiera volver a casa, tal y como hacía el protagonista de *El adversario*, aunque sin ningún impulso homicida.

Sin nada que hacer, salvo pensar.

Fue entonces cuando lo vi.

Primero pasó delante de mí. Caminó unos cincuenta

metros y se sentó en un banco. Como iba con ropa diferente, no lo reconocí. Pero una alarma volvió a encenderse dentro de mí. No me sentía cómodo.

Así que me levanté.

Y vi como él también se levantaba.

Entonces lo supe: aquellos movimientos, aquella forma de moverse, eran los mismos que había perseguido en Hackesche Markt; era el hombre que me había robado la grabadora.

Cuando caí en la cuenta, supe que no era una casualidad.

Así que hice lo único que podía hacer.

Comencé a correr.

Salí del parque sin saber si él me seguía, pero no quería darme la vuelta para asegurarme.

Entonces apareció un tranvía.

Pensé en Sarah y en la razón que tenía con ese maravilloso medio de transporte.

Me subí prácticamente a la carrera, cuando las puertas se cerraban.

Vi a aquel hombre en la entrada del parque, caminando lentamente.

Me asustó su forma de comportarse.

Por un momento pensé que era uno de ellos, un agente de la Stasi.

Entonces se me ocurrió.

Si quería respuestas, si quería encontrar el ejemplar de Laura, tenía que ir al centro de todo.

Al cuartel general de la Stasi.

El archivo de la Stasi se encuentra en la que era la antigua sede del Ministerio de Seguridad del Estado. Allí trabajaban los más altos cargos de la Stasi, el propio ministro Erich Mielke vivía en una de las plantas. Y, aunque ahora se había convertido en un museo y archivo, la fachada conservaba su aura imponente. ¿Se puede tener miedo de un edificio? Sí, yo en ese momento lo sentí.

Quizás fuera por la pintada que habían mantenido en la entrada del edificio: *Woist meine Akte?* ('¿Dónde está mi expediente?'). Con un cartelito que indicaba que era de autor anónimo y que había sido realizada el 15 de enero de 1990. Me resultó raro que un edificio gubernamental hubiera decidido mantener una pintada, así que busqué algo de información. Por el grafiti no encontré nada, pero sí por la fecha. El 15 de enero, un mes y poco después de la caída del Muro, diez mil berlineses se dirigieron allí, al número 103 de la Ruschestrasse, donde se encontraba la central de la Stasi, o lo que había sido la central de la Stasi. Porque tan solo unas semanas después de la apertura del Muro (a veces me sorprende lo rápido que pueden ocurrir los acontecimientos históricos en Alemania), se había disuelto como tal el Ministerio de Seguridad del Estado. La idea era crear un departamento más pequeño que se ocupara del sistema de inteligencia de una nación que estaba al borde de la desaparición. Y, sobre todo, apartar del poder a Mielke. Pero a los ciudadanos no les pareció suficiente. El 4 de diciembre de 1989, los ciudadanos vieron grandes columnas de humo que provenían de la oficina regional de la Stasi. No hacía falta ser muy inteligente para saber lo que estaba pasando: estaban quemando los expedientes. Así que cientos de ciudadanos rodearon el edificio para que no saliera ni entrara nadie. Después de negociar durante toda la mañana, decidieron entrar al edificio por la fuerza y detener la quema de archivos. Aquel acontecimiento abrió una espita de ocupaciones de oficinas de la Stasi por toda Alemania que terminó con la que ocurrió el 15 de enero en Berlín. Allí, miles de personas se congregaron delante del edificio ante el que me encontraba y decidieron entrar para detener la destrucción de toda la documentación que había allí guardada.

Cuando se adentraron en el edificio encontraron dieciséis mil bolsas de papel triturado con los expedientes más comprometedores y, por supuesto, con todo el archivo electrónico borrado o destruido. Por suerte, gran parte del archivo en papel no pudo ser destruido, así que se destinó un gran presupuesto para crear una comisión que se encargara de que cualquier ciudadano tuviera acceso a los archivos de la Stasi. Y también para intentar recomponer esas dieciséis mil bolsas de papeles triturados que, con paciencia, un grupo de expertos va uniendo pieza a pieza de cada expediente. Llevan unas quinientas bolsas en estos últimos treinta años. Si no me fallan los cálculos, eso quiere decir que, salvo que las nuevas tecnologías entren en juego, tendrían que pasar más de novecientos años para conseguir pegar todos los pedacitos. Novecientos años de trabajo para conocer lo ocurrido durante tres décadas. Los integrantes de este grupo dicen que no les importa el tiempo, porque otros retomarán su trabajo cuando ellos no estén. A veces el *Homo sapiens* puede ser una especie tan oscura como esperanzadora.

Al pasar por aquella pintada comprendí dos cosas: que en Berlín el ayer siempre tiene influencia en el hoy y que la única forma que tienen los alemanes de aceptar quiénes fueron un día es tratar de no borrar las huellas de lo peor de su pasado.

Crucé la puerta de entrada bajo un cartel enorme que decía «Stasi Unterlagen» («Documentos de la Stasi») y allí comenzaron los problemas.

En la recepción había una chica con el pelo largo, de no más de treinta años. La conversación fue más o menos así de breve.

—Buenos días, ¿puedo ayudarle en algo?

—Sí, quería saber cómo funciona el archivo. Estoy interesado en leer un expediente y no sé cómo hacerlo.

—¿Es su propio archivo?

—No.

—¿Es de algún familiar o pariente?

—No.

—Entonces siento informarle de que no puedo proporcionárselo. Solo se permite solicitar expedientes propios o de familiares, o relacionados con alguno de ellos. Lo siento, pero...

La corté antes de que diera por cerrada la conversación.

—Verá, estoy investigando sobre una persona para un libro y me gustaría tener información sobre ella.

—¿Es periodista?

—No.

—¿Es escritor?

Otra vez esa maldita pregunta. Y esta vez no me pude negar.

—Sí —aunque rápidamente maticé—: más o menos.

—Entonces tiene que hacer una petición a través de la página web, esa solicitud se estudiará y en seis meses recibirá una respuesta con la aceptación o no. Si se acepta, podrá volver aquí y leer el expediente en la sala, pero nunca sacarlo.

¡Seis meses! Cómo explicarle a aquella mujer que tenía apenas unas horas para acceder a los registros o me tendría que ir del país. Me di por vencido; allí no iba a conseguir nada. Le di las gracias y me di la vuelta. Por fortuna para mí, encontré que en la propia sala había algunos libros y folletos sobre el archivo de la Stasi. Como no tenía nada que hacer, me quedé curioseando sobre las historias que guardaban los ciento once kilómetros de documentos que se encontraban en aquel edificio.

Mientras me entretenía con aquellos datos, apareció un chico joven, con una chaqueta de cuero marrón, una carpeta en la mano y un paquete de cigarrillos. Se dirigió muy seguro hacia la chica de recepción; como comprendería en unos segundos, no era la primera vez que estaba allí.

—Buenos días, mi nombre es Matthias Grossman, tengo una cita a las 11:15. —Eran las 10:50.

—Llega un poco pronto —dijo la chica mientras tecleaba en su ordenador.

—Sí, lo siento. Estaba un poco impaciente y he decidido venir antes.

Por alguna razón que aún no puedo explicar, fingí que quería ver los folletos junto a la recepción para escuchar la conversación.

—¿Me permite su documento de identidad?

—Sí. —El chico sacó la cartera y le mostró un carnet.

—En el ordenador me indica que no conoce el verdadero nombre de la persona del expediente. Para estos casos es necesario aportar el alias y el año del expediente. ¿Tiene esa información?

—Sí —el chico abrió la carpeta y sacó lo que me pareció desde la distancia un documento antiguo—, su alias es...

—Aquí no.

La chica de recepción lo detuvo antes de que dijera nada; estaba claro que se había dado cuenta de que yo estaba escuchando.

—Será mejor que se lo cuente a mi compañera dentro —le dijo mientras le indicaba una puerta a la izquierda—. Cuando ingrese, diríjase directamente al mostrador al fondo de la sala. Le recuerdo que está prohibido introducir líquidos, bolígrafos o cualquier otro instrumento para dibujar. Tampoco puede hacer fotos y si quiere salir de la sala, debe avisar antes a mi compañera.

Lo acompañó hasta la puerta y acercó una llave magnética a una cerradura electrónica. La puerta se abrió automáticamente y pude ver un par de mesas vacías junto a una ventana. Después la puerta se cerró y me quedé pensando cómo podría pasar yo allí.

Justo en ese momento recibí un mensaje en el móvil.

Abrí la mochila para silenciarlo, pero cuando revisé la pantalla vi que era un mensaje diferente.

No había texto, solo una ubicación.

Un lugar en Berlín.

Cuando la abrí, me quedé estupefacto.

Era un cementerio.

—Nunca había tenido una cita en un cementerio.

—Dime que no es romántico.

—No sabía que te ponía este tipo de cosas.

—Espera a Halloween y verás.

El beso con el que me recibió Sarah fue cálido, pero aquella referencia a Halloween me había hecho entristecer. Estaba seguro de que no estaríamos juntos para celebrar aquella noche, ni las de la siguiente semana, si no encontraba alguna forma de convencer a Hans de que merecía quedarme.

—¿Habías estado alguna vez en un cementerio alemán?

—No, ¿debería?

—Si quieres conocer la historia de un país, querido traductor, siempre debes empezar por sus cementerios. Mira allí.

Su dedo indicó un lugar a poco más de cincuenta metros, una especie de entrada con dos escaleras a los lados y, tras ella, una gran piedra colocada a modo de menhir. A medida que nos acercábamos, pude ir identificando las letras que había allí: Gedenkstätte der Sozialisten. El memorial de los socialistas.

—Allí está enterrada Rosa Luxemburgo y algunos de

sus compañeros en la revolución de Espartaco. Pero no es ella a la que vamos a visitar.

—Ah, ¿no?

—No.

—¿Vas a continuar con este secretismo o me vas a dar alguna pista?

Sarah me miró y me enseñó un papel que tenía doblado dentro de su chaqueta. Fui a cogerlo y ella se separó para que no llegara.

—Antes de leerlo quiero que me prometas una cosa.

—Si supiera lo que es...

—Yo, Daniel Medina, reconozco que Sarah Hellman es una increíble investigadora y que sin su trabajo jamás podría haber llegado hasta aquí.

—Yo, Daniel Medina, reconozco que Sarah Hellman es una increíble investigadora y que sin su trabajo jamás podría haber llegado hasta aquí.

Sarah me acercó el papel y me volvió a besar.

Al desdoblar el papel descubrí un nombre que me era familiar:

*Laura Berger*
*Cómo ser profesor de escritura*

Sarah lo miró por encima de mi brazo:

—Lo encontré en una vieja revista sobre literatura y educación. Escribió un pequeño artículo para la revista. Léelo.

Y eso fue lo que hice:

*Todos los días comienzan igual. Antes de que mis ojos consigan moverse o mi cabeza despejarse, oigo unos ligeros pasos por el pasillo de casa. Como las láminas del suelo son antiguas, los crujidos me van avisando de la distancia a la que está y el tiempo que me queda de soledad. Después, su pequeño cuerpo se desliza entre las sábanas, siento sus diminutas costillas junto a las mías, el frío de sus pies. Se junta todo lo posible a mí, a pesar de que la cama es enorme (al ser madre sin pareja, el espacio es tremendo), utiliza todo su cuerpo para apretarse junto a mí. Y después viene lo más interesante.*

*Se detiene.*

*Ustedes no conocen a mi hijo, pero si lo conocieran entenderían lo extraño de este acto. Él nunca se detiene, siempre está en movimiento, su energía es infinita. Una vez se detuvo y pensé que había madurado, pero en realidad tenía una infección que lo tuvo diez días en cama.*

*Por eso me fascina verlo quieto, porque por unos minutos es como si estuviera recargando la energía. Como si no pudiera empezar el día sin esos instantes junto a mí. Nunca lo he comprobado, pero tengo la certeza de que, si un día se despertara y no apareciera a hurtadillas en mi cama, se quedaría totalmente derrotado. Se dormiría en las clases de Matemáticas (que tanto le gustan), sería incapaz de chutar la pelota con fuerza como lo hace en el entrenamiento. Incluso, sospecho, no lucharía como cada noche para ir a la cama, sino que se iría sumiso por el pasillo hasta su lecho.*

*¿Por qué les cuento esta pequeña costumbre matutina de mi hijo?*

*Porque así entiendo yo la enseñanza de la escritura. La mayoría de los alumnos que he tenido no necesitan que les enseñe cómo funciona el ritmo dentro de un relato o la forma de un verso yámbico. Eso son técnicas que se explican en cualquier libro. Lo que necesitan es otra cosa, necesitan tumbarse un rato al lado de alguien que les dé la fortaleza suficiente para escribir.*

*Escribir duele. Es horriblemente doloroso. Todo aquel que lo ha practicado lo sabe. Y no solo es por la imposibilidad de en-*

*contrar la palabra justa que determine aquello que queremos expresar o por la constante lucha contra el crítico que llevamos dentro. Duele porque tenemos que mirar dentro de nosotros.*

*Adoro a esa gente que va por la vida sin autoanalizarse, pensando solo en las cosas del día, porque no tienen que bucear en los momentos más oscuros de su vida, porque no tienen que batallar con el obsceno sentimiento de que una vez fueron felices y no supieron verlo o apreciarlo. O, incluso, con el hecho de que siguen enamoradas de aquella persona que tanto las hizo sufrir.*

*Escribir duele porque nos muestra, no solo ante los demás, sino ante nosotros mismos.*

*Por eso, los profesores de escritura solo tenemos un deber: dejar que nuestros alumnos se acurruquen junto a nosotros. El tiempo que necesiten, ya sea un día o años, lo necesario como para poder encarar el difícil arte de la escritura con la fuerza suficiente para no romper en pedazos aquello que han escrito, para que no les tiemble la voz cuando recitan su propio poema, para chutar con fuerza ese balón, aunque les duela cada músculo al hacerlo.*

*Abran sus sábanas a sus alumnos y dejen que absorban toda la energía que necesiten, es el único consejo que les puedo dar.*

*Laura Berger, escritora, poeta, profesora y madre sin pareja.*

Al igual que había sentido una gran decepción al leer sus relatos, sentí una conexión muy particular con este pequeño artículo. No tengo ninguna imagen en la memoria en la que estuviera en la cama junto a mi madre, pero por un momento recordé la sensación. No sé si alguna vez la viví, pero recordé la cálida sensación de tener un cuerpo grande a mi lado. En aquel instante, sentí esa energía de la que Laura había escrito décadas antes.

Entonces, una idea atravesó mi mente. Al igual que sus alumnos, igual que Köster, igual que Liebers, igual que todos aquellos hombres que aterrorizaban a la sociedad, yo también había quedado prendado de aquella mujer. Toda la fuerza que no había encontrado en su libro la tenía ahora aquí. Y ahí fue cuando tuve la certeza: una gran maestra, pero una escritora pobre. Una de esas personas que te abren un nuevo mundo, que te enseñan la otra orilla, pero que son incapaces de vivir allí.

—Este es solo el dato número uno —dijo Sarah, sacándome de mis pensamientos—. Allí tienes el dato número dos.

Frente a mí, una lápida con el mismo nombre que acababa de ver en el papel.

Laura Berger
16.01.1939 - 07.04.1997

A pocos metros de nosotros yacía la persona que me acababa de emocionar. Es extraño cómo funciona la literatura, capaz de devolver a la vida una voz que se ha apagado hace mucho tiempo. Era una sensación extraña descubrir su muerte y a la vez sentirme más conectado que nunca a ella.

—Dato número tres. —Sarah volvió a sacar un papel doblado de su chaqueta, aunque esta vez del bolsillo contrario; eso demostraba que tenía preparada toda la coreografía.

Era una fotocopia o una captura de un periódico. De la sección de obituarios. Solo tuve que ver la fecha del periódico para entenderlo.

07.04.1997

Busqué su nombre entre las personas que habían muerto y volví a encontrarlo.

Laura Berger
16.01.1939 - 07.04.1997
Schriftstellerin ('Escritora')

Ich vermisse dich.
Dein Kolibri, dein Erich
('Te extraño. Tu colibrí, tu Erich')

—Conclusión de la investigación, según los datos registrados —comentó Sarah con cierto aire de resabidilla—, Münsterlandplatz 3.

—¿Perdona?

Sacó su móvil y abrió el mapa. Tenía la dirección guardada en su historial. Le dio y apareció una flecha roja cerca de donde nos encontrábamos nosotros, a unos veinte minutos.

—Ahí vive.

—¿Quién?

Ella volvió a reír, sabiendo que me había llevado a donde quería.

—Él —respondió señalando el papel con el obituario que aún sostenía en mi mano—. Erich Berger.

No hizo falta que me explicara nada más.

Iba a conocer al hijo de Laura Berger.

*Memorias de Alexander Steinbach*
*Cuartilla 5*

Después de aquel encuentro en el bar, no volví a ver a Laura en muchos meses. Aunque eso no quería decir que hubiera perdido todo contacto con ella.

No me fue difícil encontrar su dirección. Cuando la tuve, tomé una decisión. No me levantaría de la silla hasta que pudiese mandarle algo escrito. Lo que fuera, un relato, una reflexión, incluso un chiste. Algo, pero escrito por mí.

Me senté frente a la máquina de escribir y esperé. Esperé a que alguna palabra tuviera sentido, a que algo se encendiera dentro de mí. Pero nada. Era imposible. Para mí era, otra vez, como una orden que no podía ejecutar; tenía que escribir algo.

Me levanté, desesperado, de la silla. Otra noche más que no escribía y, además, temía romper mi propia promesa. La frustración me quemaba por dentro, mucho más cuando descubrí que ya no quedaba ni un solo cigarrillo. Bajé las escaleras de mi casa, maldiciendo en cada escalón, y salí a la calle en busca de un poco de tabaco en mitad de la noche. Entonces recordé el único refugio para los perdedores como yo: el bar de la esquina.

Entré y pedí a la camarera una cerveza mientras me encendía uno de los cigarrillos que había comprado en la máquina. En el bar apenas había unos pocos bebedores, habituales del local, y todos posaban su mirada en la televisión. Allí, unos jóvenes en pantalón corto y camisetas rojas perseguían un balón. Los miré a todos y no sé por qué pensé que eran como niños mirando los dibujos animados. Nadie decía nada, estaban plenamente concentrados en los jugadores.

—¿Quién juega? —pregunté a uno de los correligionarios del bar por darle conversación

—El Union, pierde 2-0 contra el Jena. Este año no tenemos nada que hacer.

—Debería hacerse del Dynamo, ellos ganan siempre.

El bebedor dejó de mirar por un momento la televisión y, en un arrebato, me dijo:

—Yo prefiero llorar una derrota del Union con mis amigos que celebrar una victoria del Dynamo de... —El hombre se detuvo. No me conocía y si pronunciaba el final de la frase, que todos sabíamos, podía meterse en problemas. El final de la frase habría sido... «que celebrar una victoria del Dynamo de Erich Mielke, el jefe de la Stasi».

El hombre volvió a su partido sin terminar la frase. Yo me quedé mirándolo a él; en otro tiempo habría pensado en abrirle una ficha, hacerle seguimiento, ponerle micros en casa. Pero en ese momento lo dejé pasar. Porque mi cerebro estaba trabajando a toda velocidad.

¿Y si este hombre fuera un especialista en perder? ¿Y si cada vez que jugara a algo lo hiciera para perder? ¿Y si este hombre fuera jugador de fútbol profesional y le gustara perder? ¿Y si fuera un niño que no quisiera ganar, que se divirtiera al perder?

Salí del bar y las posibilidades siguieron brotando en mi cabeza. Subí las escaleras de mi casa lo más rápido que pude y me senté en mi escritorio. Sin apenas pensarlo, comencé a escribir:

«El mejor jugador del mundo no es el que gana siempre, el mejor jugador del mundo es el que pierde siempre y, aun así, lo disfruta».

Así comencé mi primer relato infantil. El primero de muchos.

Al tiempo de mandarle el relato a Laura, me lo devolvió con una nota.

«Intenta fracasar de nuevo, esto ha salido bien».

# EL COLIBRÍ DE CARVER

El edificio estaba en una pequeña plaza, escondida dentro del barrio de Friedrichsfelde. Era un pequeño remanso entre calles llenas de comercios y asfalto flanqueado por tranvías. Sarah y yo estábamos frente al número 3, pero no nos atrevíamos a acercarnos.

—¿Y si fuésemos investigadores de la universidad?

—Podría pedirnos nuestros carnets y descubrirnos —respondió Sarah.

—Pues entonces solo nos queda ser periodistas.

Era la tapadera más plausible. Al menos eso pensaba yo. Pero ¿para qué necesitábamos una tapadera? Según me había convencido Sarah, a nadie le gustaría enterarse de que su madre trabajó para la Stasi a través de un telefonillo.

—¿Por qué no subes tú solo? —soltó ella de repente—. Sería más fácil, solo tendrías que decir que eres un traductor del alemán al español y que quieres traducir alguno de sus relatos.

—No —dije convencido—. Tú has descubierto su dirección y tienes tanto derecho como yo a subir.

—¿Periodistas, entonces?

—Periodistas —afirmé—. ¿Periódico?

—No puede ser uno importante o nos pillaría con una

simple búsqueda en internet. ¿El *Berliner Woche*? Es un diario gratuito con la información municipal.

—Puede funcionar. ¿Yo soy el redactor y tú la fotógrafa?

—No tengo cámara.

—Pero tienes un buen móvil.

—¿Funcionará? —me preguntó.

—No lo sé, tú pareces demasiado joven. ¿Cuándo decías que naciste?

Mirada juguetona.

—Entre el nacimiento de la prensa y el del primer periódico digital.

—Al menos descarto que seas menor de edad.

Ella miró al frente.

—Será mejor que seamos solo dos redactores. Nada de fotógrafos. ¿Listo?

—Un momento.

La agarré por la cara y la besé como si fuésemos a saltar juntos al vacío.

—Listo.

Me acerqué a la puerta y vi su nombre: Erich Berger. Pulsé y sonó un timbre muy estridente.

Sarah me agarró la mano.

—*Hallo?*

La puerta del piso se abrió y tras ella había un hombre de unos cuarenta años, que vestía unos pantalones de tela y una camisa azul cielo.

—Soy Erich. —Nos tendió la mano.

—Encantado, soy Ulrike Lehmans —mintió Sarah.

Me tendió la mano y me di cuenta de que no había pensado ningún nombre. Entonces me acordé de la charla que me había dado Hans sobre la mentira, la biblioteca Fictiva y la Filarmónica de Berlín. Entonces se me ocurrió:

—Juan Sebastián Arroyo. —La traducción literal de Johann Sebastian Bach.

—¿Italiano?

—No, español. Pero llevo muchos años viviendo aquí.

—Pasad, pasad —nos dijo Erich—, tengo la casa un poco desordenada, no esperaba visita.

—No te preocupes, estamos acostumbrados —dijo Sarah disfrazada de Ulrike.

Entramos directamente en un amplio salón donde destacaban unas letras gigantes, como de escaparate, con formas y colores distintos que componían la palabra *Design*. También había otros objetos llamativos, como una tetera roja rodeada de vasos pintados a mano o una máscara mexicana.

—Tomad asiento. —Y señaló un sofá Chesterton de tres piezas.

—¿Te importa? —dije mostrando la grabadora que me había dado Hans la noche anterior.

—No, por supuesto. —Todos nos sentamos, nosotros dos en el sofá y él en una silla frente a mí—. Es todo un honor que alguien quiera hacer un reportaje sobre mi madre, ella estaría muy orgullosa. Era muy vanidosa. ¿Queréis algo de beber? ¿Un té? ¿Un café?

—No, gracias —respondió Sarah—. ¿A qué te refieres con que era vanidosa?

—¿Esto ya forma parte de la entrevista?

—Podría ser, depende de lo que nos respondas —contestó Sarah.

Él sonrió, pero estaba claro que no le había gustado la pregunta. Aun así, contestó.

—Bueno, le gustaba esto. Hablar con periodistas, acudir a todas las presentaciones. Era su forma de ser, ¿sabéis? He dicho vanidosa, pero quizás esa no era la palabra adecuada. Era extrovertida, hablaba siempre con todo el mundo.

—Empecemos por el principio —intervine yo—. Nació en Berlín, ¿verdad? ¿Qué puedes contarnos de su infancia?

Erich pareció más cómodo con esa pregunta.

—Sí, nació aquí, en este barrio. Pasó casi toda su vida en esta casa. Nunca quiso mudarse, le gustaba el barrio. Tenía sus amigas, ¿sabes? Para ella eran su vida. Se pasaba el día paseando con una y luego hablando con otra. Le encantaba.

—Nos interesa mucho su trabajo como profesora —comenzó a hablar muy rápido Sarah—. Hemos hablado con varios de sus alumnos y nos han contado que era fantástica. ¿Recuerdas si te contó algo de sus clases?

Sarah estaba siendo impaciente. Me di cuenta enseguida, quería la información y la quería ya. Si algo había aprendido de las entrevistas anteriores era que había que crear un clima de confianza antes de hacer las preguntas que verdaderamente quieres hacer.

—No, de eso no sé mucho —respondió Erich con tranquilidad—. Ella hablaba mucho, pero rara vez contaba algo de sí misma. Para eso tenía la escritura y la poesía, para contar lo que callaba en su día a día. Probablemente, vosotros sepáis más de sus clases que yo o que la gente que la conocimos.

Miré a Sarah y ella me miró. Creo que entendió el mensaje, porque a partir de ahí tomé las riendas de la conversación.

—Es interesante esto que cuentas, porque su literatura es muy íntima, contaba cosas que podría dar pavor que otra gente conociera. Sin embargo, lo que más me gusta de su forma de escribir es cuando contaba esas pequeñas cosas de la vida cotidiana. Como por ejemplo, cuando habló de ti.

Erich se irguió en la silla.

—¿Te refieres al libro *Kolibri*? Sí, es muy...

Sarah y yo cruzamos una mirada.

—No, no me refería a ese libro. Me refería a esto que escribió en una revista para profesores de literatura. —Sarah sacó rápidamente el papel que hacía una hora me había mostrado a mí—. Este.

Le dio el papel y su gesto lo delató: no lo conocía.

Empezó a leer y en su rostro empezaron a conjugarse varios sentimientos. Por un lado, su boca mostraba la ilusión de quien recupera un recuerdo que creía perdido y, por otro, sus ojos mostraban la pérdida de aquel al que se quería.

Tardó poco en leerlo; sin embargo, pasó un tiempo hasta que volvió a mirarnos. Era como si quisiera quedarse en ese papel para siempre.

—Ha sido bonito. Gracias, no lo había leído nunca.

En la grabación no se escucha que le dijera nada, supongo que le haría un gesto, pero no sé cuál.

—Una pregunta que nos hacíamos. ¿Vivías solo con tu madre? ¿Tu padre no vivía con vosotros?

—Nunca lo conocí. Al igual que muchos hombres, se marchó de Berlín Este.

—¿Saltó el Muro? —preguntó Sarah.

—No sé si lo saltó o qué. Intentó ponerse en contacto conmigo hace años, pero... prefiero no hablar de ello.

Sarah me miró de reojo, como esperando que me lanzara a sacar el nombre de aquel hombre, pero yo hice todo lo contrario.

—Has mencionado antes el libro *Kolibri*; también apareció ese nombre en su obituario. ¿Tenía un significado especial para vosotros?

La sonrisa de aquel hombre se ensanchó. Fue como si acabara de tocar la primera nota de su melodía preferida.

> Vamos a suponer que digo *verano*,
> escribo la palabra «colibrí»,
> la meto en un sobre
> y la llevo colina abajo
> hasta el buzón. Cuando
> abras la carta te acordarás
> de aquellos días y lo mucho,
> lo muchísimo que te quiero.

El silencio se posó sobre la habitación, como si algo hubiera ocurrido sin esperarlo, como si las palabras tuvieran un mensaje que no podríamos reproducir, pero sí podíamos sentir. A veces la poesía tiene ese efecto tan paradójico: al escucharla es capaz de dejarte sin palabras. Quizás porque las palabras que se han pronunciado son tan valiosas que todo lo que vaya detrás parecerá una tontería. Así que ni Sarah ni yo dijimos nada. Hasta que la sonrisa de Erich volvió a aparecer para romper el momento.

—Es de Raymond Carver. Le gustaba mucho... y a mí. Me lo recitaba antes de dormir. Era nuestro ritual. Lo recitábamos los dos en la habitación, a la vez, como si fuésemos un dúo. Poco a poco, el nombre nos fue ganando y para ella yo ya no era Erich, era su colibrí.

La sombra de una lágrima apareció en su rostro. No sé si en el mío también.

—De ahí el nombre del libro —esto lo dijo de forma ligera, como si no tuviera importancia.

—¿Qué libro? —pregunté inquieto.

—*Kolibri.* El libro para niños. —Sarah y yo nos miramos desconcertados. Erich comprendió lo que había pasado—. No lo saben... Mi madre fue Brunilde Stark.

Seguíamos sin entender nada y eso le divertía, así que generó un poco más de suspense.

—Acompáñenme —dijo.

Nos levantamos del sofá. Yo tomé la grabadora, aún encendida, y lo seguimos. Junto a la sala de estar había un pasillo largo, con puertas a los lados. Erich se dirigió a la última puerta.

—Esta era la habitación de mi madre —dijo con cierta liturgia—, ahora la he convertido en un estudio, pero mantengo sus libros.

Por un momento pensé que estaba en la casa de Hans. Las paredes estaban llenas de libros hasta arriba.

—No quiero donarlos ni venderlos, para ella eran muy importantes. Yo no soy muy lector, pero me siento acompañado —continuó Erich mientras buscaba algo en una de las estanterías—. Además, sería una especie de traición. Ella peleó mucho para escribir algunos de estos libros, le parecería horrible que acabaran en un basurero o... —En ese momento se lanzó a por un libro de la estantería, deteniendo su discurso—. Aquí está.

Su mano sacó con mucho cuidado un libro de cubierta azul. Tenía una ilustración de un colibrí con el cuerpo amarillo y las alas, en pleno vuelo, blancas. Sobre el dibujo podía leerse:

*Kolibri*
Brunilde Stark

—Era su seudónimo —me dijo acercando el libro—. Brunilde Stark. Era el nombre que utilizaba para escribir poesía infantil. Era muy famosa en la época, escribió varios libros, pero este es especial. Vendió muchos ejemplares, no sabría decir cuántos. Una generación entera aún los recuerda.

Tomé el libro entre mis manos y su tacto hizo que sufriera un pequeño escalofrío. Era como si estuviera tocando el pasado.

—Casi nadie lo sabe, ella no se lo decía a nadie. Era muy vanidosa cuando utilizaba su nombre, pero esto... esto prefería guardarlo en secreto.

—¿Por qué? —preguntó Sarah—. ¿No quería que supieran que escribía poesía infantil?

—No, nada de eso —contestó Erich—. Ella decía que cuando pensaba en Brunilde no se imaginaba una señora bajita y con un hijo. Brunilde era para ellos... lo que ellos quisieran imaginar. Y si ponían una foto de la autora en la solapa, esa magia se acabaría. Era una especie de regalo.

Abrí el libro.

Dentro había un índice:



Y así continuaba una larga lista de pájaros y aves.

—A veces la poesía llega a lugares inimaginables —escucho en la grabadora que dijo Sarah, aunque yo no lo recuerdo.

Porque en ese momento vi algo que me dejó perplejo.

Algo que no esperaba encontrar.

Algo que abriría la caja de Pandora.

En la estantería de donde Erich había sacado *Kolibri*,

había un libro que había visto muchas veces. Me acerqué para asegurarme y entonces no tuve ninguna duda.

*Wir über uns.*

El noveno libro.

El libro de Laura.

*Memorias de Alexander Steinbach*
*Cuartilla 5*

«Vamos a salir de tu zona de confort. Si de verdad quieres escribir para niños, escribe poesía. Es lo más complicado. Primero, porque cada palabra cuenta. Si algo está en el poema es porque cumple una función. Y segundo, porque, aunque no lo creas, los niños son los críticos literarios más exigentes. Detectan al segundo si está bien escrito. Los jurados de premios literarios deberían estar compuestos únicamente por niños», me escribió Laura en una carta.

«Está claro que yo soy solo un principiante, no puedo llegar al nivel de una escritora como tú. Aunque, ahora que lo recuerdo, no has publicado ningún poema para niños», le respondí yo.

*Der eitle Löwe glaubt,*
*dass das Zebra nicht frisst,*
*wenn er nicht sieht.*
*(Se cree el vanidoso león*
*que la cebra no come*
*cuando él no la ve.*

*Firmado: La gran poeta).*
*Das gutgläubige Zebra glaubt,*
*dass der Löwe sie nicht frisst,*
*weil er schweigt ist.*
*Aber wenn er sie doch frisst,*
*Er sie viel vermisst.*
*(Se cree la confiada cebra*
*que el león no la come*
*porque es silenciosa,*
*pero si de verdad se comiera a la cebra,*
*él la echaría mucho de menos.*
*Firmado: El gran poeta).*

*Has repetido dos veces la misma palabra.*
*Eso no vale.*
*Firmado: La que sigue siendo la gran poeta.*

# EL CÓDIGO

Allí estaba otra vez, cruzando la puerta con la pintada a la izquierda: *Wo ist meine Akte?* Ahora, la entrada del archivo me parecía más oscura, el sol había dejado de darle de lleno y la sombra parecía cambiar el color de las paredes.

Al entrar, lo primero que hice fue observar si seguía la misma chica en el mostrador. Cuando vi que su lugar lo ocupaba un hombre de unos cincuenta años con poco pelo y gafas de ver colgadas del cuello, supe que podía seguir adelante con el plan que había puesto en marcha.

Aunque llamarlo plan era demasiado. Lo había improvisado en el tranvía según viajaba al archivo de la Stasi desde casa de Erich. Le había pedido a Sarah que no viniera conmigo, no porque no me fiara, sino porque si hacía algo ilegal, prefería que ella no estuviera involucrada.

Aquel plan tenía solo cuatro pasos, pero se habría venido abajo con una simpleza: que la chica de recepción fuera la misma.

Preferí ocultarme hasta que llegara el momento. No era bueno que me viera antes de tiempo. Salí a la plaza e hice como que leía unos carteles sobre el museo de la Stasi, a tan solo unos metros.

Aunque, en verdad, lo que hacía era recordar.

Tan solo una hora antes estaba en la casa de Erich, con

el ejemplar de Laura de *Wir über uns* en mis manos. Cuando lo vi, lo tomé y lo abrí.

Al hacerlo, me encontré con lo que menos esperaba.

La primera página. El lugar donde había encontrado todos los números. El lugar donde Alexander había escrito algo para Laura Berger. La esquina donde Liebers creía que se encontraba la clave de todo. Esa pequeña porción de papel... no estaba.

Alguien la había arrancado.

—¿Qué es esto, Juan Sebastián? —la pregunta de Erich con aquel nombre me generó aún más confusión.

—Es un libro que escribieron los alumnos de tu madre. Es muy importante, necesito saber quién ha arrancado esta página.

Ahora era yo el que sentía la misma ansia que había sentido Sarah al preguntar.

—No lo sé, no creo que haya abierto ese libro nunca —respondió Erich un poco desconcertado.

—¿Ha venido alguien últimamente a tu casa preguntando por tu madre?

—No.

—¿Y si alguien se ha colado? —sugirió Sarah.

—¿En mi casa?

Intenté mantener la calma.

—Erich, ¿conocías este libro?

—No.

—¿Tu madre te habló alguna vez de él?

—No lo sé.

Intenté calmarme, porque sabía que, si seguíamos así, Erich descubriría que no éramos periodistas y nos echaría.

—Erich, uno de los alumnos de tu madre escribió un mensaje importante aquí, un mensaje que podría ayudarnos a descifrar un código.

—¿Código? ¿De qué estáis hablando?

—Erich, mírame. Esta página —dije desplegando el libro y mostrando la parte arrancada— es muy importante. ¿Sabes dónde está?

Pero, finalmente, no hizo falta que Erich me contestara porque la página ya no era imprescindible.

—¡Mira, Sarah! —se me oye decir en la grabación. No sé si Erich no notó el cambio del nombre o simplemente estaba tan aturdido que no se dio cuenta.

Yo abrí el libro más y se lo enseñé a Sarah.

En la segunda página, en el papel tras la hoja arrancada, había algo.

Sarah lo vio igual que yo.

Era una marca. Un relieve que no era propio del papel.

—¿Tienes lápiz y papel? —le pidió Sarah a Erich como si lo conociera de toda la vida.

Erich ni siquiera afirmó, solo fue hasta un estante y sacó una hoja de papel de un paquete de folios. Después, cogió un lápiz de un bote repleto y se lo dio a Sarah. Ella puso el papel sobre la marca y comenzó a pasar el lápiz a toda velocidad por él. Como si estuviera pintando a carboncillo. Una mancha negra comenzó a aparecer en el papel. Y entre aquel color negro, una serie de líneas.

Algo de lo que habían escrito en la primera página se había quedado grabado a presión en la segunda.

Sarah continuó apretando y apretando hasta que las primeras letras comenzaron a aparecer.

Yo estaba ansioso por saber qué era aquello.

De pronto, Sarah levantó el papel y lo llevó hasta la ventana de la habitación. Abrió las cortinas para que pasara la luz. Puso el papel pegado a la ventana y pudimos ver lo que había grabado.

Dos números.

Dos letras.

Ta 73.

Otro enigma. Otra vez. Letras, números y nada tenía sentido. Todo se enredaba en un laberinto dentro de mi cabeza. Era frustrante, desesperante. Tanto, que durante aquel segundo, durante aquel mísero segundo en el que no comprendí nada, pensé en tirar la toalla. Dejar Berlín. O hacer lo que realmente quería hacer, pero no me atrevía: decirle a Sarah que me quedaba, que me quedaba por ella. Que me había enamorado de ella y quería vivir en Berlín solo para verla cada día.

Entonces la miré, como si a través de mis ojos pudiera pasarle el mensaje. Pero su mirada estaba en otro sitio. Seguía clavada en el papel.

Ta 73.

—¿Cómo no he podido verlo antes? —lo oigo ahora en la grabación y aún me sorprende.

Sarah me miró y supe que lo había comprendido. Aunque yo todavía no.

—¿Qué ocurre? —preguntó Erich, que parecía darse cuenta de la importancia del momento.

—Dame los otros números —me dijo Sarah sin responder a la pregunta de Erich.

Yo sabía a qué se refería. Sin más información, sin más referencias. Saqué la libreta de mi mochila y fui recitando.

Comencé por el número que había visto tantas veces en el ejemplar que tenía en la mochila:

3721123.7

Después seguí con los números que había apuntado del resto de los ejemplares de casa de Hans:

213.71221
12213.737...

—No —me detuvo ella—, los números que repite en todas las series.

—11223377.

—No, esos no. Los números primos.

No pude seguirla.

—¿Qué números primos? —pregunté.

—Fíjate, está compuesto de números primos: 37, 21, 12 y 7. Por eso siempre el punto está delante del 7. Para marcar que va individualmente.

—¿Y qué tiene que ver que esté compuesto por números primos? —dudé como solo puede dudar alguien que no tiene ni idea de matemáticas.

—Pues que eso no puede ser una casualidad. Un número compuesto de números primos está indicando... otro número primo... —Su cara se iluminó—. ¿Cómo no he podido verlo? Es el número primo, el más primo de todos. Estaban señalando el número que está ahí apuntado.

Miré de nuevo el libro.

—¿El 73?

—Sí —aseguró ella—, el 73. Ese es un número primo especial, porque está compuesto de otros primos. 73 dado la vuelta es 37, otro primo. Ocupa la posición 12 en la lista de números primos, que leído al revés también da otro número primo.

—21 —dijo Erich, que parecía hablar el idioma de Sarah.

—Exacto. Que es además el resultado de la multiplicación de 3 y 7, otros dos números primos.

Yo seguí con dificultad todas estas explicaciones matemáticas de Sarah, porque para mí no hay nada más complicado de traducir a otro idioma que las matemáticas.

—Incluso tiene un nombre, el número primo de Sheldon. Todo estaba indicando hacia el número 73. Eran pistas para ir a este número. —Me enseñó el papel donde había garabateado hacía tan solo unos segundos.

—¿Por qué el 73? ¿Qué lo hace tan especial?

—Déjame tu móvil.

Se lo di y escribió algo rápidamente.

—Por esto.

Me lo devolvió y vi que había abierto una página web: *Lista de los elementos químicos según su número atómico.*

—Busca el 73 —me ordenó ella.

Comencé a bajar la lista y lo encontré justo en el número 73.

*Ta 73.*

—Tantal 73 —me dijo ella con su habitual sonrisa—. Liebers tenía razón. La clave del código estaba en el libro de Laura.

De pronto recuperé el ánimo. Por fin parecía que teníamos una pista y eso quería decir que seguiría junto a ella, al menos un poco más.

—Pero ¿qué significa? ¿Qué es Tantal 73?

—Aún no lo sé —respondió ella.

Antes de que pudiera hacerle a Sarah mil preguntas que me bullían por la cabeza, Erich me detuvo.

—¿Me podéis explicar qué libro es ese? ¿Y qué son todos esos números? ¿Y ese *Tantal?*

Podría haberle dado mil explicaciones, incluso mentirle, pero sentí que tenía que explicárselo todo. Y todo podía resumirse en una frase:

—Tu madre trabajó para la Stasi.

La cara de Erich cambió, pero no dijo nada.

—Fue profesora de literatura en un círculo de agentes de la Stasi —añadí.

—¿Qué?

Es difícil describir la cara que puso. Estaba desconcertado y furioso ante lo que oía.

—Tu madre fue la única profesora no militar del grupo. Ella les enseñó escritura. Verdadera escritura. Incluso —dije cogiendo el ejemplar de *Wir über uns* de la mano de Sarah— consiguió que publicaran un libro que...

—No, no puede ser. Mi madre era contraria al Gobierno. Ella me lo contó.

—Puede que lo fuera. —Sarah se acercó a él—. A lo mejor la chantajearon para que lo hiciera o quizás necesitara el dinero. La Stasi podía persuadir de muchas formas.

—Además, era buena profesora. Los alumnos con los que hemos hablado... —yo mismo me sorprendo al escuchar «hemos» en la grabadora, como si Sarah también hubiera estado conmigo todo ese tiempo—, todos cuentan maravillas de ella. Realmente los inspiró. Pero, por alguna razón, la echaron o se fue. Nadie lo sabe muy bien, pero parece que está relacionado con esos números y con ese elemento químico...

—*Tantal*—Sarah completó la frase.

Erich parecía estar bullendo por dentro, aunque sus palabras fueron tranquilas.

—Marchaos.

Se hizo un silencio.

—Ahora mismo.

Yo sabía lo que significaba aquello. Lo habíamos perdido, no nos ayudaría en la investigación. Estábamos mancillando el nombre de su madre y eso no lo podía permitir. Así que la siguiente pregunta que hice fue de un riesgo absoluto.

—¿Podemos llevarnos el libro?

—*Tantal.*

—No lo había oído en mi vida —respondí a Sarah.

Estábamos sentados frente a la casa de Laura y Erich. En un banco en el parque que habíamos visto al entrar. Sarah estaba intentando componer las piezas. Yo solo intentaba saber cuáles eran las piezas.

—¿Te suena el coltán?

—Sí, eso sí. Es el mineral que se necesita para los móviles y que tantos problemas causa en África.

—Sí, ese es —contestó Sarah—. Pues el *tan* de *coltán* es porque está compuesto de *Tantal.* Lo que no entiendo es —dijo cogiéndome de las manos el ejemplar que habíamos pedido prestado de la casa de Erich. Tiempo después comprendería que me estaba hablando del Tántalo, el elemento que se traduce como *Tantal* en alemán— qué tiene que ver el *Tantal* con Laura Berger. O con Alexander Steinbach.

—¿Por qué todos los números hacen referencia al 73? ¿Y por qué ese elemento químico? ¿Qué tiene que ver? ¿Es peligroso?

—¿Qué quieres decir con peligroso?

—¿Se podría hacer una bomba? —pregunté con aire de amenaza.

—El único peligro del *Tantal* es que te lo tiren a la cara.

—Pues entonces, ¿qué?

Estaba desesperado. Mi cerebro no paraba de buscar una salida de aquel laberinto, pero por más que buscaba, no la veía. Cuando entro en ese estado, estoy tan metido en mí mismo que a veces me disocio de mi cuerpo.

Solo de esa manera puedo explicar lo que hicieron mis manos.

Como si ellas tuvieran más información de la que tenía yo, como si mis manos hubieran visto algo que yo no había visto..., le robaron el libro de las manos a Sarah, el libro que había sido de Laura Berger, y comenzaron a pasar páginas.

Primero lo hicieron de forma rápida, con el pulgar sobre ellas, como si fuera una baraja de cartas.

Pero después, el pulgar empezó a ir más lento; esta vez parecía más una máquina de discos de los bares que buscaba dónde poner la aguja.

De pronto, el dedo gordo se paró en una página.

Página 21.

El relato de Alexander.

Mi final, su comienzo.

Mis manos abrieron el libro de par en par.

Y no estaba.

La página 21 era otra.

—No está —le dije a Sarah compungido.

—¿El qué? —contestó ella sin darle mucha importancia.

Yo no podía dejar de mirar la página. La había visto tantas veces, tantas, tantas veces, que no me podía creer lo que estaba viendo delante de mí.

—Mi párrafo ha desaparecido.

—¿Cómo que no está tu párrafo?

Le señalé la página a Sarah: exactamente en el comienzo del relato había otras palabras.

*Cuando todas las palabras se han dicho ya, temo comenzar con mi historia, pero creo que es el momento de hacerlo, de abrirme, aunque duela. Porque escribir es dejar por evidencia nues-*

*tros errores, pero también dejarlos a un lado, sacarlos de nuestro cuerpo.*

Esas eran las palabras.

Ella solo dijo:

—No es posible.

Todo empezaba a darme vueltas en la cabeza. *Tantal*, el código, el 73, *Wo ist meine Akte?*, el esclavo con el pelo cortado, el miedo a escribir, el miedo a perder a Sarah. Todo explotó en mi cabeza.

Hasta que todo paró.

Y lo vi claro.

De alguna manera lo vi.

*Tantal 73.*

Alias y año del expediente.

## EL *DOPPELGÄNGER*

Así que allí estaba otra vez, en la que sería mi primera vigilancia, clavado frente a la puerta del archivo de la Stasi, esperando a que saliera.

Mientras esperaba, repasaba una y otra vez los pasos.

Uno, dos, tres, cuatro.

No podía equivocarme, no podía dudar.

Ahora que lo veo sin los nervios de aquel momento, me recuerda a una vieja historia que leí en uno de los libros sobre la Stasi. La del *Doppelgänger*. *Doppelgänger* es una de las pocas palabras alemanas que se han exportado a todo el mundo y lo ha hecho porque es capaz de encerrar una historia en sí misma. En español tenemos el vocablo *doble*, pero no llega a trasladar todo el significado. En una traducción literal del alemán, el *Doppelgänger* es el caminante doble, es decir, una persona con la que topas por casualidad y es exactamente igual a ti.

En uno de los libros que leí sobre Berlín descubrí la huida más fácil y sencilla de la historia del Muro. Todo gracias a una mezcla de casualidad y exactitud. Un día, un estudiante que hacía prácticas en el hotel Stadt Berlin, el único hotel de Berlín Este que admitía extranjeros del bloque occidental, se encontró con algo que no esperaba: una foto de él mismo. Lo que sucedía es que la imagen estaba en un lugar en el que no debería estar. En un pasaporte sueco. Un pasaporte sueco con un nombre que nunca había escuchado y de un lugar donde nunca había estado. Porque ese pasaporte pertenecía a un joven sueco que acababa de llegar a la ciudad para una competición deportiva. El chico berlinés y el sueco eran exactamente iguales. Aquel estudiante alemán no lo dudó un segundo: aprovechó un momento de soledad en la recepción del hotel para tomar el pasaporte, comprar un billete de tren y salir de Berlín para siempre. Mientras tanto, el chico sueco descubrió que el hotel había perdido su pasaporte y tuvo que acudir a la embajada sueca para hacerse uno nuevo.

Fácil, sencillo, sin riesgo.

No como mi plan, que tenía muchos muchos riesgos.

El primero de todos es que necesitaba un *Doppelgänger*.

Y después de veinte minutos, apareció.

No se parecía en nada a mí. Me sacaría unos treinta años, tenía el pelo blanco y llevaba gafas, pero me valdría.

Cuando salió de la sala del archivo dudé un momento; lo ideal habría sido que fuera el chico de la mañana, pero no tenía tiempo que perder. Cuando vi que sacaba una cajetilla de cigarrillos, supe que era el momento.

Me crucé con él mientras se llevaba el cigarrillo a la boca. Tendría unos tres minutos antes de que volviera. Entré en el *hall* a la velocidad del rayo y me acerqué a la recepción sin demora. Fui directo al grano.

—Perdone —le dije al hombre—, tengo que volver a entrar.

—Claro, ¿me puede entregar el documento que le ha dado mi compañera?

Aquel era el momento de empezar a actuar.

—¿Qué documento?

—El que le tenía que haber dado mi compañera de sala. Nadie puede salir sin ese documento.

Debí de sobreactuar mucho, porque mi expresión hizo que el hombre se sorprendiera.

—Mierda, me lo dijo antes su compañera, se me olvidó por completo. Tenía que atender una llamada importante y salí corriendo.

—¿Y mi compañera de la sala no se lo advirtió de nuevo al salir?

—Me fui muy rápido —respondí con seguridad—, no le daría tiempo a avisarme.

—Pues lo siento, pero no puedo dejarle pasar.

—Pero... —sabía que ese era el momento clave, el todo o nada. Me di una vuelta como si estuviera muy molesto e hice aspavientos con la mano—, soy idiota, soy absolutamente idiota. Con lo que me ha costado conseguir la cita. ¿No podría hacerlo de otra manera?

—No, lo siento. Debe pedir otra cita.

Era duro de roer.

—¿Y cómo saco mis cosas? —le reclamé—. Tengo mi mochila dentro y todo lo demás.

—Puede entrar a recuperar sus pertenencias.

—¿Puedo entrar, pero no puedo quedarme?

—Eso es.

Rigidez alemana, un clásico.

Miré por el rabillo del ojo: el hombre seguía fumando.

—Es el expediente de mi padre, solo me quedan un par de hojas, serán solo diez minutos. Le juró que será rápido.

El hombre me miró y no dijo nada. Había dado un paso.

—Vengo de España —dije forzando mi acento alemán al máximo—, debería volver a pagar un vuelo, un hotel, y solo me quedan un par de páginas. Para mi familia es muy importante.

Lo vi en su rostro, se aflojó.

—¿Su nombre?

—Gracias, gracias. —Le sonreí con la máxima falsedad mientras él tecleaba algo en el ordenador—. Matthias Grossman.

Paso 1, recordar el nombre del chico con el que me había cruzado por la mañana en el archivo y pronunciar sin dudar la hora de cita.

—Mi cita comenzaba a las 11:15.

—Son las 16:00 —dijo el recepcionista sospechando.

—Tenía mucho que leer.

Hizo una pausa, pero siguió; no estaba totalmente convencido.

—Por favor, su documento de identidad.

Era un momento clave, mi interpretación tenía que ser perfecta. Comencé a buscar mi cartera en los bolsillos de mi pantalón, daba una y otra vez palmadas en mis muslos y glúteos.

—No... Está dentro. En mi mochila.

El hombre volvió a torcer el gesto. Pero ese no fue el problema principal.

Por mi lateral vi como el hombre que fumaba tiraba la colilla. Tenía que ser rápido.

—Pase conmigo —dije rápidamente— y se la muestro, está ahí dentro.

El hombre del cigarrillo, mi doble, comenzaba a avanzar hacia la entrada.

—Por favor.

El recepcionista apuntó algo en el ordenador y pensé que se había acabado, pero tomó las llaves magnéticas y se acercó a la puerta. Respiré aliviado.

A pocos metros de mí, ya estaba entrando en la recepción mi *Doppelgänger.* No tenía margen de maniobra.

La puerta se abrió y pude ver una sala grande con mesas aisladas y en cada una de ellas, una persona. Tuve que agudizar la vista para buscar la mesa, mi mesa.

Paso 2, encontrar un lugar en el que supuestamente ya había estado.

—Aquella de allí —le dije al recepcionista, señalando una mesa con una botella de agua, varios documentos, una mochila en el suelo y una chaqueta en el respaldo de la silla. Vi por encima de su hombro como mi doble se acercaba al recepcionista. Lo teníamos a medio metro de nosotros—. ¿Quiere que le traiga la documentación?

Justo cuando iba a contestar, mi doble pasó a nuestro lado.

—Aquí está mi documento de salida. —Le entregó un papel.

Yo pensé que hasta allí habíamos llegado.

Pero entonces se me ocurrió. Antes de que leyera nada, lo interrumpí.

—La documentación, ¿la necesita?

El recepcionista me miró de arriba abajo y dudó, lo vi. Por eso me sorprendió tanto la respuesta.

—Está bien. No hace falta —me dijo—, pero, por favor, no vuelva a salir sin la documentación.

—Claro —dije huyendo de allí.

El recepcionista le devolvió el papel a mi doble. Yo me dirigí a la silla que había señalado tan solo unos segundos antes, la silla de mi doble. El recepcionista seguía allí, tenía que mantener la actuación.

Volví la cabeza para asegurarme de que el recepcionista se había ido, pero fue un error. Un error de principiante, porque él me vio hacerlo. Así que, en vez, de marcharse, se quedó vigilándome. Yo continuaba hacia la silla, pero mi *Doppelgänger* también lo hacía. Los dos íbamos en la misma dirección y el recepcionista seguía vigilando.

Yo miraba sin ver, me guiaba por los ruidos, por los movimientos que sentía tras de mí. El hombre al que le iba a robar el sitio tras de mí y la puerta que no se volvía a cerrar. Y no podía girar la cabeza, porque estaba seguro de que lo arruinaría todo.

Así que solo tuve una opción.

Mientras me acercaba a la mesa, sentí los pasos cada vez más cerca. Y una mirada sobre mí.

Hasta que llegué a la mesa.

Entonces me senté.

Por fin pude ver al recepcionista.

Me miró, lo miré.

Un segundo, dos.

El doble se acercaba a mí.

Todo iba muy lento.

El tiempo no pasaba.

—Perdona, es mi sitio —dijo mi Doppelgänger mirándome a los ojos, como si estuviera haciendo una cosa rara.

Miré detrás de él y lo vi. El vacío. Por fin el vacío.

La puerta se estaba cerrando y no había nadie junto a ella. El recepcionista se había ido.

—Lo siento —le respondí, inclinándome hasta el suelo—, tengo los cordones desabrochados y no encontraba sitio para sentarme.

Me levanté y le dejé su sitio.

Paso 3, llegar hasta el mostrador del archivo.

Caminé unos metros.

Paso 4, hacer la petición.

—Buenas tardes, he encontrado el nombre y el año de un colaborador no oficial y quería saber si podría ver su expediente.

—¿Cuál es el nombre y el número?

—Tantal 73.

**Extracto del expediente Tantal 73**

El sujeto 4 demuestra poca habilidad a la hora de escribir textos complejos. No es muy avezado en historias con tramas íntimas; tiene querencia por los textos poco reflexivos.

Su sintaxis es pobre y su vocabulario también. A veces intenta utilizar palabras que suenan muy cultas, como *soterrado*, e incluso a veces inventa palabras, como anguloso.

En las últimas semanas, los agentes debían presentar una serie de escritos, como monólogos interiores, para determinar el grado de descontento con el Ministerio. En este punto, el sujeto no pareció tener quejas sobre el Partido ni sobre el sistema.

Es una persona especialmente influenciable. Por ejemplo, pasa mucho tiempo con el sujeto 3. Si él se lo pidiera, podría realizar acciones contrarias al Partido. No diría que es mentalmente débil, pero sí intelectualmente poco brillante. No creo que llegue a ningún sitio como escritor ni como agente del Ministerio.

Por otro lado, sus convicciones políticas son poco claras. Sobre lecturas e ideas provenientes del extranjero no reacciona, salvo que el resto emita un juicio, entonces él lo replica.

El Ministerio debería ser cauteloso con este sujeto; podría ser manipulado por agencias enemigas.

Se recomienda vigilancia.

# EL ESPÍA DE LAS PALABRAS

Aquella noche no pude dormir. Tenía muy claro lo que acababa de encontrar y también tenía muy claro cómo se lo anunciaría a Hans la mañana siguiente: había un espía dentro del Círculo de Escritores de la Stasi. Así de sencillo y así de complejo. Un espía dentro de un grupo de espías.

Alguien utilizaba aquellas veladas, aquellas tardes literarias, para entrar en la cabeza de esos agentes. No solo era el vigilante de los vigilantes, iba más allá, era un informador del alma de esos hombres.

La Stasi debió de entender el poder que tiene la escritura, cómo nos abrimos de forma sincera cada vez que nos ponemos ante la página en blanco, y decidió aprovecharlo. Aquellos agentes no solo escribían: les daban un canal abierto de todos sus deseos, sus frustraciones, sus insatisfacciones. Era el espionaje total, ver qué había dentro de cada persona.

Pero eso no era lo que verdaderamente me atormentaba.

He tardado en comprenderlo, pero ahora lo tengo claro. La razón por la que no dormí aquella noche era que en ese expediente, en esa hoja, en esas pocas palabras sobre ese sujeto, se contenían todos mis miedos.

El lector siempre es un espía.

Ahora lo sé: cuando uno escribe, por muchas capas de

ficción que ponga sobre la historia, nunca podrá ocultarse por completo. Una vez que empiezas un relato, tus palabras, tus personajes, te delatan. Van dejando un rastro sobre quién eres, sobre tus miedos, tus filias, tus dolores. De tal manera que, sin quererlo, les abres una puerta a los lectores para que te conozcan mejor que tu familia o tus amigos. Escribir es darle vía libre a otra persona para penetrar en tu intimidad.

Y esa es la razón por la que no quería escribir más, por la que me escondía de Hans, de la editorial, del papel. Ahora lo entiendo.

Al escribir mi primera novela, lo hice con el freno de mano echado. No quería que nadie me viera a través de mi libro. Quería escribir, sí, pero sin imprimirme negro sobre blanco. Quería contar una historia, pero sin contarme a mí.

Por eso la novela no funcionó.

Porque solo si te abres de verdad, si muestras sin tapujos lo que pasa dentro de ti, solo en ese momento puedes establecer una conexión con la persona que te lee.

Aquella no era la única conexión en la que pensaba esa noche. Había una imagen que aparecía una y otra vez en mi memoria y me impedía dormir: la página 21 del libro *Wir über uns.* La misma página que había leído cientos de veces, y que sentía casi como mía, había apagado su conexión. La desaparición de ese párrafo inicial me había dejado devastado. ¿Por qué ese ejemplar estaba así? ¿Alguien había borrado el párrafo? Pero ¿cómo? ¿Era otra edición? ¿Sería también un mensaje en clave? ¿Qué significaba realmente?

Cuando las primeras luces comenzaron a clarear en mi habitación, decidí que era el momento de empezar a responder esas preguntas.

Bajé con mucho cuidado por las escaleras hasta la sala

de estar. No había ni rastro de Hans, así que supuse que seguía durmiendo. Me acerqué a la estantería y saqué los ejemplares de *Wir über uns* que guardaba. Los fui abriendo uno a uno y fui comprobando que todos tuvieran el párrafo, mi párrafo, en la página 21.

Allí estaba.

En todos.

Escuché a Hans bajar por la escalera y no me pude reprimir.

—Es una estafa.

—Buenos días para ti también —respondió el editor con sorna.

—Esto es falso.

—La literatura siempre es falsa, te digan lo que te digan, todo lo que hay ahí dentro es mentira —dijo sentándose en su butaca. Llevaba aún el pijama y un batín que dejaba ver su camiseta interior.

—Hablo de los libros. Te han engañado, no son reales.

—Para un poco, Bartleby. ¿Qué no es real?

—La página 21. Los libros que te han dado son falsos, mira —le enseñé el ejemplar de Laura Berger—, ahí no está el párrafo final de mi novela.

Hans pareció desconcertado al leerlo.

—¿De dónde has sacado esto?

—De casa de Laura Berger. Lo encontramos allí, en su biblioteca —al utilizar el plural, hizo un gesto. Sabía que había sido Sarah, pero siguió pasando las páginas de un lado a otro, como si no supiera lo que estaba viendo—, pero eso no es lo único. Liebers pensaba que cada número era una frase, pero no es verdad. Todas son el mismo código. Y ya he comprendido la clave, la que escribió Alexander en todos los ejemplares. La cifra 73. El número atómico del *Tantal*. Tantal 73. ¿Te suena de algo?

Hans, un tanto abrumado, negó con la cabeza.

—Es el nombre en clave de un informante de la Stasi. Uno muy especial —aseguré—, alguien que pertenecía al Círculo de Escritores y que estaba allí para... espiar.

Cogí el móvil y busqué la única foto que había podido hacer, a escondidas, mientras los empleados del archivo de la Stasi no miraban. Era la hoja del expediente *Tantal 73* que he transcrito para este libro.

Hans tomó el móvil, se puso de pie y leyó detenidamente el documento. Cuando terminó, se desplomó en su asiento de nuevo.

—Espiaba a través de las palabras. —Por un momento, dejé de verlo enfadado. Pero solo duró un segundo—. ¿Por qué has utilizado el móvil? Te dije que todo estuviera en una libreta.

—¿Qué más da eso? —Me ahorré explicarle todo el tema del archivo de la Stasi.

—Importa y mucho. Tienes que tener respeto por las palabras, tienes que captar el momento con las palabras, una foto no me dice nada. Si tú lo hubieras escrito, hubiera sentido lo mismo que tú, me hubiera transportado allí. Escríbelo, Bartleby.

Cogí el móvil de su mano, enfadado.

—Este móvil me ha permitido descubrir muchas cosas, mucha información. Como, por ejemplo, la dirección de Laura Berger.

—Ah, sí. ¿Y cómo lo hiciste?

—Encontré la esquela de Laura Berger en internet y allí aparecía el nombre de su hijo, solo tuve que buscarlo en la internet y...

—Eso es mentira —me detuvo. Se puso otra vez de pie—. Esa información la encontró Sarah.

Me quedé en blanco.

—¿Cómo lo sabes?

—Porque se la di yo.

Tengo que reconocerle a Hans que sabía reponerse de los golpes.

—Quería saber si te estaba ayudando —continuó— y ya veo que sí lo está haciendo. Por eso quiero que dejes de verla ahora mismo.

—¡No! —Aquel no me salió desde dentro.

—No es un consejo, Bartleby. Es una orden —aseguró Hans a pocos centímetros de mi cara—. Quiero que mi hija se quede fuera de todo esto.

—¿Por qué? No está haciendo nada malo.

—¿Por qué? ¿Por qué? —repitió realmente enfurecido—. ¡Porque no tenéis ni idea de con qué estáis jugando! —Se alejó un poco—. ¿Sabes qué significa Tantal 73?

—Es el espía de...

—¡No! —gritó Hans—. ¿Por qué ese nombre?

—Es un elemento químico.

Sonrió conmovido por mi inocencia.

—Eres un novato. Ve a buscarlo en tu móvil.

Y desapareció.

Se marchó escaleras arriba.

A los pocos segundos, volvió a aparecer, esta vez vestido.

—Bartleby, creo que me he equivocado contigo. Este no es tu sitio.

Abrió la puerta de la casa y salió, dejando un aroma denso en la casa. El olor del desencanto.

De pronto me encontré solo en aquel lugar inmenso y no sabía qué hacer. Las preguntas se amontonaban en mi cabeza. ¿Sabía Alexander Steinbach que los estaban espiando? ¿Le dejó una nota a Laura Berger para que lo supiera? ¿Lo entendió ella? ¿A qué se refería Hans con que no quería verme aquí? ¿Debía volver a España? Y la más importante de todas las cuestiones: ¿quién era el espía del Círculo de Escritores Chequistas?

Todas, preguntas sin respuesta.

Mientras intentaba resolver todo ese caos en mi cabeza, recordé lo que acababa de decir Hans. Estaba claro que no me quería allí; lo mejor que podía hacer era recoger mis cosas e irme a casa de Sarah.

Comencé con mi ropa y los libros que había dejado por toda la habitación. Fui metiéndolo en la maleta de forma desordenada. Después continué con los libros que tenía en la mesa. Cuando fui haciendo hueco, apareció un papel debajo de ellos.

Un folleto negro que había visto solo una vez. Era el tríptico sobre la cárcel Berlin-Hohenschönhausen que me había dejado Hans en la mesa el primer día en su casa. Lo cogí y pensé en el gran editor Hans Hellman. Podía ser un idiota insolente, pero nunca dejaba un papel en la mesa porque sí. Leí bien el papel y pensé que si aún seguía ahí, era por algo.

Y no me equivocaba.

Lo cierto es que no sabía ni a dónde iba. La información del móvil era escueta:

*El lugar conmemorativo Gedenkstätte Berlin-Hohenschönhausen está situado en un lugar unido a la historia alemana de cuarenta y cuatro años de persecución política en la zona de ocupación soviética y de la DDR. Al final de la II Guerra Mundial, se creó un campo especial soviético y en 1946 la prisión preventiva central de los soviéticos en Alemania. En 1951, el Ministerio de Seguridad Estatal se hizo cargo de la cárcel, amplió el centro con un nuevo edificio y lo utilizó como el centro de prisión preventiva más importante hasta 1989. Miles de perseguidos políticos estuvieron presos en este centro; casi todos eran opositores famosos de la DDR.*

Así que pensé que sería como la estación de Friedrichstrasse que visité junto a Sarah, un lugar que habían dejado para la memoria dentro del edificio que una vez fue la cárcel.

Pero me equivocaba.

No era una parte de la cárcel, era la cárcel entera.

Nada más llegar a la ubicación que marcaba el mapa volví a entender la importancia que tiene para los alemanes mantener los espacios históricos tal y como fueron. Incluso los malos. Los muros de la cárcel continuaban allí, con su alambre de espino, sus torretas de vigilancia, sus puertas de metal. Realmente sentía el terror con el que se había construido ese lugar.

Atravesé corriendo esas puertas y fui directo al edificio anexo a la cárcel que hacía las veces de taquilla. Allí había un hombre colocando algunos folletos.

—Perdón, llego tarde a la visita de las 16:00. Tengo entrada —dije sofocado.

—La visita ha comenzado hace media hora.

—¿Y cuándo comienza la próxima?

—No se puede saber.

Eso me extrañó.

—¿Cómo que no se puede saber?

—Las visitas con antiguos presos son actividades especiales, no sabemos cuándo se realizan.

En mi cabeza resonó aquel contrasentido: visita con antiguo preso.

—Tengo que entrar.

Si Hans quería que fuera allí, sería por algo.

—Pero va a interrumpir la charla —alegó el hombre.

—Pero he comprado mi ticket —lo saqué para que lo viera— y aquí no informa de que no podría entrar una vez comenzada la visita.

El hombre resopló y de mala gana tomó mi ticket.

—De acuerdo, acompáñeme.

Salí de la caseta tras el empleado del memorial. Nos acercamos al gran edificio, que estaba rodeado de patios. Allí, el hombre abrió una puerta y me dejó pasar.

—Baje la escalera y después gire a la derecha. Los escuchará.

Después cerró la puerta y nunca más volví a verlo.

El edificio, en su entrada, parecía más un ayuntamiento o un ministerio. Tenía una entrada más o menos «normal», pero cuando empecé a bajar la escalera descubrí lo diferente que era. Los escalones de cemento descendían hasta una galería con paredes blancas, sin ninguna ventana ni más luz que las bombillas del techo. El suelo era gris y hacía aquel lugar aún más frío. Caminé unos pasos y me encontré con la primera esquina. Giré y lo que encontré me dejó helado. Todo el pasillo estaba llenó de puertas de metal, de tono plomizo, y todas con un cerrojo en la parte exterior. No hay palabras para describir lo pesadillesco que era aquel pasillo.

Comencé a recorrerlo y, mientras buscaba las voces a las que se había referido el hombre de la taquilla, mis pies buscaban salir de allí. Como si tuvieran vida propia, como si no pudiera controlarlos. Caminaban más y más rápido.

Hasta que por fin lo oí.

Un leve susurro en forma de eco.

Una voz a lo lejos.

Continué andando y me encontré con una de esas puertas del pasillo abiertas; de ahí salía la voz.

Entré en la celda y me topé con un corro de visitantes y en el centro un hombre.

—Esta celda la compartían unos diez presos. Nosotros..., creo que somos doce. —Cuando me vio entrar, el hombre del centro dijo—: Ahora somos trece. —Y me saludó. Yo aproveché para encender la grabadora que tenía en mi bolsillo, esperando que se oyera lo suficiente—. ¿Les parece que tenemos espacio suficiente?

La gente alrededor de él negó.

Me fijé en las paredes: estaban llenas de hendiduras. Sobre la pintura blanquecina, había cientos de inscripciones que habían hecho los presos.

—Pues ahora pasen todos a este lado.

Nos hizo un gesto para que nos colocáramos todos detrás de él. Nos apiñamos los unos contra los otros, sintiendo cada uno el aliento del otro.

— Así era por la noche. Ponían unas tablas de madera que cubrían la mitad de la celda. Era horrible. Cada uno dormía donde podía. A toda esta planta la llamaban el submarino, porque no sabías cuándo volverías a ver la luz del sol. Era el lugar donde te enviaban hasta que obtuvieran toda la información y pudieran dictar sentencia contra ti. Era la manera de quebrarte. Y ese proceso podía durar mucho, hasta un año.

El hombre continuó hablando, pero comenzó a salir por la puerta de la celda. Como yo estaba en medio, tropecé con algo. Era un cubo verde de metal y pronto me di cuenta de que era el lugar donde los presos tenían que hacer sus necesidades, puesto que no había nada más.

—Por suerte, a mí no me tocó pasar por aquí. Yo entré en prisión en 1986 y, por entonces, la Stasi ya se había mudado al edificio nuevo. Ni los guardas soportaban estar aquí.

Seguimos al hombre por una escalera y pasamos a otro edificio, este ya en la parte superior.

Entramos en otro pasillo lleno de celdas, muy parecido

al anterior, pero a la vez muy distinto. Porque la luz solar hacía que todo pareciera diferente. Además, el suelo no era gris y sucio como en la anterior galería: tenía unos azulejos con un dibujo muy parecido al de la moqueta de *El resplandor*.

El hombre pidió que lo acompañásemos a una habitación en concreto. Todos lo hicimos, aunque noté en mis compañeros que había algo de miedo por lo que nos podíamos encontrar. Pero cuando llegamos hasta la sala, nos quedamos petrificados. Era una sala llena de frasquitos de unos diez centímetros de alto.

—Esta es la sala de los olores. Cada prisionero tenía que dejar un trozo de su ropa aquí, un trozo que la Stasi etiquetaba y guardaba. Para así tener un olor que dar a los perros si a alguno se le ocurría intentar escapar. Así era la Stasi —añadió—. Solo había dos formas de salir de aquí: hablar o tener suerte. Al principio todos nos hacíamos a la idea de que nunca hablaríamos, pero la Stasi tenía un sistema muy ingenioso para hacerte hablar. Hasta que no contaras algo, no obtendrías una condena. En el momento en que lo hicieras, empezaba tu condena. Es decir, cuanto más tardaras, más tiempo estarías en la cárcel.

—¿Y qué significaba tener suerte? —preguntó alguien del grupo.

—Significaba que fueras interesante para el Oeste. En aquellos tiempos, Alemania Oriental era tan pobre que vendía prisioneros al Oeste. Ya que la mayoría de los prisioneros no eran delincuentes, solo eran personas peligrosas para el Partido. Eso quería decir que no pensaban como ellos. Por eso el Oeste quería que fueran al otro lado del Muro. Especialmente la gente con talento. Tuve un compañero que era productor de cine, había sido nominado a un Óscar por la película *Jacob der Lunger*

(*Jacob el mentiroso*). Alemania Occidental pagó cien dólares por él y lo sacaron de aquí. Por mí, nadie quería pagar nada.

El hombre salió del edificio y nos guio hasta una pequeña puerta en el muro.

—Aquí dentro está la Gummizelle ('la celda de gomaespuma'), se usaba para castigar a los prisioneros. Antes de pasar, me han pedido que avise de que no es un lugar apto para claustrofóbicos.

El hombre abrió la puerta y bajamos una escalera diminuta; había que agacharse para pasar. Abrió otra puerta y la oscuridad entró en nosotros.

La sala estaba totalmente cubierta de planchas de gomaespuma negras. Solo había una diminuta abertura de no más de cinco centímetros en lo alto de una de las paredes, pero estaba tapiada. Era como una de esas habitaciones de manicomio que aparecen en las películas, pero incluso más tétrica.

—En este sitio pasé varios días. Es una sensación horrible, no oías ningún ruido ni sabías si era de día o de noche. Perdías la noción del tiempo. Y, lo peor, perdías la noción de estar vivo. —Su mirada se fijó en mí—. Es lo más parecido a dejar de existir.

El hombre se giró y se marchó. No quería estar allí ni un segundo más y lo entendí.

Di una vuelta por la sala y pensé en todo el horror que habían pasado allí, la de gente que habría perdido la cabeza en esa habitación.

A la salida, nos estaba esperando el exprisionero para darnos un último dato:

—La historia de Alemania está llena de reparaciones: el Holocausto, las colonias, los propios ciudadanos de Berlín..., pero esta reparación se ha olvidado durante mucho tiempo. En 1991, muchos de los presos nos unimos para denunciar el trato injusto que vivimos en las cárceles de la Stasi. Ningún tribunal quiso admitir nuestra denuncia. Según la ley de la Alemania unificada, todo lo que pasó aquí dentro fue legal. Las torturas, los interrogatorios bajo manipulación psicológica, los años privados de libertad sin haber cometido ningún crimen..., todo aquello era, a ojos de la justicia, perfectamente legal, porque cumplía las leyes aprobadas por el propio Ministerio de Seguridad del Estado. Espero que todo lo que han visto hoy aquí les haga pensar en el disparate que fue esa decisión. Ojalá, algún día, alguien haga caso a nuestras demandas.

Aquello me dejó helado, así que tardé un poco en comprender la información que vino después.

—Si quieren ayudarnos, pueden firmar una solicitud popular para llevar al Parlamento a la salida, en el local de la Asociación de Presos del Memorial de Höhenschonhausen. Y si quieren más información o tienen alguna duda, pueden preguntar por mí en la Asociación.

—Perdone, ¿cuál era su nombre? —preguntó el hombre de mi lado.

—Reiner, Reiner Wosz.

Reiner Wosz... Conocía ese nombre, pero no recordaba de dónde. Tardé unos segundos en hacer la conexión.

Alexander Steinbach, Wolfgang Köster, Bernd Liebers y... Reiner Wosz. El Círculo de Escritores Chequistas.

Mientras el hombre se despedía de alguno de los asistentes a la visita, lo miré de nuevo. Unos setenta años, el pelo cano, la mirada viva.

Podría encajar, podría ser él.

Me acerqué y pensé en decírselo.

Pero las palabras que salieron de mi boca fueron otras:

—Ha sido una gran charla, gracias.

Le di la mano.

Y me marché.

O eso le hice creer.

Comenzaba mi segunda vigilancia.

*Memorias de Alexander Steinbach*
*Cuartilla 5*

Siempre he buscado acertar. Siempre. Cuando recibía una orden quería cumplirla exactamente como me la pedían mis superiores. Cuando escribía un relato para Laura, quería hacerlo igual. Necesitaba oír de su boca una alabanza, una felicitación, pero raramente aparecían.

Lo intenté con todos los relatos que le mandé por carta, pero ella nunca decía que todo estuviera bien. Siempre quería más. Tenía un comentario, una propuesta de mejora.

Solo una vez conseguí su aprobación.

Fue durante una de las sesiones del Círculo de Escritores Chequistas.

La tarea era sencilla: escribir un relato donde se utilizaran los cinco sentidos. Es verdad que lo escribí todo de un tirón, pero no pensé que fuera mejor que otras veces. A la hora de leerlo frente al Círculo, tampoco noté que mis compañeros tuvieran una respuesta distinta, pero al terminar hubo unos segundos de silencio y lo supe: había acertado.

—Eso es, Alexander. Eso es lo que buscamos. Cuando

escribimos desde dentro de un personaje, tenemos que ser ese personaje, hablar como él, sentir como él, pero al hablar del individuo, hablamos por todos nosotros, por el ser humano. Por ejemplo, en este caso... Levantad la mano los que os habéis enamorado alguna vez. No —se corrigió—, mejor, levantad la mano los que no habéis estado enamorados alguna vez. —Solo Matthias levantó la mano—. Pues, excepto Matthias..., ¿quién de vosotros se ha sentido como el personaje de Alexander? Esa falta de comunicación, ese miedo a no saber expresarse delante de la persona amada, ese miedo a equivocarse y echarlo todo a perder, ¿quién?

Todos levantaron la mano, incluido Matthias.

Laura me miró y solo me dijo:

—Enhorabuena.

Me sentí orgulloso, sí, pero también avergonzado. No solo por esa mirada de validación, sino también porque ella no había entendido el doble sentido del título del monólogo: *Gummizelle.*

Una celda donde se privaba de toda percepción sensorial a algunos presos. Era una celda totalmente a oscuras durante el día y la noche y llena de gomaespuma para que se perdiera el sentido de la ubicación. No tenía ni esquinas, para que los presos no supieran qué lado era cuál. Con el sentido del tacto sobrecargado de tocar una y otra vez plástico, con la vista oscurecida, con la total ausencia de ruido, los detenidos pronto empezaban a suplicarnos que los dejásemos hablar.

El relato no era un monólogo sobre una persona enamorada, sino sobre alguien en esa celda.

Laura lo había malinterpretado.

Y yo no iba a sacarla de su error; prefería acertar por una vez.

## EL TRAIDOR

Si algo aprendí de los agentes de la Stasi es que para sacarle información a alguien, antes... debes tener mucha información previa. Ya me había pasado con Köster y con Liebers; había pecado de falta de preparación. No sabía prácticamente nada de ellos y me habían dado la información que ellos querían. Con Wosz no me iba a pasar lo mismo. Con él no iba a ir a ciegas; iba a saber quién era antes de intentar entrevistarlo.

Por eso decidí seguirlo.

Si lo abordaba en aquel mismo momento, a la salida del memorial de Höhenschonhausen, volvería a ir a ciegas. Y no quería. Así que esta vez obtendría más información sobre él para saber quién era.

Esperé en la cafetería del propio memorial; tenía una terraza con un gran ventanal desde donde se podía ver perfectamente el local de la Asociación, donde acababa de entrar Reiner Wosz. Fingí que bebía una botella de agua que había adquirido en la barra, junto a una estantería llena de libros sobre los métodos de vigilancia de la Stasi y ejemplares de *El espía que surgió del frío*.

Estuve por lo menos cinco minutos esperando en aquella silla de plástico, aunque a mí me parecieron más. El tiempo pasa más despacio cuando lo único que haces es mirar un punto en la nada.

Cuando apareció Wosz, no me levanté en seguida; pensé que quizás era mejor que nadie relacionase mis movimientos con la aparición de Wosz. Una vez hubo traspasado la puerta de salida, caminé rápido, pero sin que pareciera que tenía prisa, hacia el portón. Al salir a la calle, tuve que pararme, porque no sabía qué dirección había tomado. No lo vi y pensé que había hecho el idiota, pero su figura apareció a mi izquierda, al final de la calle. Caminaba por el otro lado de la acera, así que decidí continuar por el mío.

En ningún momento se giró ni echó la vista atrás. Caminaba con la mirada al frente y el paso ligero; aquello parecía fácil, pero de pronto hizo algo que no esperaba.

Se detuvo en la parada del tranvía.

Yo estaba a unos cincuenta metros de él, pero no podía acercarme. Si me iba con él en el tranvía, me reconocería de la visita. Pero si dejaba que cogiera el tranvía, no tendría forma de seguirlo. Podría pedir un taxi con el móvil, pero no sabía cuánto tardaría y, si llegaba antes de que el tranvía saliera, tendríamos que esperar y podría verme.

Así que tomé una decisión que no sé si fue buena o mala, pero fue mi decisión.

Pasé de largo la parada, sin que Wosz me viera, y me quedé escondido en una esquina, donde podía ver si el tranvía venía.

La verdad es que es bastante raro esconderse. Una señora pasó con la compra y me miró como si yo estuviera haciendo algo ilegal. Mi postura no debía de ser la más natural.

Vi al tranvía doblar la esquina y no pude evitar acordarme de Sarah y su amor por aquel medio de transporte.

Venía a poca velocidad, así que tenía que medir bien el tiempo para salir cuando Wosz subiera al vagón y yo pudiera salir de mi escondite sin que se cerraran las puertas.

El tranvía se detuvo y yo respiré hondo, escuché como se abrían las puertas y conté hasta tres.

Uno.

Dos.

Tres.

Salí de mi escondite y me dirigí con paso raudo a la puerta. No había visto si él había entrado ni por qué puerta había entrado. Fallo de primerizo. Así que decidí intentar llegar a la última puerta, la que se encontraba más lejos de mí.

Cuando aún me quedaban unos metros, sonó el pitido de las puertas al cerrarse. Me dio miedo perder el tranvía, así que me subí por la puerta del medio del vagón, con el riesgo de que Wosz me reconociera.

Pero no.

Vi su coronilla en uno de los primeros asientos del vagón.

Caminé hasta el fondo y me senté en la última fila.

Tengo que reconocer que sentí un poco de orgullo; lo estaba haciendo bien.

Cruzamos la ciudad, desde la zona más alejada viajamos hacia el centro, a Mitte. Los bloques prefabricados de los sesenta fueron dando paso a casas de finales del siglo XIX; era como si la propia ciudad tuviera dos vidas diferentes.

Wosz se levantó de su asiento en la calle Rosenthal.

Este era el momento decisivo.

Tenía que evitar que me viera la cara y bajar detrás de él.

Volví el rostro hacia la ventana, pero entonces algo me hizo girarlo de nuevo.

Mi móvil estaba sonando.

Lo descolgué y volví a cubrirme.

—¿Qué le has dicho a mi padre? —la voz de Sarah al otro lado.

—Sí.

La respuesta era tan estúpida como suena. Solo quería pasar desapercibido.

—¿Daniel?

—Vale. Nos vemos luego.

Y apagué el móvil.

Wosz aún no había bajado, pero no quería mirarlo.

El tranvía por fin se detuvo y Wosz pulsó el botón para abrir la puerta.

Yo me quedé quieto en el asiento.

Dio un paso y descendió.

Me levanté como un rayo y enfilé la puerta del final.

Cuando toqué el suelo de la calle lo vi: estaba junto a un edificio, abriendo la puerta.

¿Qué debía hacer? ¿Seguirlo? ¿Dejarlo? Empecé a darme cuenta de que mi plan no era muy bueno.

Al menos ya sabía dónde vivía, podría entrar después y ver si en el buzón ponía solo su nombre o vivía con más gente. Quizás hubiera alguna pista que me ayudara a conseguir más información sobre él.

Todo esto pasaba por mi cabeza cuando Wosz entró en la casa.

Yo me alejé un poco del edificio, para no resultar sospechoso. Cuando un vecino entrara, entraría con él y vería qué información podía conseguir.

Pero antes de todo eso, volvió a sonar mi teléfono. Era otra vez Sarah.

—¿Sarah?

—Daniel, ¿me has colgado?

—Perdona, estoy vigilando a alguien.

—¿Cómo?

—He encontrado a Reiner Wosz por casualidad. Estoy delante de su casa.

Yo no dejaba de mirar la puerta.

—¿Quieres que vaya?

—No, no hace falta. Voy a entrar en su portal y recabar información, otro día vendremos —sí, dije *vendremos*— y hablaremos con él, pero antes tengo que contarte algo increíble. Ayer estuve en el archivo de la Stasi y descubrí algo brutal.

—¿Qué? —preguntó.

En ese preciso instante, escuché una voz a mi espalda que se dirigía a mí.

—¿Prefieres el café solo o con leche?

Reiner Wosz estaba detrás de mí con dos vasos de cartón. Colgué a Sarah.

—Cuando uno hace una vigilancia... agradece dos cosas: un buen café y un aseo cerca. Solo puedo ayudar en lo primero.

La segunda vigilancia había sido un fracaso.

—¿Disculpe? —me hice el tonto.

—Me has seguido desde el memorial. Supongo que quieres saber más de mí, te harás la misma pregunta que todo el mundo. ¿Por qué un agente de la Stasi acaba en la cárcel?

No contesté.

—¿Eres periodista?

—No —confesé—, trabajo para una editorial.

—¿Un libro de historia sobre la Stasi?

—En realidad, no. —Dudé si decir la verdad—. Es un libro de literatura... Sobre el Círculo de Escritores Chequistas.

Su cara cambió.

—¿Qué quieres saber?

Nos sentamos en un banco de la calle, el primero que vimos. Era como si los dos tuviésemos prisa por hablar.

Lo primero que hice fue enseñarle el libro que llevaba en una mochila nueva.

Lo tomó con emoción.

—*Wir über uns...*, cuánto hacía que no lo veía.

—¿Usted escribió en él?

—Sí, sí. Hay un poema mío, estaba en la parte final.

Lo dijo con una mirada de ilusión, como quien visualiza un recuerdo bonito.

—¿Le importaría ceder los derechos para la publicación del libro? —En ese momento me di cuenta de que no tenía ningún contrato.

—Sí, claro, sería un placer.

Abrió el libro y empezó a buscar la página.

—Aquí está. —Me enseñó una página—. Aunquc normalmente escribíamos relatos, yo decidí escribir un aforismo. Solo uno.

Me lo mostró y decidí leerlo:

*La distancia más corta entre dos puntos no es una línea recta, es la escritura.*

La frase era bastante simplona, incluso boba, pero preferí no hacer ninguna crítica, por si lo perdía.

—¿Por qué escribir esto? —le pregunté.

—¿Por qué? —repitió—. Porque era idiota.

Intenté quitarle hierro al asunto.

—Todos los escritores se sienten idiotas alguna vez. —Hablaba en tercera persona, pero me refería a mí.

—Yo no me sentía idiota, lo era. Al cien por cien.

—¿Por? —insistí.

—Era idiota porque me creía el mejor de todos. Me creía superior, me sentía superior a todos. Por eso hice algo diferente a ellos; escribir un poema era como ir un paso más allá. —De pronto cambió el tono—. ¿Te contesto ya a la pregunta? —No sabía a qué se refería—. ¿Cómo acaba un agente de la Stasi en una de sus propias cárceles?

Me di cuenta de que él no decía el Ministerio como el resto de los entrevistados con los que había hablado, lo llamaba la Stasi. Supongo que las palabras que elegimos dicen mucho de nosotros.

—Por eso, por creerme mejor que los demás. Yo traficaba con información —reconoció—. Les pasaba algunos archivos clasificados y documentos de cierta importancia a los servicios secretos de Alemania Occidental. —Me sorprendió que lo reconociera tan abiertamente—. Durante años lo estuve haciendo, pero no lo hacía por dinero ni por ambición, solo lo hacía por creerme especial, distinto al resto. Lo he hablado mucho con mi psicólogo, dice que los espías generalmente tienen un síndrome narcisista muy grande. No pueden ser vistos, su nombre no puede figurar en ningún sitio y, sin embargo, quieren ser reconocidos. Viven con esa dualidad. Yo vivía con esa dualidad... Y mi forma de ganar estatus, de creerme el mejor, fue esa: pasar información.

—¿Por eso entró en el Círculo de Escritores Chequistas?

—Supongo...

Era el momento de empezar a sacar información.

—¿Le suena el nombre de Tantal 73?

—No —reconoció con naturalidad.

Agua.

—¿No ha oído nunca ese nombre?

—No —repitió.

No soy un experto, pero no parecía estar mintiendo.

—¿Y este relato? ¿El de la página 21?

Abrí la página.

Wosz lo leyó.

—No, no lo recuerdo.

Agua otra vez.

—Es de Alexander Steinbach. ¿Lo recuerda?

—Claro, Alexander es inolvidable. —Por fin un acierto—. Escribía como si fuera natural en él, como si ya tuviera las palabras elegidas antes de sentarse a escribir. Lo envidiaba mucho. Me habría encantado tener su talento. Alguna vez me he preguntado qué fue de él después.

—Yo también me lo pregunto —confesé sin querer.

—¿Es sobre él? —me preguntó—. El libro..., ¿es sobre él? ¿Va a ser el protagonista?

—Puede ser.

—Es lógico, era el que más destacaba de nosotros.

—Aunque creo que la verdadera protagonista —murmuré— será Laura Berger.

—¿Laura Berger? ¿La profesora? ¿Por qué?

—Me parece interesante esa relación que tenía con ustedes. Era una escritora dentro de un grupo de agentes de la Stasi. Eso es interesante.

—¿Sí? No sé mucho de literatura.

—Bueno, es interesante que ella intentara que un grupo de torturadores hiciera arte.

Aquello no le sentó bien a Wosz, lo vi en su rostro.

—¿No es un poco frívolo? Yo sufrí esas torturas y te puedo asegurar que no es un juego.

Se me había olvidado a quién tenía delante. A un agente de la Stasi, sí, pero también a una víctima.

—Perdone, no quería que sonara así.

—En las visitas, en esa charla a la que tú has asistido esta tarde, nos hacen rebajar la gravedad de nuestro relato. No lo hacen por censura, sino porque ante el horror..., la gente se esconde. Nadie quiere escuchar las verdaderas torturas, ni datos sobre lesiones o problemas psicológicos. Lo que quiere la gente es estar segura de quiénes eran los malos, pero sin pasar un mal rato. Yo lo entiendo: nadie quiere sufrir lo que sufrimos nosotros.

—Y entonces, ¿por qué da esas charlas?

—Bueno, supongo que un poco por el síndrome narcisista, pero sobre todo porque si no cuento yo mi historia, quién la va a contar. Algo que aprendí en la Stasi es que el relato lo es todo. Si eres capaz de colocar un buen relato, dominas las mentes. Allí lo hacíamos para mover a la sociedad hacía donde queríamos. En el memorial, al menos, lo hacemos para sensibilizar de un problema grave que nadie quiere tratar.

—¿Las denuncias contra la Stasi?

—Sí —reconoció—. Si la sociedad promoviera un debate, quizás esas denuncias podrían volver al juzgado.

Me pareció increíble que una persona que había visto el sistema desde dentro, que había sufrido la represión de ese sistema, aún creyera en el sistema.

—¿Y se dedica a eso ahora? ¿A organizar las demandas?

—No, eso lo lleva la Asociación. Yo ahora tengo la mejor profesión del mundo: soy abuelo. Tuve una empresa de exportaciones, no me fue mal y pude retirarme. Ahora solo disfruto de cuidar a mis nietos y de pasar tiempo con mis amigos. A veces la vida te recompensa.

Me pareció bonito aquello, pero también tramposo. La vida lo recompensaba por haber sufrido en la cárcel, pero había acabado allí no por pertenecer a la Stasi, sino por cambiar información.

Fue entonces cuando se me ocurrió preguntárselo.

—¿Cómo lo pillaron? Con el intercambio de información, me refiero.

—Nunca lo supe. Cuando cayó el Muro, pedí mi archivo. Allí solo encontré un documento sobre el tráfico en Chemnitz. No era mío, se lo puedo asegurar. Yo nunca estuve en Chemnitz ni investigué allí. Supongo que el resto de la investigación se perdería. —En aquel momento no le di importancia a ese dato, porque no tenía conocimiento de qué significaba, pero después resultaría crucial—. Aunque siempre tuve la impresión de que alguien me espiaba y sabía todos mis movimientos.

Entonces lo enlacé todo.

—Fue Tantal 73 —dije. Él me miró sin entender—. Tantal 73 era un agente metido dentro del Círculo de Escritores Chequistas para espiar al resto de los agentes. Era un espía de las palabras. Leyó alguno de sus relatos o esa frase del libro y lo supo. Usted era peligroso para ellos y lo pudo descubrir gracias a sus escritos.

Wosz se quedó blanco.

—¿Qué?

—Lo encontré en el archivo de la Stasi. —Le enseñé la foto del documento de Tantal 73—. Era su procedimiento: analizaba los textos del grupo para saber si alguien estaba traicionando a la Stasi.

Lo vio y musitó algo que no entendí.

—¿Sabes quién fue? —me preguntó directamente—. Tantal 73. ¿Sabes quién era?

¿Alexander? ¿Köster? ¿Quién?

—No lo sé.

—Mierda, ¿quién de ellos me la jugó?

—No dejó rastro.

—¡Mierda!... Mierda. —Le dejé unos segundos para

que se recompusiera y entonces dijo algo sorprendente—. No sé si quería saber esto. Cuando odias a la Stasi, odias en abstracto. Es como si hubiera un Dios al que odiar y tirar piedras, pero cuando conoces a la persona que te ha jodido, cuando sabes su nombre, es distinto.

—Pero usted no sabe su nombre.

Lo que dijo me dejó preocupado:

—Todavía.

*Memorias de Alexander Steinbach*
*Cuartilla 5*

Lo malo de escribir es que se te mete dentro, no puedes evitar hacerlo. Las historias están siempre en tu cabeza, no desaparecen. Si estás esperando en la sala del dentista, tus personajes empiezan a parlotear sin que puedas evitarlo. O se te ocurre una idea y tienes que apuntarla antes de que se te esfume. Aunque el problema, muchas veces, es que no tienes donde apuntarla.

Eso me sucedió una vez en uno de los peores momentos posibles. Estaba interrogando a una chica punk. Los punks siempre eran los más aburridos de interrogar; generalmente no tenían mucho que decir, salvo insultos y cosas así. No eran gente de la que sacar nada, pero aun así teníamos que interrogarlos. Nos pasábamos horas preguntando mecánicamente, mientras obteníamos respuestas incoherentes. Era realmente un fastidio. Además, solían tener el mono y vomitaban y había que limpiarlo.

Por eso, con aquella chica, mi mente se fue a otro sitio. Tenía un relato que quería terminar para mandárselo a Laura, pero no acababa de encontrar el final.

Mientras le repetía a aquella chica quién era su contacto para obtener ciertas revistas, mi mente empezó a trenzar ideas. Mi boca hablaba, pero no pensaba lo que decía, toda mi concentración estaba en solucionar ese final. Y después de dos horas con ella en la sala, se me ocurrió. Era el final perfecto. Cerraba la trama a la perfección y daba a los personajes un cierre a su conflicto. Tenía que apuntarlo antes de que se me olvidase, pero había un problema.

No podíamos entrar con papel a la sala de interrogatorios.

Habíamos tenido un par de incidentes con sospechosos que intentaban comerse el papel o usarlo para hacerse cortes y pasar unos días en la enfermería, así que no había nada donde apuntarlo. Así que tomé una decisión que jamás hubiera tomado si no fuera por la escritura.

La dejé sola en la sala de interrogatorios y salí a buscar un papel y un boli.

No estaba muy lejos, en la oficina de al lado tenía una libreta. Me senté y comencé a escribir toda la idea, no de forma minuciosa, solo un esquema. Sin embargo, tardé el suficiente tiempo como para que un oficial pasara por el pasillo y descubriera a la chica con la mirada perdida en la sala de interrogatorios.

—¿Qué has hecho? —me preguntó—. Esa chica no puede quedarse sola.

Me dio vergüenza reconocer lo que había pasado, así que, simplemente, volví a la sala de interrogatorios y continué con mi trabajo.

Aunque tengo que decir que valió la pena.

A Laura le encantó el relato.

# AGATHA CHRISTIE EN EL LAGO

Volví a casa de Hans con la sensación de que había demasiadas preguntas en mi cabeza. ¿Quién había traicionado a Wosz? ¿Por qué Hans había reaccionado así? ¿Por qué seguía sin pistas de Alexander Steinbach? Y, lo más importante de todo: ¿quién se escondía detrás de Tantal 73?

Pero, si no recuerdo mal, ese no era el verdadero problema, lo que me acuciaba era algo que no podía ver. Esto lo aprendí en las novelas de Agatha Christie, en los llamados *whodunnit,* en los que se presentan un montón de culpables, con todas sus coartadas, pistas y testimonios... que en realidad no importan. Porque lo importante es aquello a lo que no has estado prestando atención. Aquello que estaba en segundo plano, el mayordomo o el ama de llaves.

Me tumbé en la cama, pero mi cerebro iba tan rápido que era imposible detenerlo. Entonces me acordé de mi primer día, cuando conocí a Sarah. Estaba igual de cansado y ella me aconsejó que fuera al lago. Así que quise repetir el paseo. Tomé mi bañador y mi toalla y me dirigí por el bosque rumbo al lago. El camino estaba igual que aquel primer día y, sin embargo, no me impresionó de la misma forma. Supongo que la primera vez de cualquier cosa siempre es distinta. O quizás no. Porque en pocos minutos reviviría una sensación, pero esta vez con mucha más intensidad.

Al llegar al lago, dejé mi toalla junto a un árbol, me quité las zapatillas y me zambullí en el agua. Sumergí la cabeza lo más profundo que pude. Me hundí y me hundí hasta el fondo. Entonces comencé a nadar hacia la superficie, hacia el aire. Y por fin sentí paz.

Toda la ansiedad había quedado allí abajo. La purificación había funcionado, mi cabeza estaba libre.

Me quedé allí, en medio del lago, libre de ansiedad, libre de miedos. Relajado, entre las ondas del agua. Me sentí tan cómodo, tan despejado, que una frase apareció en mi cabeza:

«Espiaba a través de sus palabras».

La frase que había dicho Hans casi sin darse cuenta, como si se le escapara, y que yo acababa de repetir ante Wosz, era de una importancia capital. *Espiaba a través de sus palabras.* Lo era por una razón muy simple: yo también era un espía a través de las palabras.

Desde que tuve ese libro en mis manos, no había hecho más que buscar a Alexander Steinbach a través de sus palabras. Tratar de entender quién era, saber cómo era por dentro, ser capaz de adentrarme en su verdadera esencia. Todo a través de sus relatos, de sus frases cortas, de sus juegos literarios. Intentaba ver más allá de lo que estaba escrito para encontrar a la persona.

Pero no era el único que lo hacía.

Oh, no.

Tú, querido lector, estás intentando espiarme a mí a través de las palabras. Estás intentando comprender a Daniel Medina. Estás rascando y rascando en cada una de las palabras que escribo para intentar hacer un pequeño agujero desde el que poder ver dentro de mí. Poder saber quién es Daniel Medina realmente. Saber qué oculta, qué anhela, qué teme, qué quiere.

Y lo peor de todo es que yo te dejo.

Igual que alguien, dentro del Círculo de Escritores de la Stasi, espiaba a través de las palabras.

El agua calmada y fría me trajo todos estos pensamientos, pero no había conseguido bajar del todo mi nivel de alerta.

Un sonido cruzó el lago. Como si fuera un pájaro, pero no era un pájaro. Era un ser humano, de eso estaba seguro.

El sonido volvió a repetirse.

Una y otra vez.

Sería absurdo intentar reproducirlo en forma de letras. Solo puedo decir que encendió mis señales de alarma.

Rápidamente salí del agua, como si estar allí me pusiera en una situación aún más peligrosa. Mientras nadaba hacia la orilla, seguía intentando localizar de dónde venía el sonido, pero lo oía en diferentes lugares del lago. Como si fueran varias personas.

Salí corriendo y me dirigí al árbol donde había dejado la toalla, pero allí no estaban ni mis zapatillas ni mi toalla.

Estaba empapado y frío. Buscaba alrededor del árbol, por si la toalla se hubiera caído. Miré a un lado y otro, por si me había equivocado de lugar, pero las huellas dejaban claro que allí había llegado alguien con zapatillas y... se iba a ir alguien sin zapatillas.

El ruido no dejaba de sonar. Insistentemente.

No tengo problema en confesarlo: sentí miedo. Un miedo ancestral, como si un animal estuviera a punto de atacarme.

Así que corrí. Corrí todo lo que pude. Con el cuerpo congelado y los pies descalzos. Sentía cada rama, cada piedra, en la planta del pie. Se clavaban como aguijones, pero no me importaba, porque el sonido se alejaba. Se quedaba en el lago.

Por fin vi las primeras casas y sentí una cierta seguridad. Detuve mi carrera y pensé que quizás había sobreactuado. Todo podía haber sido producto de mi cansancio. No había visto a nadie a mi alrededor, el sonido podía haber sido, perfectamente, de origen animal y mi toalla y mi calzado podían estar esperándome en un árbol con ciertas semejanzas al que había encontrado al salir.

Pero un recuerdo se instaló en mi cabeza: el relato de Alexander Steinbach.

Ese hombre que volvía de la playa y había perdido toda su ropa. Me sentí igual, merodeando por la calle casi desnudo.

Eso me dio más miedo que el sonido.

Más miedo que la sensación de sentirme vigilado.

Pero aquello acababa de comenzar.

Caminé hasta la casa de Hans, siempre vigilando mi espalda por si aparecía alguien. Cuando por fin llegué, sentí un gran alivio. Al cerrar la puerta de la calle tuve la impresión de haberme librado.

Cuando llegué a mi habitación encontré los bolígrafos otra vez sobre la mesa, la grabadora otra vez dentro de la mochila, los papeles otra vez distribuidos por toda la mesa, la papelera vacía. Todo estaba desordenado, pero no como yo lo habría desordenado.

Cogí una toalla del armario, me la puse alrededor del cuerpo y lo comprendí.

Alguien había estado allí.

Alguien quería que supiera que había estado allí.

Todo estaba sucediendo igual que en el relato de *Wir über uns.*

*Memorias de Alexander Steinbach*
*Cuartilla 5*

... Era un procedimiento habitual. Se utilizaba sobre todo con disidentes o personajes públicos que pudieran tener cierto peso. El método era sencillo: vigilar durante una semana al sujeto, comprender sus horarios y sus labores, establecer un día y entrar en la casa. Pero no entrábamos para espiar, para revisar sus papeles o para poner un micro. Nuestra única misión era dejar nuestra huella. Cambiar de lugar ciertos objetos, llevarnos la basura. Una vez incluso fregamos los platos y los colocamos en su sitio.

Este procedimiento era exclusivo de la Stasi. Ninguna otra agencia lo había puesto en práctica nunca. En nuestro caso, buscábamos que el sujeto supiera que habíamos estado allí porque habíamos comprobado que era mucho más efectivo generar una psicosis en ellos que vigilarlos.

El hogar es el lugar más seguro... hasta que alguien entra. Entonces te conviertes en un paranoico. No estoy orgulloso de decir esto, pero algunos sujetos a los que les hicimos tres o cuatro visitas acabaron internos en sanatorios de Berlín.

En el Círculo de Escritores Chequistas, yo me sentía así con Laura. Ella había entrado en nuestros lugares seguros, había husmeado en nuestras casas interiores. Sin embargo, cuando empezamos a tener una relación puramente epistolar, sentí que era diferente. Ya no es que estuviera dejando que ella entrara, es que yo me moría por invitarla a descubrir todos los rincones de mí.

Todo escritor necesita escribir para alguien.

Yo descubrí que mi persona era Laura Berger.

## LA ETIMOLOGÍA DE UN INSULTO

Me quedé sentado en la butaca de Hans. Estaba a solas, cansado, en mitad del día, sin nada que hacer. Con una manta a mi alrededor para entrar en calor y esperando a que él regresara. Mientras, en mi cabeza intentaba encontrar las palabras precisas para expresar cómo me sentía. Violentado, paranoico, sucio, loco. Lo único que quería era salir de allí, pero, a la vez, no quería abrir la puerta por si acaso había alguien. Por si me estuvieran vigilando, siguiendo.

De pronto, un sonido que venía de la puerta. La cerradura. Un clac y la puerta se abrió. Por fin. Pero no fue Hans quien entró.

—Daniel.

—¿Sarah?

Ahora que lo escribo, me doy cuenta. Ella era mi refugio; siempre que la necesitaba, aparecía. Con ella me sentía siempre seguro, pero ¿fue una casualidad o lo provocó? No lo sé y creo que no lo sabré nunca.

Me levanté y la abracé. Ella notó que algo ocurría.

—He hablado con mi padre. Está...

—No es eso —la interrumpí—. Alguien ha entrado en casa. —Sarah me miró preocupada—. O creo que ha entrado en casa. No lo sé.

—¿Qué ha pasado?

—Salí a bañarme y cuando volví todo estaba desordenado.

—¿Te han robado algo?

—Al revés. Todo estaba igual, pero diferente.

—Daniel, no te entiendo.

Le expliqué lo sucedido una vez más, pero seguía mirándome raro, como si todo lo que decía no fuera coherente.

—Creo que está ocurriendo el relato —le confesé al final.

—¿Qué?

—El relato de Alexander Steinbach. Piénsalo. Primero me robaron la grabadora, un objeto valioso. Ahora me quitan la ropa, como en su historia. Lo siguiente es que...

Entonces Sarah me miró a los ojos y no dejó que lo dijera.

—No, Daniel. No puede ser. Es solo un relato.

—Es una amenaza, ¿no lo ves? —le contesté—. Si sigo investigando, me lo van a hacer, como al personaje. Me van a meter esas astillas en las uñas y luego...

—Para —me espetó Sarah—. Nadie te va a hacer nada. Estamos en el siglo XXI, el Muro cayó hace mucho tiempo. Podemos acudir a la policía y yo estaré contigo, no dejaré que te pase nada.

Sarah me abrazó. Y yo me dejé abrazar.

El miedo desapareció.

—Pero hay otra solución. Lo que podemos hacer es resolverlo. Averiguar quién está detrás de esto, quién quiere saber todo del Círculo Chequista y por qué. —Me acarició la cabeza—. Y descubrir quién era el espía, quién era Tantal 73.

Entonces me di cuenta. Me separé de ella.

—¿Cómo sabías que yo sabía lo de Tantal 73?

Su mirada se fue a otro lugar.

—Me lo dijiste por teléfono.

—No, no lo hice.

Ella dudó.

—Debe de habérmelo contado mi padre.

—¿Cuándo?

—Le he llamado según venía para acá.

La analicé como nunca lo había hecho; por primera vez empezaba a ver quién estaba detrás, moviendo los hilos.

—¿Por qué te lo ha contado? Tu padre no quiere que tengas nada que ver con esto. Me lo ha dejado bien claro.

Volvió a fijar sus ojos en mí.

—No te voy a dejar solo y menos ahora, me necesitas —dijo, intentando desviar mi atención—. Y creo que podemos resolverlo todo hoy mismo, esta tarde. —No me dejó ni que preguntara cómo—. He encontrado a alguien que tiene una foto del Círculo de Escritores Chequistas. Una foto que, si estoy en lo correcto, nos dirá quién es Tantal 73.

—¿Por qué te lo ha contado tu padre? —insistí.

Me cogió de la mano y eso fue lo que me desarmó.

—Porque sabe que esto es importante para mí.

Por un momento se vio acorralada, así que salió de la mejor manera posible. Se acercó a mí y me besó. Y sonará cursi, pero sus besos tenían la capacidad de hacerme olvidar todo.

—Porque no quiero que te pase nada.

Puso sus labios sobre mi oreja y me susurró una dirección al oído.

Mi parte sentimental ya estaba a su merced, pero mi parte racional aún tenía preguntas.

—¿Vendrás conmigo?

—No podemos.

—¿Por qué?

—Porque yo ya he ido y no ha funcionado... —Se alejó un paso de mí—. Pero estoy segura de que tú lo conseguirás.

No sé si no entendía nada o no quería entender. ¿Por qué había ido sin mí? ¿Por qué tanto secretismo? Y, lo que más me dolía: ¿por qué tenía que ir sin ella? Pero en vez de hacer todas esas preguntas, hice la que ella quería.

—¿A quién voy a conocer?

—A nadie.

Eso me sorprendió.

—No vas a entrevistar a nadie —aseguró—. Te vas a colar y vas a buscar esa foto.

Ya me tenía de nuevo.

—¿Dónde está esa foto?

Me dio un papel y allí una dirección, un nombre y un cargo:

«Unter den Linden, 6. Doktor Müller. Literatura alemana».

—Me la dará él.

—No, tienes que robarla.

Y no hizo falta nada más, ya estaba dispuesto a hacerlo. Pero antes quedaba algo más.

—Cuando entres, asegúrate de que nadie te ve —dijo, como si lo hubiera hecho mil veces—. Y será mejor que vayas sin documentación, ni grabadora, ni nada que te pueda delatar.

Asentí.

Sin embargo, no era suficiente para ella.

—Si quieres, dame tu carnet de identidad para que esté a buen recaudo.

Y yo, como un imbécil, se lo di.

Lo peor de estar paranoico es la duda. Dudas de ti mismo, sientes que todo lo que estás haciendo es ridículo... Y, sin embargo, no puedes evitar hacerlo. Yo estaba seguro de que nadie me seguía cuando salí de casa de Hans, pero, aun así, tomé precauciones. Tomaba calles a izquierda y derecha, haciendo zigzags rápidos y fijándome en si alguien me seguía. Me bajaba del tren en estaciones que no conocía solo para dilucidar si alguien se bajaba al andén conmigo para esperar el siguiente tren.

Pero no había nadie detrás de mí.

Eso era lo que más me obsesionaba; saber que todo aquello que hacía no tenía sentido era más propio de una mente enferma. Pero tenía que hacerlo.

Cuando llegué a la dirección que me había enviado Sarah, no entré. Di un par de vueltas a la manzana antes de dirigirme a la puerta. Porque aquella no era una puerta cualquiera, era la entrada de la Universidad Humboldt, el centro de estudios más prestigioso de Berlín.

Atravesé el jardín que daba a la avenida Unter den Linden y me situé frente al edificio de Humanidades. Sabía a dónde tenía que ir, al despacho 305 de la Facultad de Literatura, pero a la vez no sabía a dónde tenía que ir. Los despachos no se pueden buscar en Google Maps ni podía preguntar a uno de los conserjes. Tenía que descubrir dónde estaba, lograr pasar, encontrar la foto y salir de allí. Así que entré sin pensarlo.

Lo primero que me sorprendió fue la altura del techo: a pesar de lo amplio que era el *hall* de entrada, el techo era muy bajo; muchos alumnos que pasaban por allí parecían rozar con su cabeza la parte superior.

Como si aquello fuera un hotel, supuse que el 3 del despacho 305 estaría en la planta 3. Y así era, allí estaban los departamentos de literatura inglesa y alemana.

Empecé a buscar el nombre que me había dado Sarah.

Müller.

Müller.

Müller.

Müller.

Nada, no lo encontraba.

Y, de pronto, lo vi.

305.

Caminé hasta la puerta; a través del cristal traslúcido solo se veía oscuridad, así que me decidí. Cogí el picaporte y lo giré.

Nada.

Volví a intentarlo.

Estaba cerrado con llave.

En el pasillo, por suerte, no había nadie, así que no llamaba mucho la atención. Me alejé un poco para observar la situación. La puerta era ciertamente endeble. Podía forzar la cerradura. Miré a través del cristal para ver si había una ventana por la que colarme, aunque rápidamente lo descarté, porque era un tercer piso.

Mientras estaba pegado al cristal de la puerta, lo escuché:

—¿Ha venido a la revisión del examen?

Me quedé callado. A mi lado estaba un hombre con una barba fosca que mezclaba las canas con un pálido color negro. Portaba unas gafas de pasta que le agrandaban la cara y un maletín negro.

—El horario terminó hace rato, pero no me importa enseñarle la prueba —dijo mientras se acercaba con el llavero al picaporte que tan solo unos segundos antes había intentado abrir.

Le hice caso y pasé a su despacho detrás de él. Era una pequeña sala con una estantería repleta de libros, una mesa y una silla.

El hombre tomó uno de los archivadores y dijo:

—Aquí está.

Desplegó el archivador sobre la mesa y, tras sentarse, me preguntó:

—¿Cuál es su nombre?

—Daniel Medina.

—Medina... Medina... —Mientras repetía mi nombre, pasaba páginas del archivador—. No lo encuentro ¿Es usted del curso sobre Hertha Müller o del de «Berlín en la poesía, la poesía en Berlín»?

Comprendí la situación y no pude más que confesar.

—Ha habido un malentendido, no soy un estudiante.

—Ah, ¿no?

—No. —Tragué saliva—. Estoy recabando información para un libro y creo que usted podría ayudarme.

—Ah, claro, dígame.

—Quería hablar con usted sobre Laura Berger.

La cara de aquel hombre afable cambió. Lo que hasta ahora había sido un gesto sosegado se tornó duro y frío.

Tardó unos segundos en contestar; mientras tanto me miraba a los ojos.

—¿Te envía ella? ¿La chica?

Aquella pregunta me sorprendió. En aquellos pocos segundos, aquel profesor Müller había hecho más conexiones que yo en las últimas semanas. Y además eran certeras. Tanto, que solo pude reconocer quién era.

—¿Sarah? Sí.

Se pasó la mano por la barba.

—¿Lo sabe él?

Otra vez tuve que mostrar las cartas.

—No sé a quién se refiere.

Se reclinó sobre la silla de su despacho, dándose espacio para pensar. Después se levantó y se dirigió a la puerta.

—Ya le dije a ella que no quería hablar de este tema. Será mejor que se marche.

Abrió la puerta y me mostró la salida. Yo ni siquiera me levanté de mi asiento.

—¿Qué sabe sobre el Círculo de Escritores de la Stasi? —Volvió a indicarme la salida con la mano—. ¿Conoció a Laura Berger?

Esta pregunta sí la respondió.

—Mucho. —No dijo más.

—¿Podría hablar unos minutos con usted? —insistí.

—No.

Me levanté de la silla, porque la situación empezaba a ser insostenible.

—¿Conoce el libro *Wir über uns*?

—Salga, por favor.

Se mantuvo impasible. Di mis primeros pasos hacia la puerta.

—¿Fue usted uno de los escritores chequistas?

Nada.

—¿Tiene usted una foto del Círculo?

Ninguna respuesta. Ya estaba a su altura, apenas quedaban unos pasos para que me expulsara.

—¿Sabe qué significa Tantal 73?

Y su voz grave por fin sonó.

—¿Cómo?

—Tantal 73.

El profesor volvió a mesarse la barba.

—Lo conoce, ¿verdad? Tantal...

—¿Ese era el nombre que utilizaban? ¿Tantal?

—Sí.

Entonces cerró la puerta y solo dijo una palabra:

—*Arschlöcher.*

Es una palabra fácil de traducir.

—Cabrones.

*Memorias de Alexander Steinbach*
*Cuartilla 5*

Laura me escribió una vez:

*Escribir una historia con muchas palabras es fácil. Encontrar una palabra que cuente toda una historia es lo difícil.*

Durante mucho tiempo estuve buscando la mía, pero fue Laura quien la encontró: *Namenlos.*

El sin nombre.

El profesor Müller se encendió un cigarrillo. Supongo que estaría prohibido hacer eso dentro de la universidad, también supongo que no sería la primera vez que lo hacía. Abrió un poco la ventana y dejó salir el humo.

—Tantal no es un nombre elegido al azar. ¿Conoce el nombre de Tántalo? ¿El mito griego? —Tenía el nombre en la cabeza, pero no lo conocía—. Es uno de los más terribles. Fue castigado con el peor de todos los castigos. Fue condenado a pasar siempre sed y hambre, pero con un agravante: estaba encarcelado en un lugar del inframundo, junto a un árbol con frutas y un estanque con agua. Cada vez que se acercaba al agua, el líquido se alejaba y cada vez que intentaba coger una fruta del árbol, las ramas se alzaban. Así el resto de la eternidad. Pasando sed y hambre. Como un prisionero, como alguien en la cárcel.

No pude evitar acordarme de Reiner Wosz y de la cárcel.

—¿Era usted de la Stasi? —le solté a bocajarro.

Negó con la cabeza.

—Pero ¿sabe por qué le hicieron todo eso a Tántalo? ¿Sabe cuál fue su delito? ¿Su pecado? —Ahora fui yo el que respondió con un no—. Contar los secretos de los dioses.

Tantal 73, Tántalo, ahora todo cuadraba en mi cabeza.

—Tántalo no era un dios, era un mortal, como tú y como yo. Pero los dioses le querían, así que lo invitaron a cenar al Olimpo. Allí escuchó las conversaciones que mantenían los dioses en la mesa, donde revelaron muchos secretos. Tántalo no dudó: recabó toda esa información y se la dio a los otros mortales. —Dio una calada a su cigarro—. Los dioses se enfadaron y...

No terminó la frase.

—¿Conoce usted la identidad de Tantal 73?

—Eso es lo que quiere ella, que se lo diga, que lo confirme, ¿verdad?

Entonces tuve un momento de duda. Quizás esa ella de la que hablaba no fuera Sarah.

—¿Se refiere a Sarah?

—Debe de ser, no sé ni si me dijo el nombre, pero vino con algunas preguntas que...

Me miró y mostró una sonrisa irónica.

—¿Quién eres tú? ¿Su novio? ¿Un amigo?

—Algo así.

—Bueno, pues «algo así», será mejor que vayas a hablar con ella. Tiene muchas cosas que explicarte. Y yo me andaría con cuidado, no creo que le diga la verdad.

Debo decir que aquellas palabras no me sobrecogieron, no tuvieron en mí el más mínimo efecto. Me resultaron totalmente familiares, yo sabía que tenía muchas cosas guardadas. ¿Por qué estaba tan interesada en el Círculo? ¿Por qué me ayudaba? Pero nunca había querido preguntárselo, tenía miedo de tocar una tecla que la hiciera desaparecer. Así que aquello no me pillaba de nuevas.

Müller tiró el cigarrillo por la ventana y se dispuso a avanzar hacia la puerta.

—¿Y usted? —le interpelé—. ¿Cuál era su relación con Laura Berger? ¿Era su novio? ¿Era su amigo?

La respuesta me rompió por dentro.

—Sí.

—Sí, ¿qué?

—Era su marido.

No me lo podía creer. Ahora entendía por qué me había enviado allí Sarah.

—Bueno, su exmarido —aclaró—. ¿Fumas?

Seguía tan en *shock* que hasta una pregunta tan fácil era difícil de contestar.

—No.

—Perdona, no te he ofrecido ninguno antes porque pensaba que no te ibas a quedar.

—¿Eso significa que puedo quedarme? ¿Va a responder las preguntas?

No contestó y se volvió a sentar en su silla. Supongo que ahí estaba mi respuesta.

—No es usted de aquí, ¿verdad?

—No, soy de Madrid, España.

—Sé dónde está Madrid. —La rudeza volvía a su voz—. Una vez estuve allí. No me gustó. Solo había bares y turistas.

—¿Fue con Laura?

Soltó una risita irónica.

—La última vez que vi a Laura, el Muro seguía en pie y la única forma de ir a Madrid era pasar por encima o por debajo.

Esta respuesta me dio pie a una pregunta más importante:

—¿Cuándo se separaron?

—El día que se acostó con otro hombre.

—Me refería a la fecha —dije algo cohibido.

Müller torció el gesto y se volvió a levantar.

—Si vamos a hablar del pasado, necesitamos un poco de desengrasante. —Quitó un par de libros de la estantería y buscó algo en la profundidad—. En las bibliotecas siempre hay un pequeño armario o caja fuerte para guardar los libros prohibidos. Se llama *Giftschrank* ('el armario de los venenos'), yo me he tomado al pie de la letra su nombre.

Sacó una botella de *whisky* y dos vasos y los colocó sobre la mesa.

—Hay libros más venenosos, no obstante.

Sirvió un vaso de *whisky* y lo puso ante mí.

—Lo que dura un vaso. Después te vas, ¿de acuerdo?

Asentí.

Él se sirvió el otro vaso. Llenó más el suyo que el mío, eso me dio esperanzas.

—Laura... —musitó para sí—. ¿Qué podría contarte de ella?

—Todo —respondí con decisión.

—¿Todo? No tienes tanto tiempo. —Se rio irónicamente—. Ella no era fácil de resumir. Era una mujer... diferente. Como estoy seguro de que luego hablaré mal de Laura, le contaré cómo la conocí: fui su alumno. En realidad, ella fue mi alumna antes que yo el suyo. —Dio un primer sorbo—. En aquella época, yo era un joven profesor de Literatura recién salido de la universidad. Y como joven profesor, creía que lo sabía todo. Si alguien nombraba a un autor, yo daba datos y datos sobre él. Si leía un poema, podía estar horas hablando sobre sus influencias. Era así de cretino. Supongo que ser joven implica ser cretino y no estaba mal. Si no hubiera sido así, nunca habría conocido a Laura.

»Fue en otoño, yo era un profesor recién llegado a la universidad y algo presuntuoso. Daba una conferencia, ya ni me acuerdo de sobre quién. Lo que sí recuerdo es que dije que ese poeta, quienquiera que fuera, había resuelto de manera un poco vulgar un poema. Entonces, una voz emergió de entre el público: "¿Y cómo lo habría resuelto usted?". Era ella. No debería haberme detenido, no debería haberle hecho caso, pero... detuve mi conferencia y le pregunté a qué se refería. Ella repreguntó: "¿Cómo lo habría terminado usted para que no fuera vulgar?". Yo le contesté una serie de excusas. Que no era mi labor escribir, que mi trabajo era analizar, etcétera. Ella no quedó muy conforme y me dijo: "Cuando encuentre una solución menos vulgar, avíseme, por favor".

»No pude evitarlo, quedé embrujado por su impertinencia. En aquella época era raro encontrarse un adversario con la fuerza de Laura. Yo era capaz de apabullar a cualquiera con datos y más datos, pero a ella, no.

»Así que comencé a preguntar en la universidad por aquella chica tan insolente. Me informaron de que daba un curso de escritura creativa para los alumnos y que siempre se llenaba. Un día aparecí en su clase, dispuesto a plantearle una buena partida. Le dije que, si ella había tenido la suerte de poder asistir a una de mis clases, yo podía hacer lo mismo. Pero ella me ganó desde el primer momento: me respondió que estaría encantada de acogerme, pero que allí encontraría mucha *poesía vulgar*.

»La vi muchas veces dar clases, conferencias, cursos, pero nunca fue tan buena como aquella tarde. Quería impresionarme, quería lucirse. Y vaya si lo consiguió. Al finalizar la clase la invité a una copa y... ¿Sabe qué me dijo? Que no. Que no iría a ningún sitio conmigo hasta que escribiera un poema, un verdadero poema vulgar.

»Me hizo escribir. A mí. Yo, que sabía todo de la escritura. Cada autor, cada época. Me salió un poema horroroso. Vulgar a más no poder. Pero a ella le gustó. Dijo que tenía pasión y que no sabía que un profesor como yo pudiera tener pasión.

»Salimos a cenar y lo demás ya se lo puede imaginar. Me había bebido el vaso de *whisky* y ni siquiera me había dado cuenta. Estaba tan absorto en el discurso del profesor Müller, que sorbo a sorbo me había bebido el dedo de *whisky*. Él apenas había tocado su copa, así que, cuando terminó de hablar, me sirvió otro dedo.

—¿Sabía usted que Laura trabajó para la Stasi?

Afirmó con desgana.

—¿Cómo pudo la persona de la que me está hablando aceptar un trabajo así?

—Por prestigio. Si Laura estuviera viva te diría otra cosa: el dinero, la necesidad de trabajar, la seguridad laboral. Mentiras, todo mentiras. Lo hizo por ser reconocida. Laura tenía unas ganas increíbles de ser escuchada, de que supieran su nombre. Y adquirir notoriedad en aquella época pasaba solo por un sitio: el Partido. Si el Partido quería, te aupaba, si no..., la nada. Era así de sencillo. Pero no voy a excusar a Laura por las circunstancias; cientos de colegas y compañeros se negaron a vivir del Partido. Ella no. Ella era ambiciosa y yo no la culpo por ello. Si hubiera sido un hombre a nadie le hubiera extrañado, pero una mujer. Una mujer no. Y, ya se lo he dicho antes, Laura era una mujer... diferente.

Hizo una parada para beber y yo aproveché para intervenir.

—Pero... tendría sus dudas, ¿no? Trabajaba para uno de los peores instrumentos de tortura y control que han existido. Al menos, le pesaría en la conciencia. Nadie colabora en un sitio así sin reflexionarlo bien..., ¿verdad?

En aquel momento me acordé de Marsellus Wallace en *Pulp Fiction*, con aquello de «La noche del combate es posible que sientas una ligera punzada, será el orgullo, que intenta joderte». Eso era lo que yo pensaba que le ocurriría a Laura, esa punzada cada vez que cruzaba la puerta del cuartel general de la Stasi. Pero Müller tenía una respuesta diferente.

—A Laura no le pesó nada. Si algo aprendí de ella fue que su creatividad, su increíble forma de ver las cosas, también tenía una para excusarse de todo. —Volvió a beber un trago de su vaso—. Cuando tienes la capacidad de darle vida a lo que no la tiene, también puedes crear una realidad que encaje perfectamente con lo que quieres. Muchas veces, Laura cometía errores o se equivocaba y buscaba la forma perfecta de excusarse. Así podía continuar con su vida. La realidad no era lo que sucedía fuera, sino lo que pasaba dentro. Y dentro todo estaba claro.

Se frenó, me quedó muy claro que no quería seguir y volvió a darle un trago al vaso de *whisky*. Ya le quedaba solo la mitad. Él también quería controlar la situación, no quería dejarse llevar por el cerebro reptiliano. Por eso bebía tan rápido. Así que yo decidí poner el dedo en la llaga.

—Es curioso, llevo semanas hablando con gente que conoció a Laura y todo el mundo tiene solo buenas palabras. Es la primera vez que alguien habla mal de ella.

—Ya se lo había advertido.

—¿Tanto daño le hizo que se acostara con otro hombre?

Müller miró hacia un lado, apartando la mirada como si no quisiera que viera en sus ojos lo que realmente había ocurrido.

Otro trago.

—No es lo que hizo, es con quién lo hizo.

*Memorias de Alexander Steinbach*
*Cuartilla 6*

Nos enviábamos cartas sin nombre. Hay una regla que dice que toda correspondencia epistolar tiene que empezar con el nombre de la persona a la que te diriges. Pero nosotros no lo hacíamos, no empezábamos nunca nuestras misivas con un «Querido Alexander» o un «Estimada Laura». Íbamos directos al grano. Es como si nos sobraran los accesorios; queríamos estar solos, el uno delante del otro.

Fue Laura la que se dio cuenta de aquello: «Dejemos a un lado nuestros nombres, seamos solo palabras». Por eso empezó a llamarme de aquella manera: *Der Namenlos* ('el Sin Nombre'). Muchas veces comenzaba las cartas riéndose de nuestra falta de coherencia, con *Namenlos* ('Sin Nombre').

*Sin Nombre:*
*Hoy leí algo y me acordé de ti.*

*Sin Nombre:*
*¿Cuándo voy a recibir otro de tus relatos?*

Pero no sabía lo que realmente significaba ese no nombre hasta que lo escuché en su voz.

Yo caminaba por la calle, solo, distraído, entonces lo escuché. Un susurró suave y lento.

*Namenlos.*

Me detuve y me giré para ver de dónde salía ese hilo de voz.

La vi: caminaba a unos metros de mí.

Fui a acercarme a ella, pero ella continuó como si no me conociese.

He visto caminar a muchos sospechosos para saber si alguien está nervioso y ella estaba tranquila.

Entre Laura y yo había unos diez metros, la distancia perfecta para que nadie supiera que íbamos juntos, pero suficiente para no perderla de vista.

Caminé detrás de ella, consciente en todo momento de a dónde nos dirigíamos.

No sé cómo lo hizo, pero cuando llegué ya había entrado en mi portal.

Subí los escalones a ritmo pausado.

Cuando llegamos a mi puerta, por fin pude verle el rostro.

Me miró a los ojos y solo dijo una palabra:

*Namenlos.*

Sin nombre.

Después me besó.

—Lo verdaderamente doloroso no fue que lo deseara, que se acostara con él... Lo que me rompió por dentro, lo que me destrozó, fue que... lo respetaba —me confesó Müller—. A mí me quería, de eso no tengo dudas. Fuimos felices, aquello fue real... y maravilloso. Pero tal y como lo describía, cómo hablaba con él, era otra cosa. Yo no podía competir con aquello, jamás tendría esa conexión con ella.

Lo lógico habría sido que contara esto con aspereza, pero lo que vi en su rostro fue a un boxeador derrotado que sube al ring para ver como alzan el brazo al contrincante.

—¿Lo conoció? ¿A Alexander?

Tomó otra vez en sus manos el vaso; ya quedaba menos *whisky* y, por lo tanto, menos conversación. Mojó sus labios y cuando volvió a posar el vaso en la mesa, quedaba menos de un dedo. Calculé que serían uno o dos tragos.

—No, nunca lo vi —contesto hierático—. Bueno, miento, lo vi. Pero no sabía quién era.

Supe de lo que estaba hablando.

—La fotografía.

—Te lo contó ella, Sarah se llamaba, ¿verdad?

—Sí.

—¿Por qué es tan importante esa foto?

—No lo sé —confesé—, pero ella lo sabe y yo confío en ella. —Me miró como si supiera que estaba cometiendo un error—. ¿La tiene aquí?

—No. Y nunca voy a dársela.

Se quedó en silencio.

Me di cuenta de que la fotografía era una vía muerta, así que intenté reconducir aquello.

—¿Sabe qué ocurrió después entre ellos?

—No, después de aquello me marché. Me fui. Lo sentí mucho por mi hijo, pero no aguantaba.

—Estuve con él —intervine.

—¿Con quién?

—Con Erich. —Un silencio extraño se interpuso entre los dos—. No le gustó mucho que le contásemos que su madre había trabajado con la Stasi. Creo que tenía una imagen muy diferente de ella.

—¿Contásemos? Fuiste con esa chica, ¿verdad?

—Sí.

Un trago más. Este fue más largo, como si lo necesitara para hacer la siguiente pregunta. Pensé que me preguntaría por Sarah, era lo lógico. Pero era lo lógico para mí.

—¿Cómo es Erich?

La pregunta me pilló a contrapié.

—¿A qué se refiere?

—¿Cómo es físicamente? Lo he imaginado muchas veces, pero cambia según los días, los años. Me gustaría formarme una idea de cómo es y así poder tener una imagen para siempre.

Me dio pena, tengo que confesarlo, mucha pena. Así que le describí lo mejor que pude a Erich. Busqué las mejores palabras para definir a aquel chico alto, musculado y con el pelo lacio y oscuro. Me sentí como un alumno que pasa un examen y creo que lo aprobé, porque al terminar mi descripción, tomó el vaso, pero no dio ningún trago. Solo lo levantó y lo alzó ante mí.

—Gracias.

Después volvió a dejarlo en su sitio.

Fue reconfortante ayudar a aquel hombre, aunque solo fuera un poco.

—Antes de que me vaya...

—Aún queda *whisky* —me interrumpió.

—Quería preguntarle otra cosa. Ha dicho que Laura hablaba con respeto de Alexander. ¿Qué le contó sobre él?

—No he dicho que me contara nada.

Müller volvió a tensar el gesto.

Cogió el vaso con avidez y se lo llevó a la boca.

Un segundo.

El líquido empezó a entrar en su boca.

Dos segundos.

La nuez de su garganta bajó.

Tres segundos.

El *whisky* comenzó a desaparecer del fondo del vaso.

Cuatro segundos.

Las últimas gotas llegaron a sus labios.

—Lo leí.

Dejó el vaso vacío de *whisky*.

—En sus cartas. Se enviaban cartas. Las leí todas y después las quemé. —Me miró, como si intentara transmitir algo, pero yo no lo comprendí—. Hay cosas que no pueden quedar por escrito.

Después de aquella frase, pensé que me invitaría a marcharme de su despacho, pero no fue así. Todavía tenía algo más que decirme.

—Dígale a esa chica que sí. —Yo seguía sin entender—. Lo que quería saber es cierto.

Tocó el vaso con su uña, como si ya estuviera todo dicho, pero aún añadió una frase.

—Laura era Tantal.

Silencio. Recuerdo solo silencio y después, la confirmación.

—Ella fue la espía del Círculo de Escritores Chequistas.

*Memorias de Alexander Steinbach*
*Cuartilla 6*

Todo espía sueña con eso, tener pleno acceso a sus objetivos. Conseguir que bajen las barreras para poder mirar dentro de ellos. Eso fue lo que hizo Laura con nosotros durante mucho tiempo y le dimos la llave para adentrarse en nuestros pensamientos más profundos. Por eso nos incitaba una y otra vez a hablar de nosotros, a poner todo nuestro interior en los textos. Para saber si éramos totalmente fieles al Partido, incluso en lo más profundo de nuestros sentimientos.

Pero algo que no calcularon los jefes que mandaron a Laura a hacer su trabajo es que cuando abres las barreras, ya no puedes volver a bajarlas.

Cuando descubrí que ella era Tantal 73, aquello me destrozó.

Pero no era comparable a lo que viví aquellos meses. No tenerla a mi lado, tener que ocultarnos de su marido, del Ministerio, de mis compañeros..., era horrible.

Solo podíamos vernos con un tiempo limitado y en mi piso, vigilando siempre nuestras espaldas. Era horrible y a la vez maravilloso. Las horas que podíamos pasar juntos eran perfectas, hablábamos de todo, con total libertad, como si ella no estuviera casada, como si yo no fuera un espía.

Pero sabía que eso no podía durar.

El Ministerio se enteraría tarde o temprano.

Y uno de los dos pagaría por ello.

Así que solo nos quedaba una opción.

La huida.

# ESPÍA DE ESPÍAS

Todos tenemos una doble vida. Todos. La interior y la exterior. Las personas que somos dentro de nosotros y las personas que somos fuera. Pero como nadie puede introducirse dentro de nosotros, la gente te juzga por la vida exterior, por las acciones que llevas a cabo. En un curso de escritura al que asistí una vez, el profesor repetía una y otra vez la misma frase: «Los personajes se muestran en sus acciones, no en sus descripciones». Pero lo que no explicaban en ese curso es qué sucede cuando los personajes actúan de maneras que no podemos comprender. Cuando sus acciones muestran una cara y al instante, otra.

Mi teoría es que, cuando eso sucede, cuando hay una contradicción, estamos mostrando su vida interior en choque con su vida exterior. Una colisión entre las dos vidas. Entonces, realmente, esos personajes se vuelven humanos.

Eso fue exactamente lo que me pasó con Laura Berger aquel día. Aquella información, aquel vaso de *whisky*, me hizo ver por un momento su vida interior e hizo explotar toda la vida exterior que hasta entonces yo conocía. La profesora creativa, la persona que había inspirado a algunas de las peores personas de la faz de la tierra a hablar de sus sentimientos, de sus vidas internas, en realidad era una espía. Era mucho peor que eso: era una araña, creaba una tela de araña para que sus víctimas se sintieran seguras, cómodas entre sus hilos, para después exprimirlas, extraer todo de ellas hasta que se dieran cuenta de que estaban muertas por dentro.

Lo más curioso de todo es que, cuarenta años después, esas víctimas seguían pensando lo buena que había sido la araña con ellas.

Tantal 73.

Sin embargo, tengo que reconocer, tengo que dejar por escrito, que yo me siento igual que Laura Berger. Desde el principio he estado jugando contigo. Podría haberte dado toda la información en la primera página, decirte quién fue Laura realmente, dejarla al descubierto en unas pocas líneas. Podría haber comenzado este libro así:

Laura Berger fue una espía de espías.

Pero no, opté por contarlo todo de forma lineal, tal y como lo viví yo. ¿Por qué? Me lo llevo preguntando semanas y creo que al escribirlo, al descubrir en el capítulo anterior que ella fue Tantal 73, lo tengo claro. Quería que tú, querido lector, también sintieses esa colisión entre la vida interna y la vida externa. Que vivieses ese choque de trenes tal y como lo viví yo, como una puñalada. Como la caída de un gigante.

Porque un gigante solo puede caer si lo vemos desde cerca. Si estamos alejados no nos parece enorme, ni sentimos temor al verlo caer.

Quizás ese sea uno de los males de nuestro siglo: somos capaces de dejar caer a nuestros gigantes desde la lejanía, pero no podemos hacerlo con los que tenemos a nuestro lado.

Todos tenemos un lado oculto y solo lo mostramos si podemos sacar algo de ello.

Pero la pregunta que me hago y no sé responder es:

¿qué lado te estoy mostrando de Laura? ¿El que quiero enseñar o el que quiero esconder?

Te responderé con sinceridad: espero que los dos.

Salí del despacho de Müller bastante aturdido. No solo por la información que había compartido conmigo, sino por el sueño acumulado, el cansancio y el *whisky*, sobre todo por el *whisky*. Tras aquella revelación había intentado hacerle más preguntas a Müller, indagar en lo que sabía, pero me respondía una y otra vez lo mismo:

—El *whisky* se ha terminado.

Tras varios intentos vanos, decidí que era mejor salir de su despacho. No estaba consiguiendo nada y, además, estaba perdiendo las pocas fuerzas que tenía. Necesitaba recomponerme. Lo que no sabía era que el día aún no había acabado.

La Universidad Humboldt se encuentra en la avenida Unter den Linden, quizás la calle más céntrica y popular de la ciudad. Sin embargo, me pareció que estaba desierta, que no había nadie. Caminé como un zombi hasta la estación de metro y me senté en uno de los bancos sin tener muy claro mi destino; podía ir a casa de Hans, podía ir directo al aeropuerto y esperar hasta el día siguiente para irme a Madrid o, simplemente, montarme en el metro y dejar pasar las estaciones.

Lamentablemente, no me dio tiempo a elegir.

El tren entró como una bala en la estación. El ruido fue ensordecedor o, al menos, a mí me lo pareció. Las puertas se abrieron y algún pasajero bajó del vagón. Yo me senté despreocupado en uno de los asientos del U-Bahn berlinés y miré la famosa tapicería que cubría los asientos del metro. Un estampado colorido, sin ninguna lógica aparente, más cercano a un accidente en una fábrica de pigmentos que a un diseño, pero a los berlineses les encantaba. Lo llamaban *Würmchenmuster,* el patrón de los gusanos, porque todos aquellos pequeños pegotes de pintura se asemejaban a pequeñas orugas de colores.

En el estado en el que me encontraba, me resultó especialmente llamativa esa tapicería, así que empecé a admirarla a lo largo y ancho del vagón y, al fondo, me encontré una cara conocida. Tardé unos segundos en reconocerla, porque solo la había visto un instante en el pasado.

Era la persona que me había robado la grabadora tras la reunión con Liebers.

Era el hombre de negro.

Lo tuve claro, era él.

Me iba a meter en un sótano y me iba a secuestrar.

El relato de Alexander Steinbach se estaba haciendo realidad.

Las puertas del metro aún no se habían cerrado, así que mi cabeza actuó rápido. Esperaría el sonido que alertaba del cierre de puertas y saldría de un salto del vagón. Lo había visto miles de veces en las películas: uno en la estación y el otro encerrado en el vagón de metro, abocado a alejarse de su perseguido.

El problema es que, si mi cabeza actuó rápido, mi cuerpo no.

Los pitidos sonaron.

Me levanté de un salto.

Tan rápido que sufrí un mareo.

Intenté caminar hacía la salida, pero mi cuerpo viró hacia el lado izquierdo. Intenté sujetarme a lo que fuera, pero no lo logré.

Caí mientras veía las puertas cerrarse.

Un nuevo fracaso.

Me quedé un segundo en el suelo, incapaz de levantarme.

Alguien me tomó de uno de los hombros y me ayudó a erguirme. Me giré para darle las gracias, pero entonces lo vi. Era él. El hombre del final del vagón. El hombre que me había perseguido y robado. El hombre que me estaba buscando.

Me miró a los ojos y me dijo con calma:

—Nuestra parada es la siguiente.

Lo peor del miedo es que te hace imaginar lo que está por venir, te hace anticiparte a todos los posibles escenarios como mecanismo de defensa. Crees que, si descubres lo que va a pasar, podrás controlarlo, podrás imaginar una solución para ese problema, así que no paras de crear y crear situaciones. Pero lo cierto es que la vida no se puede controlar. Ningún escritor, por muy bueno que sea, puede imaginar el futuro.

Yo caminaba pensando en cómo resistir el dolor, en qué preguntas me haría aquel hombre, en cómo respondería, en si me mearía en los pantalones. Apenas caminamos cincuenta metros, pero se me hicieron eternos. Casi prefería que comenzara ya con la tortura.

Pero lo que me encontré jamás lo hubiera podido imaginar.

—Hola, Daniel.

Sarah me esperaba en un banco del parque de Monbijou, junto al Bode Museum, el lugar donde hacía no mucho nos habíamos tumbado a mirar los barcos pasar, donde habíamos leído juntos, donde habíamos sido felices.

Me quedé helado.

—Sarah, ¿estás bien? ¿Te han hecho algo?

—No, Daniel. Estoy bien.

Me senté a su lado.

—Sarah, tengo algo que contarte, es muy importante, creo que por eso nos han traído hasta aquí.

Ella me cogió de la mano y entonces lo escuché.

Puso otra voz, una muy distinta a la que utilizaba conmigo.

—Tengo que hablar con él a solas —le dijo al hombre del metro, que se alejó varias decenas de metros.

—Sarah, Müller me ha dicho que tenías razón: Laura Berger era Tantal 73, creo que por eso nos han detenido.

Ella me apretó la mano más fuerte.

—Tranquilo, no pasa nada. No estamos detenidos.

—Entonces, ¿por qué estamos aquí? ¿Por qué me ha traído hasta aquí ese tipo?

—No hay nada que temer, es un detective privado.

—¿Cómo lo sabes?

—Porque lo he contratado yo.

Y ahí empezó a desmoronarse el castillo de naipes.

Retiré mi mano de la suya.

—Antes de que te cuente todo, necesito que sepas algo... —Resopló, como si le costara decirlo—. Todo lo que ha pasado entre tú y yo ha sido real. Lo que he sentido —se corrigió—, lo que siento por ti, no tiene nada que ver con toda la investigación.

Me miró a los ojos, como esperando una respuesta, pero yo seguía mudo.

—¿De qué investigación hablas?

—Daniel... No sé ni por dónde empezar... Supongo que por el principio. —Apartó su mirada, como si le diera vergüenza—. Daniel, hay algo que llevo preguntándome desde el primer día que apareciste: ¿por qué te eligió mi padre? ¿Por qué quería que fueras tú quien hablase con los escritores del Círculo Chequista?

—Hans dice que yo los podía entender, que yo tenía una conexión con...

Volvió a clavar sus ojos en mi rostro.

—¿No te habrás creído esa tontería? —preguntó con rabia—. Mi padre no hace las cosas porque sí, siempre tiene una razón. Y eso es lo único que no me encaja, lo que no puedo comprender. ¿Qué haces tú aquí?

De verdad creo que esperaba una respuesta, pero yo no la tenía.

—Sarah, no sé de qué estás hablando. No entiendo qué hacemos aquí, no sé por qué has contratado a un detective. Vámonos a casa, estoy cansado y mañana hablamos.

Entonces ella sacó algo de su bolsillo: era la grabadora que me había robado aquel detective en los Hackesche Höfe.

—Aquí no está todo, para estar segura de todo, tengo que ver la foto.

—¿La foto de Müller?

Ella asintió.

—Con eso podría confirmarlo.

—¿Confirmar el qué?

Sarah no contestó.

—Sarah, ¿el qué?

—Dame la foto y lo entenderás.

Y la siguiente respuesta lo cambió todo:

—No la tengo.

Sarah cambió su rostro, la dulzura de sus facciones desapareció y la vi, por primera vez en mi vida, enfadada.

—¿Qué ha pasado?

—He conocido a Müller.

—Te dije que no...

La interrumpí.

—No me ha querido dar la foto.

—Pues vuelve y consíguela.

—No es tan fácil. Ya ha sido difícil hablar con él, no va a cambiar de opinión sobre la foto.

—Daniel, me da igual cómo lo hagas, pero tienes que conseguir esa foto.

—No, no voy a ir a ningún sitio hasta que me cuentes qué está pasando.

Ella giró la cabeza, como evitando hacer o decir algo.

—Sarah, estamos juntos en esto, podemos hacer un plan o volver a hablar con Müller, pero tienes que contarme qué pasa.

—Müller no quiere hablar conmigo.

—¿Por qué?

—Daniel, ¿no entiendes nada? Porque soy la hija de Hans y él lo sabe.

—¿Qué estás diciendo, Sarah?

Ella se contuvo; era como si tuviera algo a punto de explotar en la garganta.

—Sarah, sea lo que sea, me lo puedes contar.

—No, no puedo.

Intenté cogerle la mano otra vez, pero ella la apartó.

—Solo hay una forma de conseguir la foto.

—¿Cuál?

—Lo siento, Daniel.

Me miró a los ojos y me lo dijo.

—Tengo tu carnet de identidad. —No entendí aquello, o no lo quise entender—. Si no consigues la fotografía en las próximas veinticuatro horas, le pediré a él —señaló al hombre de negro— que venda tu identidad en internet. No sé qué harán con ella.

—¿Qué?

—De verdad que lo siento. No tengo alternativa.

Lo mejor de la escritura es que te deja tiempo para pensar cada palabra, cada respuesta. Tienes el espacio y el respiro para poder reflexionar y buscar la frase más original, más estructurada, más perfecta.

Sin embargo, eso no pasa en la vida real.

Debería haberle hablado a Sarah de nosotros, debería haberle dicho que no necesitaba utilizar ese chantaje, que podía confiar en mí, podía contarme su secreto y yo la ayudaría.

Pero en vez de todo eso, solo le dije una cosa.

Una cosa que le había escuchado a Müller hacía un rato:

—*Arschloch* ('cabrona').

Y allí terminamos para siempre, allí acabó nuestra relación.

Aunque no sería la última vez que la vería.

*Memorias de Alexander Steinbach*
*Cuartilla 7*

Fue una noche antes de la huida. Estábamos en la cama, despiertos como casi todas aquellas noches. Y entonces me lo preguntó:

—¿Por qué sigues conmigo con todo lo que te he hecho?

Yo acaricié su pelo y no le respondí. No lo hice porque no tenía respuesta ¿Por qué no la delaté? ¿Por qué no les dije a mis compañeros que era Tantal 73? ¿Por qué la avisé para que dejara el Círculo? En aquel momento no sabía qué contestar.

Ahora creo que lo tengo más claro.

Y lo contestó ella misma en una de sus clases en el Círculo de Escritores Chequistas.

—¿Qué necesita una historia para ser una historia? —nos preguntó.

Muchos dieron sus respuestas: personajes, palabras, emoción, portada. Pero ella lo negaba todo.

—Lo que siempre necesita una historia es un tesoro. Todos los personajes siempre van a la caza de un tesoro. Por eso nos gustan tanto los piratas. Todos los personajes quieren siempre mejorar, quieren encontrar ese tesoro para poder ser como ellos quieren ser. Pero en los mapas del tesoro siempre hay trampas. Los personajes se enfrentan a esas trampas porque hay un tesoro detrás. ¿Quién saltaría a un río lleno de cocodrilos? ¿O se enfrentaría a las trampas? Siempre buscan ese tesoro. Pero ¿sabéis lo mejor? —Todos continuamos callados, como niños que escuchan un cuento—. Cuando los personajes llegan a ese tesoro, lo abren y lo encuentran... vacío. No hay nada dentro. Ni monedas de oro, ni joyas, nada. Porque el tesoro no estaba dentro, estaba fuera. El tesoro era el movimiento, era enfrentarse al peligro, era querer ser mejor.

Yo quería ser lo que Laura veía en mí, quería seguir en movimiento, quería derrotar a los cocodrilos. Si ella no hubiera aparecido, jamás sería quien soy ahora, jamás hubiera dejado Berlín, jamás estaría escribiendo este libro.

Por eso no podía dejar a Laura, porque era mi tesoro. Aunque fuese también mi trampa.

## *DRÁCULA* Y EL EDITOR DE PRAGA

—

Me gustan las novelas de vampiros, me gustan mucho. Leí *Drácula* con doce años y todavía recuerdo cada una de sus cartas con terror. En la adolescencia fui un fanático de *Entrevista con el vampiro.* Incluso fantaseé alguna vez con cómo sería mi vida como un chupasangre inmortal. Dejarme morder y vivir hasta el fin de los tiempos. Pero eso no pasa cuando un vampiro te muerde en la vida real. Cuando eso te sucede, te quedas vacío, desorientado, herido. La sangre sigue brotando, aunque ya no haya nadie para chuparla.

Cuando dejé a Sarah en el parque, habría preferido haber sido mordido por un vampiro. Bajé a la calle y estaba tan cansado, tan jodido, que no tuve fuerzas para hacer nada más que llamar un taxi y pedirle que me llevara a casa de Hans. Creo que, en el camino, me quedé dormido, o al menos no recuerdo nada.

Me dejó frente a la puerta y pagué mucho dinero, no sé cuánto, más de lo que me podía permitir. Me dio igual. Solo quería descansar.

Pero no lo haría.

Al llegar a la casa de Hans, me encontré mis maletas en la calle.

Bajé del taxi algo azorado e intenté entrar en la casa,

pero la puerta estaba cerrada. Por primera vez en todo ese tiempo, la puerta estaba cerrada.

Llamé con los nudillos sobre la madera.

La puerta se abrió.

Hans salió y no dijo nada.

No hizo ningún gesto, ninguna señal.

Solo se quedó en medio de la puerta, impidiéndome el paso.

—Hans, tengo que contarte muchas cosas...

—Te dije que dejaras a un lado a Sarah.

—¿Qué?

—Sé que has ido a ver a Müller.

—Sí, me ha contado algo increíble.

—Me da igual.

—¿Qué?

—Que me da igual. Se acabó este circo. Vuélvete a Madrid, Bartleby.

No hizo falta que diera más explicaciones.

—Hans, yo solo he hecho lo que ella me ha...

No me dejó terminar.

—Márchate de aquí.

Miré al taxi que se marchaba.

—¿A dónde?

—Me da igual —contestó él con firmeza.

—Pero la investigación, el Círculo de Escritores Chequistas, tengo algo muy importante que contarte. —Por un momento capté su interés—. Laura Berger... Laura Berger... era el espía a través de las palabras. Era Tantal 73.

—Ya lo sabía.

Aquello me dejó helado. ¿Desde cuándo lo sabía? ¿Por qué no me lo había dicho? En mi cabeza todo era cada vez más caótico. Entonces una idea se deslizó ante mí.

—Tú y Sarah... ¿Los dos estáis juntos en esto? ¿Ella

también lo sabía? ¿Tenía toda la información, como tú? ¿Qué habéis hecho conmigo?

—Márchate a Madrid y olvídate de todo.

—No —dije orgulloso.

—Bartleby...

—No, quiero entender por qué habéis jugado conmigo, por qué me habéis utilizado.

—Yo no te he utilizado.

—Sarah sí.

—Yo no tengo que ver nada con Sarah, te lo dije. Te advertí que la dejaras fuera de esto.

—¿Por qué le contaste a Sarah lo de Tantal 73 y no a mí?

—Adiós.

Intentó cerrar la puerta, pero se lo impedí.

—No pienso marcharme sin respuestas.

Hans me miró de arriba abajo.

—Última lección, Bartleby: ¿conoces la leyenda del editor de Praga?

Estaba dispuesto a escuchar lo que fuera por una cama donde dormir.

—El editor de Praga era un pobre hombre con una pequeña editorial en la capital. Apenas sacaba dinero para mantener el negocio y si su suerte no cambiaba tendría que dejarlo todo. Un día apareció un joven con un manojo de papeles en sus manos; era igual de desgraciado que él, había publicado algún relato en revistas, pero no era ni mucho menos una apuesta segura para vender muchos libros. Le pidió que publicara ese puñado de papeles por una cantidad mísera de dinero. El editor le dijo que tendría que leerlo primero, así que quedó con el escritor al día siguiente. Esa noche lo leyó y no le pareció gran cosa, pero le dio pena y al día siguiente le dijo que lo publicaría. —Hans hizo una pausa; por un momento pensé que me dejaría pasar a su casa, pero continuó sin dejarme entrar—. Poco a poco, el libro fue haciéndose un hueco en las librerías, los lectores empezaron a hablar de él y, oh, milagro, resultó ser un bombazo. El autor y el editor ganaron mucho dinero, pero la historia no quedó ahí. Desde su recién estrenada buena posición, ambos quedaron en publicar otro libro. El autor tuvo todas las comodidades que no había tenido escribiendo el primer libro. Tiempo, ayuda, dinero. Y, sin embargo, el libro no era bueno. No se vendió mal, pero no era bueno. Lo sabían él, su editor y todos los lectores. Así que se embarcó en un tercer libro. Tampoco. Otro fracaso. El autor se lamentaba: «Oh, qué he hecho mal, ¿por qué no funciona?». Y entonces se fue a su casa y escribió, escribió durante días sumido en la tristeza. Le salieron unos relatos oscuros y agónicos que, por supuesto, encandilaron de nuevo a sus lectores. Y fue ahí donde el editor lo descubrió. Aquel autor solo podía escribir bien si estaba mal. Cuanto más deprimido y jodido estaba, mejor escribía. Así que tomó una determinación: hacer de la vida del autor un infierno. Le daba números falsos de ventas, le robaba el dinero, incluso ahuyentaba a sus novias, le hacía ver que era un fracaso. El autor malvivía en el centro de Praga con lo poco que le daba el editor, que se hacía rico a su costa. Un día, el escritor descubrió el engaño y le dijo: «Me has engañado, mereces morir». Y el editor le contestó: «¿Seguro? ¿Qué habrías preferido: una vida fácil y no volver a escribir bien, o pasarlo mal y ser el mejor escritor posible?».

Hans se quedó en silencio y entonces me di cuenta de que me había vuelto a hipnotizar, porque ya no pensaba ni en Sarah, ni en el Círculo de Escritores Chequistas, ni en nada más que aquella historia.

—¿Y qué hizo el escritor? —le pregunté intrigado.

—Lo mató. Pasó el resto de su vida en la cárcel y desde allí escribió algunas de sus mejores obras.

Tengo que decir que recuerdo aquel momento como algo único. Quien no haya estado delante de Hans Hellman escuchando una de sus historias, no sabrá de lo que hablo. Por eso no me avergüenza reconocer que me sacó una sonrisa.

—¿Y qué tiene que ver eso conmigo?

Hans cambió el gesto y, aprovechando que estaba despistado, cerró la puerta, pero antes farfulló:

—Que escribas, Bartleby.

Después, el silencio.

Una de las cosas más maravillosas de Berlín es que el metro no cierra. Puedes estar en cualquier punto de la ciudad en mitad de la madrugada y volverte en U-Bahn cuando quieras. Esa había sido mi experiencia hasta entonces con el transporte nocturno berlinés...

Sin embargo, aquella noche era lo opuesto a salir de fiesta.

Estaba agotado y no podía más, necesitaba un respiro, así que fui a la estación cercana a la casa de Hans y esperé más de media hora el tren. Después tomé la línea circular de metro y me pasé la noche dormitando entre vagones y sujetando mis maletas para que nadie se las llevara.

No sé cuántas vueltas di a la ciudad, pero las suficientes para poder descansar un poco.

A las seis de la mañana me bajé en la parada de Alexanderplatz, con la cabeza totalmente embotada y con ganas de tomar un café. Busqué el único local abierto de la estación y pedí un café.

Mientras lo tomaba, comencé a repasar todo lo que había pasado el día anterior. Tantal 73, el robo de mi ropa, Laura Berger, la traición de Sarah, la expulsión de Hans. Todo aquello me había dejado más preguntas que respuestas, pero lo que más me inquietaba era que no había una conexión. Todo esto debía de haber sucedido por algo, pero no encontraba el por qué. Había algo que se me escapaba y no sabía dónde. Entonces una idea vino a mi cabeza: yo era idiota, pero no un idiota cualquiera. Era un personaje idiota.

En todas las novelas y películas siempre hay un personaje al que se le oculta la información, al que todo el mundo utiliza para conseguir sus objetivos. Generalmente es un personaje secundario que acompaña a los grandes protagonistas y acaba trágicamente. En aquel momento no sabía si aquello era en sí el final trágico, pero pensé que podía saberlo.

Saqué de la mochila la libreta que me había regalado Hans y busqué una página en blanco. Quizás no fuera escritor, pero sabía cómo funcionaban las historias. Si yo estaba dentro de una, podría predecir qué era lo que iba a suceder. O eso creía.

Tracé una línea vertical en la hoja y comencé a escribir:

1. Recibo un libro secreto de la Stasi. Dentro encuentro un párrafo igual que uno mío.
2. Viajo a Berlín por deseo expreso de Hans.
3. Conozco a Sarah en su casa. Ella me saca información.
4. Me entrevisto con Köster. Me engaña.
5. Köster no aparece. Pintada en la pared. Me encuentro por casualidad con Sarah. ¿Me estaba espiando?

6. Hacemos un pícnic con Nelly en Teufelsberg, nos besamos.
7. Entrevisto a Liebers. Acto seguido me roban la grabadora. Fue Sarah. ¿Por qué?
8. Sarah me presenta a Erich Berger. ¿Por qué ella siempre va un paso por delante de mí?
9. Hans quiere que me vaya.
10. Sarah me pide que vaya a ver a Müller.
11. Después me chantajea, quiere saber qué me ha dicho.
12. Hans también quiere saber lo que me contó Müller.

Repasé todos los puntos y me di cuenta de que era un personaje más idiota de lo que yo había pensado. Estaba claro que Müller me había dado una información importante, la identidad de Tantal 73: Laura Berger. Lo marqué en rojo. Si hubiera llevado la grabadora podría haberlo vuelto a escuchar, pero hice caso a Sarah. ¿Por qué le haría caso?

Volví a la lista. La analicé como si fuera la trama de una novela y tras un rato, encontré un fallo. Si esto fuera una novela, el punto 2 sería muy inconsistente. ¿Por qué Hans quería que estuviese en Berlín? No había ninguna motivación o, al menos, no una muy clara. ¿Por qué me había traído? ¿Por qué a mí? Volví a apuntarlo en rojo.

Seguí mirando y analizando. Tenía la sensación de que todo estaba allí, de que solo tenía que descubrir el hilo que lo unía todo. Le di vueltas y más vueltas a aquel papel hasta que caí en la cuenta: jamás podría encontrar ese hilo. Como decía un profesor: «Si te falta una sola carta, ya no puedes jugar al solitario». A mí me faltaba una carta... o dos. Tenía que descubrir cuáles eran, pero cómo.

Entonces lo recordé: Agatha Christie estaba de nuevo aquí. Toda novela de misterio intenta ocultar la información más importante llenando de información todo y dejando oculto un detalle sin importancia o un personaje secundario que nada tiene que ver con la trama. ¿Dónde estaba ese detalle sin importancia en aquella historia?

Fue en ese momento cuando lo reconocí.

Ya sabía a quién tenía que acudir.

# LA PIEZA QUE FALTABA

—Siempre nos encontramos en sitios altos de esta ciudad.

La vista era portentosa. La gran avenida de Unter den Linden, literalmente, a tus pies. Los tejados de la ciudad como piezas de Lego, los grandes parques reducidos a manchas verdes. Es curioso pensar que cuando Wim Wenders tituló su película *El cielo sobre Berlín*, la sensación quedaría plasmada en un edificio.

—La comida no es buena y siempre está lleno de turistas, pero las vistas merecen la pena —dijo ella.

Estábamos en el restaurante más alto de todo Berlín, en lo alto de la torre de televisión. El lugar que se había convertido en el símbolo de la ciudad. Un perfil con forma de chupachups que llenaba las tiendas de souvenirs y las postales a un euro.

—No está nada mal —dije sentándome frente a ella en una silla de diseño—. Desde aquí arriba no parecen dos ciudades diferentes.

—Es que hace años que no son dos ciudades diferentes —se mofó Nelly. Aunque en un principio me pareció que estaba igual que el día que la conocí en Teufelsberg, al poco noté que se había hecho algo en el pelo: lo tenía más rizado—. A qué tanto misterio, ¿vas a sacarme en tu libro?

—Puede ser, depende de lo que me cuentes.

—No juegues conmigo a los espías —me recriminó ella—, soy buena en ese juego.

—Tranquila, ya he aprendido que no valgo para esto.

Se hizo un silencio un tanto incómodo. Sabía que tenía que comenzar yo, pero buscaba las palabras exactas para hacer coherente la razón que me había llevado a llamarla. Sin embargo, ella se adelantó y me dejó de piedra:

—Ya me dijo Sarah que vendrías a verme —comentó antes de tomar un sorbo de su pajita. Bebía una especie de limonada verde—. Solo que no esperaba que fuera tan pronto.

—¿Te dijo que vendría? ¿Por qué?

—Porque eres un chico listo. —Se separó un poco de la mesa al decirlo—. Eh, eso lo dijo ella, no pienses que estoy intentando flirtear contigo. Me dijo que un día vendrías y me preguntarías algo y que fuera sincera contigo. Así que, venga, dispara.

Aquello me dejó anonadado. Si Sarah sabía que iría a interrogar a Nelly, es que ella quería que interrogase a Nelly. Me la había presentado por alguna razón aquel día en la torre de vigilancia de la NSA, pero ¿por qué?

—No sé qué preguntarte.

—Entonces, ¿por qué me has llamado?

Porque eres el detalle que no tiene sentido, el personaje secundario que no aporta a la trama, tuve ganas de decirle, pero hasta en mi cabeza sonó raro.

—Porque Sarah me la ha jugado y necesito saber por qué.

—Ha roto contigo, ¿verdad? —Yo no sabía cómo contestar a la pregunta. Lo cierto era que tenía claro que no estábamos juntos, pero, exactamente, no había cortado la relación conmigo—. No sé si es genético o qué, pero las relaciones no le duran mucho.

No pude evitarlo, se me escapó una sonrisa.

—¿Crees que está con otro?

—No, eso no es típico de Sarah. Ella no deja a nadie entrar en su cuevita de metal. Bueno, salvo a mí, claro..., pero porque yo soy yo —exclamó abriendo mucho las manos sobre su pecho—. Me sorprendió que te llevara a aquel pícnic y que se mostrara tan relajada contigo. Sarah siempre ha tenido problemas para relacionarse con la gente. Nunca la he visto tan feliz como estas semanas, era inusual —hizo una pausa—, pero estaba claro que no eras su tipo.

—¿Por qué?

—Porque eres escritor —respondió como si tuviera toda la lógica.

—No soy escritor —volví a repetir por enésima vez ese verano.

—Bueno, ya me entiendes. Te gustan cosas de letras y libros, como a su padre. Ella siempre ha intentado huir de eso, alejarse lo máximo de ese mundo. Me acuerdo de cuando éramos pequeñas: siempre que nos tocaba ir a casa de Hans, él se empeñaba en leernos una y otra vez libros de poesía. ¡Poesía a unas niñas! Así que Sarah se pasaba la mayor parte del tiempo en mi casa, huyendo de los versos y las rimas.

—¿Erais compañeras en el colegio? Eso no me lo dijo.

—No éramos compañeras de colegio, éramos casi hermanas. Nos pasábamos el día juntas. Como mi padre se largó cuando yo era pequeña, ella me equilibraba.

Aquel comentario no acabé de entenderlo del todo.

—¿Ella hacía de tu padre?

Nelly soltó una gran carcajada.

—¡No! Pero era como la otra mitad, yo me podía quejar de mi madre y ella de su padre y así formábamos una familia entera, aunque nuestros padres no estuvieran juntos.

—Perdona, Nelly, no te sigo —dije, algo perdido.

—Bueno, a Sarah le faltaba una madre y a mí, un padre. Por eso nos entendimos bien desde el principio.

Nelly lo debió de notar en mi cara, porque lo aclaró todo al instante.

—¿No lo sabías? La madre de Sarah murió cuando ella era pequeña, no recuerdo si fue en el parto..., pero el caso es que nunca la conoció.

Aquella información se quedó en mi mente, revoloteando mientras Nelly seguía hablando. Había hablado cientos de veces con Sarah sobre mi madre, sobre su ausencia. Sobre lo que provocó en mí crecer sin ella. Y ella jamás había dicho nada de la suya. Una madre ausente. No, una madre muerta. Entonces, una luz se encendió en toda aquella trama y uní los puntos, tracé una línea entre los detalles sin importancia de la historia y pregunté:

—Los libros de poesía que os leía Hans... eran poemas infantiles, ¿verdad?

—Sí, siempre se empeñaba en intentar que a Sarah le gustara, pero...

La interrumpí.

—¿Recuerdas el título de alguno de aquellos libros?

Nelly se tomó unos segundos para recordar.

—Eran siempre de una misma autora, ¿cómo se llamaba?

—Brunilde Stark —contesté yo.

—¡Sí! ¿Tú también los has leído?

Ni siquiera contesté, me levanté y me fui del cielo de Berlín.

Tenía en mi cabeza la historia de Sarah, solo necesitaba comprobarla.

Lo cierto es que esperaba que la puerta estuviera abierta, como siempre, pero la casa de Hans estaba cerrada, como la noche anterior. Lo que tenía claro era que esta vez no me iba a echar.

Llamé a gritos:

—¡Hans, ábreme!

Golpeé la puerta, pero no sentí nada, ni un ruido, ni música. Nada.

Así que decidí que tenía que entrar, como fuera.

Di la vuelta a la casa y fui hasta la puerta que daba al jardín; sabía que esa puerta se abriría. La presioné hasta que cedió.

Allí estaba yo de nuevo, en el salón repleto de libros.

Comencé a buscar por nombre de autor, pero la biblioteca no estaba clasificada así. No había un orden alfabético, ni por lenguas, como creí los primeros días. Tenía una lógica diferente. Recordé la sección que había visto días antes: «Espías y escritores». Debía de estar ordenada por temas, pero cómo saber cuál era el lugar de cada uno. La casa era en sí una biblioteca enorme, llena de secciones que yo desconocía, y debía encontrar un solo libro en todo aquel laberinto. Es curioso como las bibliotecas personales pueden ser un absoluto caos salvo para el dueño. Es como si fuera un mapa que solo puede descifrar quien ha transitado antes esos lugares.

Me puse a revisar estante por estante, pero apenas podía descubrir cuáles eran los temas de cada balda. A veces me daba cuenta de que había una sección de diarios literarios, otras veces veía claro que se trataba de libros con un país o una ciudad como tema, pero la mayoría de los libros no me decían nada.

Después de casi cuarenta minutos de búsqueda, aún seguía sin encontrar nada. El mapa seguía borroso para mí. No podía seguir así, no podía seguir buscando una aguja en un pajar. Así que tomé la decisión de deducir dónde estaba aquel libro. Como si fuera Sherlock Holmes, no buscar y buscar, sino llegar a su posición por el puro ingenio de deducir.

Aquellos libros pertenecían a la infancia de Sarah, pero no había ninguna sección infantil, que yo hubiera visto. Si estaba en lo cierto, aquellos libros eran muy personales, muy valiosos para ella y para Hans, así que no los tendrían en un lugar general. Entonces me acordé de lo que me había contado Müller en su despacho: el armario de los venenos, *Giftschrank*. El lugar donde se guardaban los libros más valiosos, los libros prohibidos.

Comencé a tirar libros. Decenas de libros caían en cascada a mi paso. Era como una lluvia de hojas. Siempre he sido muy respetuoso con los libros, pero ese día me daba todo igual. Solo quería ver lo que había detrás, encontrar el verdadero sentido de esa biblioteca.

Hasta que lo encontré.

Estaba tras una sección llena de libros de filósofos griegos. Tenía una puerta de metal y estaba perfectamente empotrada en la pared. Incluso sin los libros delante de ella, podía pasar desapercibida. No tenía la típica ruedecita donde poner los números, sino que tenía un teclado, como el de una calculadora. También tenía un asa metálica para tirar y abrir la puerta.

Aún no sabía qué había dentro de esa caja fuerte, pero tenía claro que allí estarían todos los secretos de Hans Hellman.

Al ver el teclado, dudé unos segundos; no sabía cómo hacerlo funcionar. Pero entonces recordé lo que me dijo Hans una vez: «Esto no es una casualidad. Ni una sincronía. Este número está escrito así por alguna razón».

Así que lo tuve claro. Apoyé el dedo índice sobre el primer número y lo pulsé:

3,7,2,1,1,2,3,7.

Un sonido mecánico se escuchó al otro lado de la puerta.

Tiré del asa metálica y la puerta se abrió.

No había luz, así que apenas podía ver lo que había en el interior. Metí la mano y lo primero que toqué fue un tejido suave. Tiré de él hasta que pude verlo a la luz del día. Era la toalla que llevaba el día que me bañé en el lago y que alguien me había robado.

Volví a meter la mano y saqué todo lo que había. Lo puse sobre el suelo de madera. Había muchos papeles, documentos, pasaportes. Pero no era eso lo que buscaba. Lo extendí todo rápidamente hasta que por fin lo encontré.

*Kolibri*
Brunilde Stark

Lo abrí consciente de que dentro encontraría algo, en la primera página. Pero no fue un número ni nada de espías.

Son las palabras más importantes de un libro, las que escribe el autor de su puño y letra.

Era una dedicatoria firmada.

Agucé la vista para estar absolutamente seguro:

*Para que me entiendas.*

Y una firma que me resultaba muy familiar, que ya había visto en algún lugar. Supuse que era de Laura Berger, aunque no parecía poner Laura, sino otro nombre.

Aunque en aquel momento no podía hilar todos los hechos, no podía entender su historia, sí que comprendí una cosa: la melancolía detrás de los ojos de Sarah. Su padre conocía a Laura Berger.

Pero aquel libro de Stark no fue lo único que encontré en aquella caja fuerte. Dentro estaban los *venenos* de Hans. Toda su vida, todos sus secretos. Y se podrían resumir en dos manuscritos.

El primero estaba encuadernado con una espiral negra. Tenía menos páginas de lo que recordaba. Todas folios blancos, con una tipografía de máquina de escribir, aunque el perfecto justificado de los márgenes daba a entender que había sido escrito con ordenador. Me sorprendió mucho encontrar mi nombre en la portada, porque estaba escrito en alemán. *Vier Freunde. Daniel Medina. Cuatro amigos.* Era mi novela traducida al alemán. En la última página, varias anotaciones con un bolígrafo rojo:

Ausencia de madre.
Ambición literaria.
En lucha consigo mismo.
Impresionable.

El segundo manuscrito estaba repartido en varias libretas, exactamente iguales a la que me había regalado Hans el día de mi llegada a Berlín. Al principio no comprendí bien qué era aquello, porque en la portada solo se encontraba un número, una cifra que ordenaba las diferentes libretas. Tardé unos minutos en encontrar la número 1, porque hojeaba las libretas y no podía creer lo que estaba leyendo hasta que vi la portada de la primera libreta.

Mi mundo se derrumbó en ese momento.

El título era:

*Memorias de Alexander Steinbach.*

Aquello era extraño. No solo por la situación emocional en la que me encontraba, también por el lugar. Estaba en medio de una gran plaza de cemento que contrastaba con el nombre de la avenida donde se situaba: Unter den Linden, bajo los tilos, nombrada así por los centenares de árboles que la poblaban. Pero no solo la entrada era extraña; el edificio era en sí... raro. Ante mí tenía una fachada típicamente barroca, aunque la limpieza de la piedra dejaba claro que había sido reconstruido. Y si andaba apenas unos pasos me encontraba ante una fachada totalmente contemporánea, con grandes ventanales y formas rectas.

Era como un edificio de dos caras.

Una mirando al pasado y otra al presente.

Exactamente como toda la gente que me había encontrado en Berlín durante aquellos días y que, por fin, empezaba a comprender.

La vi aparecer por la avenida Unter den Linden. Sé que era un día soleado; sin embargo, lo recuerdo como si fuera un día de invierno. Como si ella se refugiase del viento en un abrigo. Supongo que el recuerdo está influido por la sensación de aquel momento: frío y distancia.

—Hola —dijo Sarah al acercarse.

—Hola —le respondí.

Aquel saludo fue más doloroso de lo esperado. Qué difícil es retener un hábito. Después de tanto tiempo besándola cada vez que la veía, ahora era complicado no tener ganas de hacerlo.

—Gracias por llamarme —comenzó ella—. Tengo muchas cosas de que hablar y...

—Era aquí, ¿verdad? —la interrumpí.

Sarah no entendió la referencia.

Yo le señalé el Humboldt Forum, el edificio de fachada a la vez barroca y moderna que teníamos frente a nosotros.

—¿Perdona?

Traté de recordar las palabras exactas.

—El mejor edificio de Berlín diseñado para espiar estaba aquí, ¿verdad? —Ella recordó el día que dio un paso más allá en nuestra relación falsa y se sintió avergonzada.

—Sí, Palast der Republik.

—Eso he leído. Un palacio entero controlado por la Stasi. Cada invitado, cada político extranjero era vigilado por un entramado de salas llenas de micrófonos, cámaras y estancias ocultas. —Sarah no supo qué decir—. Pero ¿sabes lo que más me ha impresionado? —No la dejé contestar—. La bolera. Construyeron una bolera dentro del palacio y una discoteca y un teatro... Todo para que los ciudadanos se relajaran, dejaran el miedo fuera y estuvieran cómodos. Porque así podrían soltarse, podrían... hablar.

La miré y no hacía falta que se lo explicase, pero quise remarcarlo. Quise que sufriera.

—Eso es lo que tú hiciste conmigo. Me hiciste bajar la guardia, me dejaste sentirme cómodo y me sacaste toda la información. —Ella seguía sin mirarme—. Igual que Laura Berger.

En ese momento levantó la cabeza.

—No, no fue así.

—¿No te acercaste a mí para sacarme toda la información? —le pregunté con ira.

—Sí, pero eso no es así. Yo no quería..., no debía... —y la siguiente palabra sonó sincera, sé que quizás no lo fuera, pero en ese momento lo sentí así— enamorarme.

Tardé unos segundos en decir algo, porque quería creerla, pero no podía.

—Me has analizado y estudiado como a uno de tus virus. Has extraído de mí todo lo posible y después me has tirado a la basura.

—No, de verdad que no.

No la dejé continuar.

—¿Entonces por qué lo hiciste?

Se calló.

Quería decirlo, pero no podía.

No quería.

—Es por esto, ¿verdad?

Saqué de mi mochila las libretas que había encontrado en casa de Hans. Las memorias de Alexander Steinbach.

Y ella se rompió, como solo se puede romper alguien que ha sido descubierto.

—¿Las has leído?

Asentí.

—Tú también lo crees, ¿verdad? —preguntó Sarah con la certeza de que ambos sabíamos de lo que hablábamos.

Volví a afirmar.

—Por eso necesitabas la foto —le expliqué—, para confirmar tu investigación. Para estar segura de que era él.

Con lágrimas en los ojos, fue ella la que asintió.

—Durante los últimos meses he visto a mi padre cargar con esas malditas libretas a todos lados. Las llevaba siempre cerca. En el coche, en casa, en todas partes..., pero nunca las leía. Ya conoces a mi padre, es un obseso de la lectura, pero esas libretas no las estaba leyendo. Las estaba...

El llanto la detuvo. Así que fui yo quien terminó la frase.

—Las estaba escribiendo.

Volvió a asentir.

—Mi padre no es Hans Hellman, el gran editor. Mi padre es Alexander Steinbach, el torturador de la Stasi.

—Creo que es ambos.

Su silencio fue más expresivo que cualquier palabra que hubiera dicho.

Nos quedamos así un largo tiempo, ella llorando y yo mirándola, contemplando cómo su mundo se venía abajo.

Me dieron ganas de abrazarla, pero no debía.

Hasta que por fin dijo:

—Tenemos que hablar con mi padre.

El ruido ayuda a veces a perderte. Recuerdo el traqueteo del tranvía, el sonido constante que permitía mantenernos en silencio. Sarah mirando por la ventana y yo con los ojos en el infinito. Como si todo lo que nos tuviéramos que decir estuviera bloqueado por ese sonido. Y lo agradecí. No estaba preparado para hablar con ella, no todavía.

No rompimos ese espejismo de tranquilidad más que una vez, cuando el tranvía se detuvo en una parada y escuché la voz de Sarah, calmada, triste y sincera.

—Lo supe siempre, desde pequeña. De alguna forma, sabía que algo había pasado.

—¿Por qué? —contesté por inercia, aparcando todo lo que había pasado entre los dos.

—Porque yo soy como él. Es su herencia.

No le contesté, porque en aquel momento de verdad pensaba que ella era como él.

—La pintada en la pared con la frase del esclavo la hice yo —me confesó—. Quería saber cuánto sabías del Círculo Chequista y era una forma de empezar a investigar contigo. Contraté a alguien para que te siguiera y te robara la grabadora para saber si mi padre te había confesado quién era. ¿No lo ves? Son gestos propios de un agente de la Stasi. Soy como él.

—Tu padre me robó la ropa del lago —le dije, corroborando su versión—. Y me ha traído hasta Berlín para que sacara información a todos sus antiguos compañeros.

—Era su forma de ocultarse, ¿verdad? Te utilizó como una pieza para obtener información... pero ¿de qué? Eso es lo que yo quería saber. ¿Para qué te ha utilizado?

Por un momento se me olvidó mi enfado con ella.

—Pensaba que tú lo sabrías.

—No —respondió sin dudas.

—Entonces..., ¿por qué me has utilizado? ¿Por qué querías saber toda la información?

—Porque se va a inmolar. Va a sacrificarse por esas malditas memorias; todo lo que ha construido, toda su reputación, va a desaparecer en el momento en que publique ese libro.

Entonces dije algo estúpido y no lo sabía en aquel momento.

—Pero es la verdad. Necesita ser contado.

—Daniel, la verdad siempre se inventa.

Tras aquellas palabras, el tranvía se detuvo.

Había llegado a su destino.

Y nosotros también.

Caminamos por la Friedrichstrasse como si fuésemos dos extraños, la una al lado del otro, pero sin dirigirnos la palabra, sin esa intimidad de la que habíamos gozado todo ese tiempo.

Estábamos de nuevo en el Palacio de las Lágrimas, la estación memorial, un lugar para el recuerdo de donde tanta gente se despidió de los suyos para cruzar el Muro, el espacio donde Sarah y yo habíamos sido felices.

Había pocos turistas en la estación, así que fue fácil ver a Hans sentado en un banco. Me acerqué a él y cuando estuve a pocos metros le llamé.

Él se giró y se dio la vuelta.

—Cuánto tiempo has tardado, Bartleby —dijo con una sonrisa en la boca.

Entonces nos vio a los dos y la sonrisa desapareció.

—Perdón, cuánto habéis tardado.

Su tono delataba que aquello lo pillaba por sorpresa.

—Sentaos, creo que queréis hablar.

Antes de entrar en su juego, decidí empezar.

—¿Por qué yo? —lo interpelé sin dudas—. ¿Por qué de todos los autores mediocres del mundo me elegiste a mí? ¿Qué me hace especial?

De pronto el rostro de Hans cambió. Se hizo más inseguro.

—Daniel. —Fue la primera vez que me llamó así—. Creí que... Todavía no lo has comprendido.

—¿El qué no he comprendido? ¿Que me trajiste aquí para entrevistar a tus antiguos compañeros? ¿Que fuiste parte de la Stasi? ¿Que torturaste a gente? ¿Que formaste parte del Círculo de Escritores Chequistas? ¿Que cuando supiste que estaba cerca de la verdad, intentaste amedrentarme robando mi ropa y entrando en mi habitación? ¿Que tu verdadero nombre, en realidad, no es Hans Hellman, sino Alexander Steinbach?

—¿Que toda tu vida es una mentira? —remató Sarah.

Hans se levantó, se acercó a mí y me miró durante unos segundos, sin contestar, sin decir nada. Cavilando el siguiente paso.

—Sí, pero... —entonces se detuvo y se dirigió a Sarah—: necesito que te marches.

—¿Qué? —contestó Sarah sin entender.

—Tengo que hablar a solas con él. No puedo hacerlo contigo.

—No pienso moverme de aquí.

—Esto no tiene nada que ver contigo —le dijo Hans y me señaló a mí—. Será él quien decida si quiere contártelo.

—¿Por qué?

—Porque yo no soy Alexander Steinbach.

El silencio se hizo denso. Ninguno dijo ni una palabra más, aunque una pregunta sobrevolaba en la sala.

—¿Cómo que tú no eres Alexander Steinbach? —dije al fin—. Las memorias estaban en tu caja de seguridad, conocías los nombres de los miembros del Círculo, tenías el libro firmado por Laura.

—No, no, no —respondió mientras negaba con la cabeza—. Os habéis equivocado.

—Papá, reconócelo —añadió Sarah.

Hans se acercó hasta el banco y cogió un maletín que dejó abierto; de él sacó el libro de Brunilde Stark firmado, el que estaba en la caja fuerte y que yo había dejado hacía unas horas allí.

—Este libro no es mío, Daniel —contestó acercándose a mí—. Este libro es tuyo.

Y me lo puso entre las manos.

Creo que entonces lo supe, no racionalmente, sino como una intuición.

—Papá, no publiques nada —dijo de forma brusca Sarah.

Hans la miró y, sin mediar palabra, me cogió del brazo y me empujó hacia el final de la estación.

—¿A dónde me llevas? —pregunté.

—¡Papá!

Me arrastraba y yo sentía que no podía hacer nada. Tuve la impresión de que estaba en el relato de Alexander Steinbach. Su relato.

—Hans, suéltame.

Sarah nos seguía a unos metros.

—¿Qué haces?

Entonces llegamos a las cabinas de expedición de visados, las mismas donde había besado a Sarah, las mismas donde la Stasi vigilaba la salida de viajeros. Hans me empujó dentro y cerró la puerta, dejando a Sarah fuera.

—¡Papá, déjame entrar!

Él sostenía la puerta, pero la voz de su hija se podía escuchar perfectamente.

—No. Tengo que hablar con él a solas. Vete.

Estaba viviendo una pesadilla; un torturador de la Stasi me había metido en una cabina diminuta a la fuerza. Por un momento pensé en todo lo malo que me podía ocurrir.

Pero entonces lo vi.

Sobre el techo estaba el espejo de la Stasi y se reflejaban los movimientos de Hans junto a la puerta. Me fijé bien y lo reconocí. No lo entendí, pero lo reconocí. Metí la mano dentro del maletín que había traído Hans y saqué aquel papel.

Hans se detuvo al ver que lo había cogido.

La puerta se abrió y Sarah entró, pero se detuvo al verme.

—Sarah, será mejor que te vayas.

—¿Por qué?

—Porque tu padre no es Alexander Steinbach.

—¿Cómo lo sabes?

Le enseñé el papel. Era el mismo folio que había visto tantas veces, la cesión de derechos de una obra a Hans Hellman, pero no era de *Wir über uns*. Era un contrato de publicación por los derechos de *Las memorias de Alexander Steinbach*. Me fijé que el documento estaba firmado abajo, junto al nombre mecanografiado de A. Steinbach. Lo que más me chocó es que tenía la misma rúbrica que había visto en el libro infantil que tenía Hans en su caja fuerte.

—Porque Alexander Steinbach le ha firmado una cesión de derechos de autor.

Hans me miró sorprendido.

—¿Qué? —preguntó Sarah sin comprender.

—Tu padre no es un torturador de la Stasi.

Sarah miró a su padre de forma asombrada.

—No, Sarah, yo no soy Alexander Steinbach.

—Entonces, ¿por qué tenías sus memorias? ¿Por qué tienes ese papel firmado por él?

Hans posó sus ojos en mí y comprendí lo que tenía que hacer.

—Sarah, será mejor que nos dejes, tengo que hablar con tu padre a solas.

Ella intentó argumentar algo, pero la corté.

—Por favor.

Miró a su padre.

—¿Después me lo contarás todo?

—Te lo prometo —respondió Hans, con una ternura que nunca le había visto.

Sarah me miró y solo dijo:

—Adiós.

Cerró la puerta y aquella fue la última vez que la vi.

Hans se giró hacia mí.

—Gracias.

No le respondí; quería obtener respuestas y las quería ya.

—Antes de explicarte nada, tengo que darte dos cosas. La primera... —musitó mientras buscaba algo en el maletín— es esto.

Sacó el libro de Brunilde Stark: *Kolibri.*

—¿Por qué me das esto?

—Porque es tuyo.

Volví a abrir la primera página del libro. Allí estaba otra vez, era la firma de Alexander Steinbach junto a las palabras «Para que me entiendas».

—Y la segunda cosa es esta.

En la mano tenía una pluma.

La cogí sin entender.

—Necesito que lo firmes —señaló la cesión de derechos firmada por Alexander Steinbach.

—¿Para qué?

—Para publicar sus memorias.

—No entiendo.

Hans se acercó a mí.

—Si el autor ha fallecido, el contrato debe ser aceptado por su heredero.

No me lo podía creer, así que Hans me lo aclaró.

—Bartleby... Tu padre era Alexander Steinbach.

*Memorias de Alexander Steinbach*
*Cuartilla 7*

Lo peor de la escritura es confundir la realidad con la ficción. En lo que escribimos, todo tiene siempre lógica, hay un control de lo que sucede. Toda acción tiene una causa y podemos comprenderla.

En la realidad, no.

El día que hui de Berlín, yo tenía dos vidas. Una llena de realidad y otra llena de ficción.

En la real, yo era un agente de la Stasi de treinta y nueve años, sin amigos, sin familia, con una relación imposible con una escritora casada y un largo historial de torturas. Todo era complicado.

En la ficción, yo era un abogado de treinta y nueve años, con una esposa y dos hijos, al que le gustaba salir los domingos en bicicleta con la Asociación Ciclista de Pankow. Era aficionado a las novelas de misterio y todos los años viajaba con su familia a una casa en el campo, donde se bañaban en el lago y tomaban helados.

O eso ponía en el informe que yo mismo entregué en la Stasi cinco años antes de mi huida.

Durante cinco años fui fabricando un personaje de ficción.

El nombre y la fotografía realmente eran de una persona que se parecía a mí, pero todo lo demás era inventado. No había domingos de bicicleta, ni novela, ni mujer ni hijos.

Pero yo necesitaba ese personaje vivo, así que cada poco tiempo iba introduciendo información para que realmente pasara por un ciudadano normal.

El problema fue que quise que la ficción se convirtiera en real.

En el mes de mayo del año 1988 falsifiqué un pasaporte con el nombre de ese personaje inventado y me presenté en la estación de Friedrichstrasse, dispuesto a coger un tren al otro lado de Berlín.

Pero no pensaba hacerlo solo. Porque ya no era Alexander Steinbach, un agente solitario de la Stasi. Ahora era un hombre con una mujer y dos hijos. Y esa mujer ya no se llamaba Laura Berger, ni era escritora, ni se debía al Ministerio. Era mi mujer y los dos nos iríamos de Berlín para siempre.

Cuando sonó el silbato del tren, me di cuenta de que ella nunca iba a venir.

No sé por qué. Nunca lo supe.

La realidad le ganó a la ficción.

La esperamos, la esperamos todo lo que pudimos. Me quedé en el andén hasta el momento en que vi que el tren se ponía en marcha.

Entonces puse un pie en el tren y dudé.

Dudé si ser un agente de la Stasi o un abogado.

Dudé si pasar las vacaciones solo o junto a mi familia en un lago.

Dudé si ser escritor o no.

Dudé si ser yo con ella o sin ella.

Dudé si quería una vida real o una de ficción.

Pero entonces vi su rostro y elegí la ficción.

Y no me arrepiento.

El tren se puso en marcha y nos fuimos de Berlín para siempre.

Alexander Steinbach se quedó allí.

Y nosotros comenzamos una nueva vida.

Fin.

## EL ESCRITOR Y EL ESPÍA

—

—Todo escritor es un buen espía. Tiene que saber mirar, leer a las personas: es la única forma de escribir sobre ellas. Lo raro es ser un buen espía y un buen escritor. Tu padre lo era.

Estaba atónito, no podía creer lo que estaba escuchando.

—Tienes sus ojos —me dijo Hans señalándome—. No te lo podía decir antes, pero tienes esa mirada suya, es imposible que la ocultes.

Yo seguía en silencio, sin creer lo que me acababa de revelar.

—Pero no es lo único que has heredado, también tienes su forma de escribir. Vi mucho de él en tu novela.

—¿Mi novela?

Hans abrió la puerta de la cabina y salió del puesto de visados.

—Sí, me gustó mucho. Deberías dejar de castigarte. Sabes escribir, se nota. Me gustó especialmente el final.

—Por eso lo copiaste para pegarlo en los libros.

—Culpable —dijo señalando uno de los bancos de la estación—. Pero no lo pegué, tuve que hacer de nuevo todos los cuadernos. Clavaditos al original para que nadie en tu editorial sospechara. Me costó conseguir los mismos materiales de aquella época. —Se sentó dejándome un sitio a su lado—. Es más, las grapas no son de los ochenta, pero supuse que nadie se fijaría en ello. Y acerté.

—¿Por qué...? —Intenté articular algún pensamiento, pero no podía—. ¿Por qué?

—Porque así lo quería tu padre —aseguró con aplomo—. Apareció una mañana en mi puerta, llevaba casi veinte años sin verlo. Me sorprendió mucho, porque pensaba que estaba muerto. Pero no solo no lo estaba, sino que había vivido mucho. Había cambiado de vida, se había ido a Madrid, había conocido a tu madre y había olvidado todo el pasado. Pero entonces naciste tú y eso le hizo cambiar. No lo sabes, pero tu vida cambia totalmente el día que nace un hijo. —No sé si se refería a mí o a Sarah—. Me dijo que quería contarlo todo, su lado oscuro, su trabajo en la Stasi, el Círculo de Escritores Chequistas, todo. Por eso me dio sus memorias y un ejemplar de *Wir über uns.* Yo lo publicaría y su nombre quedaría para siempre ligado a la Stasi. —Tragó saliva—. Pero cuando estaba a punto de ir a imprenta, me llamó y me dijo que no lo hiciera. No por él, sino por ti. Me dijo que no quería perderte. Cuando fijabas sus ojos en él, su vida tenía sentido y no quería que dejaras de mirarlo así. Así que me pidió dos cosas: la primera fue que no publicara nada hasta que él muriera y la segunda... —Hans resopló, como si le costara decirlo—. La segunda fue que te explicara quién era tu padre. En lo bueno y en lo malo. Con sus luces y sus sombras. Quería que vieses a Alexander Steinbach en todas las partes, incluso en aquellas que nunca te quiso enseñar. Y que después te preguntara si quieres publicar sus memorias.

Por fin pude hablar y, sobre todo, pensar con coherencia.

—Por eso montaste todo esto, el libro, la traducción.

—¿Qué hubieras dicho si me hubiera presentado en Madrid y te hubiera contado que iba a publicar las memorias de tu padre, un hombre al que adoras, pero que fue un agente de la Stasi? Ya respondo yo por ti: no hubieras querido saber nada, no me habrías creído, te habrías cerrado en banda.

—Por supuesto.

—Era la voluntad de tu padre y yo no podía romper una promesa a un amigo.

—¿A un amigo?

Hans dejó escapar otro largo resoplido.

—Sarah no se equivocaba en todo. Hay muchas cosas de mi vida que no le he contado, quizás por miedo o quizás para evitar que ella fuera como yo, no lo sé. —Hans hizo una pausa, como si no estuviera seguro de lo que iba a decir—. Mi nombre real no es Hans Hellman, ese fue el nombre que utilicé para que la Stasi no me siguiera, pero mi nombre real, con el que tu padre me conocía era...

Le era imposible pronunciarlo, así que me pidió ayuda:

—¿Tienes un bolígrafo, Bartleby?

Le di la estilográfica que me había dado él al principio de esta historia.

Entonces sacó un contrato de derechos de autor de los que había visto tantas veces, el mismo que había querido que firmaran Liebers, Köster y Wosz.

Puso el papel sobre el banco y ensayó con la estilográfica, como si le resultara raro el movimiento que iba a hacer. Después, se acercó al papel y firmó el contrato de cesión de derechos de *Wir über uns*.

—¿Qué...? —dije.

Hans me acercó el papel y pude ver el nombre con el que había firmado.

—Matthias Lampe —leí—. El mejor amigo de Alexander. El hombre al que ayudó a huir de la Stasi.

Hans no dijo nada, pero sus ojos me confirmaron que estaba en lo cierto. Fue la primera vez que dejé a Hans sin palabras.

—En sus memorias, tu padre se fustiga mucho, pero yo solo puedo estarle agradecido.

—Porque te ayudó a escapar.

—No solo por eso. Bartleby, nunca debes creer a un escritor, y mucho menos cuando escribe sus memorias. ¿Tú crees que la Stasi habría dejado de perseguirme porque yo me marchara de la DDR? Esa gente te perseguía hasta el fin del mundo.

—Entonces, ¿cómo consiguió que no te cogieran?

—Por el tráfico en Chemnitz.

Aquello me sonaba, pero no sabía por qué.

—Tantal 73..., o sea, Laura, descubrió que yo vendía algunos documentos al otro lado del Muro. Eran poca cosa, asuntos del clima y del tráfico, yo tenía poco acceso a temas importantes. Pero usé ese maldito adjetivo... Bartleby, no te olvides nunca de esto, un buen adjetivo es tu peor enemigo. Nunca los uses, olvídate de ellos.

—El movimiento anguloso —dije recordando el fragmento de las memorias de Alexander.

—Escribí ese estúpido informe del tráfico en Chemnitz y se lo pasé al enemigo. Esa gente también hacía chapuzas y se lo dieron a un agente doble que le rebotó la información al Ministerio. Esos cabrones sumaron dos más dos con los informes de Laura y me pillaron. Pero tu padre entró a resolverlo todo.

Entonces tuve un momento eureka.

—Wosz. Le pasó a él la denuncia.

—Exacto. Sabía que él traficaba con documentos mucho más importantes, así que cambió el nombre en el ejercicio presentado y también dejó pistas para que fueran a por Wosz. Los jefes se creyeron que había sido un error de Laura. Había confundido los nombres. O eso les hizo creer tu padre.

—¿Por eso echaron a Laura del Círculo de Escritores?

—No sé si fue eso, o que tu padre la había descubierto, o las dos cosas. El caso es que ya no quedaba sitio para ella allí. —Hans se detuvo un momento—. Pero tu padre no lo hizo de forma altruista. Sabía que le debía un favor y años después me pidió algo a cambio.

Tras escuchar aquella frase pensé que siempre, siempre, había algo oscuro en el personaje de Alexander Steinbach. Siempre escondía una segunda intención. Pero me equivocaba.

—¿Que hicieras esto conmigo?

—No. Ese libro. —Señaló con su dedo el libro de Brunilde Stark que tenía entre mis manos.

—¿Este libro?

—Sí, ese libro. Me pidió que hablara con alguno de mis compañeros editores para que lo publicase bajo un seudónimo y que no hiciera muchas preguntas.

—Pero este libro lo escribió Laura Berger.

—Bueno, más o menos. Lo escribieron entre los dos, a cuatro manos. Ella y él se compenetraban bien y estaba muy bien escrito. Y a pesar de todo lo que me había hecho Laura, de que estuvo a punto de destrozarme la vida, lo hice. Se lo debía a tu padre.

Abrí el libro y leí de nuevo la dedicatoria:

*Para que me entiendas.*

Y supe que esas palabras eran para mí, escritas hacía mucho tiempo, por una persona que estaba muerta y, sin embargo, pude sentirlo, sentir su amor. Quizás esa es la magia de la que hablaba Laura Berger, la conexión a través del tiempo entre dos personas gracias a unas palabras.

Pero aún había cosas que no entendía de lo que había pasado.

—Pero ¿por qué ahora? ¿Por qué has esperado tanto?

Hizo un gesto con la boca, como si aquella fuera una mala pregunta.

—¿Has escuchado a Sarah antes? Tenía razón... Me van a fusilar. El *Schatzjäger*, en realidad era un hombre de la Stasi. Ni un solo autor va a querer publicar conmigo.

—Pero eso pasó hace mucho tiempo. Además, no hace falta que nadie sepa quién eras.

—Ay, querido Bartleby, sigues tan inocente como siempre. En cuanto publique esto, todos y cada uno de los participantes del Círculo Chequista me señalarán. Köster, el primero. —Hizo un gesto de resignación—. Pero no te preocupes, yo soy un pobre viejo que solo quiere leer libros. Tenía pensado retirarme y qué mejor que con un buen libro.

Sabía que mentía, pero le agradecí el sacrificio.

—¿Y Sarah? —le pregunté.

—Tu padre tenía razón en eso, no quieres que la imagen que se refleja en los ojos de tus hijos cambie. Eso es lo que más me duele, perderla.

—No la vas a perder. Ha estado a punto de sacrificarlo todo por ti, no creo que te abandone ahora.

—Confías demasiado en ella, Bartleby, solo te ha puesto trampas.

Tenía razón; mi fe en ella había sido ciega y, sin embargo, ella no me había correspondido.

—Entonces, ¿vas a firmar mi sentencia de muerte?

No sabía a qué se refería, pero hizo un gesto con su cabeza indicando el contrato que le había robado de su maletín; aún lo tenía en la mano.

—Eres el heredero, es tu decisión.

Lo leí otra vez, aunque ya lo conocía. Después miré a Hans, que seguía con mi libro en las manos. Pensé en Sarah y en aquella noche en Teufelsberg.

Y me decidí.

—No.

—¿No?

—No quiero que publiques las memorias de Alexander Steinbach.

La cara de decepción de Hans fue mayúscula.

—Bartleby, no lo hagas por mí. Tu padre quería que se contara su historia, la escribió para...

Entonces le interrumpí:

—Ya me avisó Sarah de que lo conseguirías.

—¿El qué?

—De que al final conseguirías que escribiera de nuevo. —Me miró sorprendido—. La historia de mi padre la escribiré yo, pero no serán unas memorias. Será una novela. Una novela de espías... y de escritores. —Me levanté—. Pero nadie sabrá quién es el espía y quién el escritor.

Me dispuse a irme, pero la voz de Hans me detuvo.

—Se te olvida algo.

Volvió a buscar un objeto en el maletín. Era el cuaderno rojo de *Wir über uns.*

Cuánto había cambiado desde la primera vez que lo vi.

—Cuídalo, es mi único libro como escritor.

Me lo puso en las manos y, por unos segundos, sentí que me estaba mandando un mensaje, un mensaje en código, algo que quizás solo él y yo pudiéramos entender y que ahora no puedo explicar.

Con esa sensación, volví a su casa.

Esta vez la puerta estaba abierta.

Subí a la habitación.

Encendí el ordenador; nada de libretas, esta vez lo haría a mi manera.

Vi la página en blanco ante mí.

Y no pude contenerme.

Hans tenía razón: se escribe porque no lo puedes evitar.

Los dedos se fueron solos al teclado y escribieron.

*¿Cómo debería comenzar esta historia?*

*Memorias de Alexander Steinbach*
*Cuartilla 7*

Epílogo

Querido lector, ahora que llegamos al final, solo puedo decir: qué sensación tan agridulce es terminar un libro. Agridulce porque no hay ninguna sensación igual a cerrar un libro que te ha gustado, pero a la vez, qué triste es saber que no volverás a estar con esos personajes con los que has reído, has llorado, has perdido y has ganado tanto.

Entonces ocurre algo hermoso, algo que solo brota al pasar la última página. El libro se continúa escribiendo, al menos durante unos minutos, en la mente del lector. Recorre todo lo que ha leído, todo lo que ha vivido, e intenta ir más allá. Encontrar un sentido más profundo.

Ojalá, al cerrar las tapas de este libro, también le pase a usted, querido lector.

Ojalá pueda descifrar el mensaje en código que encierran estas páginas.

# LA NOVELA EQUIVOCADA

Toda novela es un mensaje cifrado; solo necesitamos una clave para poder descifrarla. A veces las pistas están en las palabras, a veces son los personajes. Toda novela es detectivesca, aunque no haya ningún muerto, porque el enigma no es quién es el asesino, sino qué quiere contar el autor.

Aquella noche me sentí liberado al descifrar la clave de las *Memorias de Alexander Steinbach.* Podía haberme enfadado con Hans, con mi padre, con Sarah..., pero no fue así. Lo único que quería era escribir, así que me senté frente a la mesa, abrí el portátil, eludiendo todas las recomendaciones de Hans sobre escribir en una libreta, y comencé a teclear. Lo hice tal y como lo había hecho mi padre casi cincuenta años antes, durante su época de universidad, de forma desaforada, sin pensar, dejando que todo saliera. Me pasé cuatro semanas sentado a la mesa hasta llegar al final del capítulo anterior, escribiendo día y noche, como si estuviera poseído.

Quizás ese sea el secreto de la escritura; como me dijo Hans una noche, se escribe porque no lo puedes aguantar, porque las palabras te queman dentro y la única manera de sofocarlas es escribir, escribir y seguir escribiendo. Aunque cuentes cosas que no deberías, aunque cuentes tus secretos más oscuros. Si los escritores fuesen personas racionales, nunca pondrían dos palabras juntas, porque en ese mensaje cifrado no solo se incluyen acciones, diálogos y reflexiones. Allí dentro... también se incluye al propio autor. Por muy bien que lo oculte, por mucho que se envuelva en capas y capas de ficción, la esencia de cada autor está ahí.

Y a cualquiera que escribe le gustaría evitarlo, nadie quiere desnudarse así, pero no lo puedes impedir. Porque tú no eres el que escribe, es esa otra persona, ese otro yo que vive con nosotros. Como los escritores de la Stasi, como mi padre, que tenían una doble vida. La de escritor y la del espía. Aunque no sabían cuál era la verdadera.

A lo mejor, por eso, este libro ha acabado siendo también dos: una novela de espías protagonizada por un escritor. Y una novela de escritores protagonizada por un espía.

Después de estos meses he comprendido aquello que le dijo Laura Berger a mi padre: mi bloqueo provenía de intentar encontrar una solución, cuando lo que realmente hay que hacer es abrazar el problema. Todas las personas que han salido en este libro tienen dos caras: Hans, Laura, Sarah... ¡Incluso yo! El escritor que se niega a ser escritor. Todos hemos intentado decidir quién es nuestro verdadero yo, quién gana esa batalla entre el blanco y el negro. Y la verdad es que la única respuesta es que somos ambos. Únicamente abrazando esa realidad podremos ser nosotros mismos. Quizás eso es lo que quiso hacer mi padre con sus memorias, abrazar todo lo que ocultaba. O a lo mejor no, a lo mejor nunca se arrepintió de lo que hizo. No sé si el personaje que he mostrado aquí es un torturador o un escritor, un monstruo o un hombre de su tiempo, o las dos cosas a la vez.

Lo único que tengo claro es que, para mí, Alexander Steinbach y mi padre son dos personas diferentes. No puedo imaginar que el hombre que tanto me quiso fuera también un agente de la Stasi. Supongo que eso es lo que ocurre cuando has querido a una persona que ha hecho el mal. No aceptas que esa parte existió, por eso decides partirlo en dos. Por eso he decidido no incluir el nombre que mi padre utilizó en este libro. Para que nadie sepa en quién se convirtió Alexander Steinbach.

Es un gigante que tengo demasiado cerca para dejarlo caer.

Yo, por mi parte, he comenzado a aceptar que este libro no será una obra maestra, no recibirá críticas elogiosas ni miles de reseñas. Pero me dará igual. Porque si algo he aprendido es que hay que amar el proceso y no el resultado.

Y por eso, ahora que se acerca el final, no quiero encontrar la solución. He abrazado el problema con tanta fuerza que no quiero que se termine. No quiero poner punto y final a este *El escritor y la espía.*

Y por eso no lo voy a hacer.

Porque aún queda algo más que contar.

Como decía mi padre en sus memorias, toda novela es un mensaje cifrado. Y todo mensaje necesita un receptor, alguien para el que escribir, como lo fue Laura Berger para mi padre. Sería muy bonito decir ahora que esta novela está escrita para ti, mi, quizás, único lector. Alguien que ha leído todas estas páginas con fervor hasta llegar hasta aquí.

Pero no.

Este libro no está escrito para ti.

Este libro, como cualquier mensaje cifrado, está escrito para una persona en concreto. Alguien a quien conozco. Alguien que todavía no sé lo que significa en esta historia. Alguien que es capaz de sonreír con la mirada.

Por eso no me podía marchar sin hablar con ella por última vez.

Estaba en la estación de Schlachtensee, siempre las estaciones en esta historia, con todas las maletas a mi alrededor, a pocas horas de coger mi vuelo hacia Madrid.

Había pensado en llamarla cientos de veces, pero no quería hacerlo hasta que terminara de escribir ese último capítulo, en el que hablaba con Hans.

Pero cerrado todo, decidí llamar a Sarah desde la estación, dónde si no, para despedirme de ella.

Me costó pulsar el botón, pero lo hice, porque no hay nada peor que una historia sin final.

—Hola. —Su voz sonó tan rota como nunca.

—Hola —le contesté sin más.

Y por unos segundos, nada.

Solo silencio.

—Me marcho de Berlín.

—Lo sé. Me lo dijo mi padre.

—Estoy ahora en la estación y..., no sé..., quería...

—¿Por qué me llamas, Daniel? —respondió ella con rudeza—, no tiene sentido. Yo soy quien debería haberte llamado, yo soy la mala, la que te hizo daño. No sé qué esperas de mí. ¿Quieres que te pida perdón?

—No.

—¿Entonces?

—Una explicación.

Esa respuesta la desarmó.

—Una explicación... —suspiró al teléfono—. No lo sé, Daniel... No lo sé. No puedo explicármelo ni a mí, no sé cómo voy a explicártelo a ti.

—¿Por qué hiciste todo eso? ¿Por qué...?

Me interrumpió.

—Yo quería que mi padre fuera Alexander Steinbach

—respondió—. Sé que suena estúpido, pero es así. Yo quería que mi padre fuera él, porque tendría sentido. Sabría por qué es así, por qué no conectamos. Tendría lógica.

—La vida no es así, Sarah. La vida no tiene lógica. Esto no es una novela, las cosas no pasan por causa y efecto. Quién sabe por qué Hans es así. Quién sabe por qué te estoy llamando yo a ti. Quién sabe por qué quiero hablar contigo, después de todo.

Sarah se quedó callada un momento.

—Me ha dicho mi padre que has terminado una novela. Enhorabuena —su voz había cambiado, volvía a ser la Sarah de siempre—. Es una pena que ya no salgamos juntos, podría haber tenido un novio escritor.

Aquella broma fue como un oasis después de tanto tiempo.

—Es una pena que ya no salgamos juntos, podría haber tenido una novia comunista.

—Y más joven que tú.

—Creo que ya me lo puedes decir, ¿cuándo naciste?

—No.

—Dame una pista.

—No. —Aunque se había negado, sentí que dudaba—. Solo una.

—¿De acuerdo?

—Nací entre la caída del Muro y el Mundial de Alemania.

—¡1990!

Ella rio, espero que con los ojos también.

—Ese fue el que ganó Alemania. Me refiero al que se celebró aquí, 2006.

Por fin parecía que volvíamos a entendernos.

—Por un momento pensé que eras mayor que yo —dije aliviado.

—Y yo que tú eras más joven.

Cualquier respuesta que des ahora —recordé aquel día esperando al tranvía—estropeará la situación.

—Tranquila, no soy un bebé pos-Muro. Nací exactamente —entonces caí en la cuenta, por eso tardé en decirlo— un año antes de la caída del Muro.

Un año antes de la caída del Muro.

La frase resonó en mi cabeza.

Colgué inmediatamente a Sarah.

El tren llegaba a la estación, pero yo no lo iba a coger.

Cogí las maletas y comencé a correr en dirección opuesta a la estación.

Escribir una novela es equivocarse.

Porque esa es la gracia de escribir, comienzas el libro con unas preguntas y piensas que obtendrás las respuestas, pero lo único que consigues son más preguntas. Más y más preguntas. Hasta que llegas al final y te haces la pregunta definitiva. Esa que no sabes cómo responder y que el lector tendrá que decidir cuál es la respuesta.

Yo corría y corría.

Y, mientras, pensaba en esa pregunta definitiva.

Las preguntas se amontonaban en mi cabeza, pero ninguna lo era.

Si todo libro es un mensaje cifrado, ¿cuál era el mensaje oculto de mi padre?

¿Por qué me había dejado sus memorias?

¿Por qué solo me había hablado en ellas de ese periodo de su vida?

¿Por qué habló de la llegada de Laura Berger?

¿Por qué terminan sus memorias con su despedida?

Todas eran buenas preguntas, pero ninguna era la definitiva.

Mis pies avanzaban y yo la tenía en la punta de la lengua.

El oxígeno apenas me llegaba al cerebro, quizás por eso

pensaba en el último párrafo de las memorias de Alexander Steinbach.

*El tren se puso en marcha y nos fuimos de Berlín para siempre.*

*Alexander Steinbach se quedó allí.*

*Y nosotros comenzamos una nueva vida.*

*Fin.*

¿Nosotros?

¿Por qué un plural?

Como decía Hans, descubrir una falsedad deja ver lo que hay detrás.

Y yo acababa de descubrir una capa que encerraba una verdad.

Ya veía la casa de Hans, estaba tan cerca.

Más preguntas en mi mente.

¿Realmente había sido una falsedad? ¿O mi padre me había dejado una pista?

Abrí la cancela del jardín.

Casi estaba a punto de obtener mi respuesta.

¿Sería capaz de hacer la pregunta?

Empujé la puerta, siempre abierta, y entré resoplando.

Hans estaba sentado en su butaca.

Me miró asustado.

Tomé aire.

Un segundo, solo me faltaba un segundo para terminar esta historia.

Entonces lo dije.

En voz alta.

Y sin saber la respuesta.

—¿Era Laura Berger mi madre?

# NOTA DEL AUTOR

—

# CARTA A MI HIIJO, DANIEL CORRALES

Querido Daniel:

Es extraño que un autor finalice su novela con una carta para su hijo, pero creo que antes de terminar de leer este libro es mejor que te explique por qué he decidido ponerle tu nombre al protagonista de esta historia.

Llevamos nueve años juntos. En este tiempo te he visto crecer, te he visto empezar a hablar, te he visto comenzar a ser. Pero en todo este tiempo, mientras te veía a ti, me veía a mí. No somos dos gotas de agua, no nos parecemos ni física ni mentalmente, pero te entiendo. Hasta que llegaste, yo era una tribu de un solo habitante. Ahora somos dos, alguien con quien compartir un lenguaje que nadie más entiende, que orbita sobre las mismas obsesiones, que se ríe con los mismos chistes, que se pierde en las mismas tristezas.

Dicen que los padres quieren vivir a través de sus hijos los éxitos que nunca han tenido. Se equivocan, lo que no quieren es vivir sus fracasos a través de sus hijos. Desde hace días, desde que empecé esta novela, te veo jugar y me duele. Porque tu único objetivo es no perder, luchas con uñas y dientes para no meterte un gol en propia meta, para no equivocarte de lugar al jugar al escondite, para no salirte del dibujo al colorear. Quieres hacer algo y conseguirlo, pero te da miedo no poder llegar hasta ahí. Y me duele, porque yo también soy así.

Cada palabra que escribo en esta página me duele, siento que voy a colorear fuera del dibujo, que no voy a acertar. Sin embargo, aquí sigo escribiendo, esa voz sigue ahí dentro de mí, pero he aprendido a bajar su volumen. A veces me grita, a veces la creo y me hundo, pero sé que no se puede vivir con miedo a fallar. Es horrible.

Por eso he decidido ponerle tu nombre al personaje principal, porque él, como tú y como yo, cree que perder significa fracasar. Hay muchas formas de fracasar, pero perder forma parte del juego. El verdadero fracaso es no formar parte del juego. Daniel, el protagonista de la novela, prefiere no jugar, no escribir, para no sentir dolor. Por muchas excusas que se ponga a sí mismo, esta es la única verdad. Lo sé, porque yo una vez fui él.

Durante mucho tiempo, escribir fue una tortura para mí. Sentía que tenía que llegar a un sitio, alcanzar algo con las palabras, y nunca lo hacía. Era un nido de frustración, hasta que un día comprendí algo: ese lugar nunca podía existir. Porque cuando subes esa escalera, siempre te puedes inventar otra planta para seguir subiendo. Me gustaría decirte que he dejado de subir escaleras, pero no es así, aunque al menos creo que he comprendido que no voy a ningún lado, solo subo escaleras.

Esta es la razón por la que el protagonista se llama Daniel: quiero enseñarte mis demonios. Quizás no hoy, con tus recién cumplidos nueve años, pero tengo la esperanza de que un día, cuando sea, incluso cuando yo ya no esté, este libro te sirva para aprender algo de tu padre y, ojalá, también de ti.

Pero aún queda una pregunta por contestar. Si esta

novela trata sobre mí, ¿por qué el personaje no se llama Jorge Corrales? Bueno, querido hijo mío, esa es la magia de la literatura. Si se llamara como yo, me daría pudor hablar sobre ciertas cosas, no expondría todos mis miedos. Sin embargo, Daniel Medina no eres tú ni soy yo. Es un personaje de ficción y puedo meterle toda la imaginación que quiera, y entre medias meteré «mis cosas», mis verdaderos miedos, mis sentimientos, mis defectos..., pero nadie sabrá, salvo quizás tú y yo, qué es mío y qué es suyo.

Por eso, también, he decidido cambiar el nombre a los personajes reales que aparecen en la novela. Todo lo que cuento sucedió de verdad: existió el Círculo de Escritores Chequistas e infiltraron a un profesor para espiar a los agentes. Todo eso es real. Pero sus nombres no son sus nombres. Si escribiera sobre ellos, no podría hacer ficción, no podría meter partes de mí en ellos. Porque al final, hijo mío, todos los personajes que escribo son eso: yo. Y a la vez, ninguno de los personajes que escribo lo es. Solo se parecen a mí en alguna cosa. Igual que Daniel Medina no eres tú, pero puede que se parezca a ti en alguna cosa.

Disfruta de esta novela y, como diría Laura Berger, recuerda que el único fracaso posible es... no aprender nunca a fracasar.

Tu padre,
Jorge Corrales

# AGRADECIMIENTOS

El verdadero código secreto de una novela está siempre en las páginas de agradecimientos; allí se esconden los nombres y las personas que fueron artífices de la creación de un libro, aunque no teclearan ni una palabra. A mí me gusta siempre leer estas páginas para intentar averiguar quiénes son esas personas que aparecen ahí y cómo aportaron algo al texto. Por eso yo voy a intentar dejarlo meridianamente claro.

Comencé a escribir esta novela el día después de perder mi trabajo y terminé de escribir las últimas páginas más de un año después, en una mesa de la Escuela de Escritores, donde me gano la vida actualmente. Entre medias, ocurrieron muchas cosas dentro de mí y muy pocas fuera, pero la principal es que descubrí que en los momentos malos tengo gente a mi lado que me sostendrá siempre. Por eso debo utilizar una página de este libro para darles las gracias. Comienzo con David, Mateo y Víctor, mis amigos de más tiempo, que me sacaron del hoyo a base de llamadas, terrazas y paseos por el campo. Si esta novela existe es gracias a ellos. A mi amiga Mónica, porque siempre está para los malos momentos y por eso quiero que esté en los buenos momentos como este.

Si algún lector ha llegado hasta esta página es gracias

al trabajo de Leo Felipe Campos, mi particular Laura Berger, que consiguió sacar con su edición lo mejor de mí. Ha sido un gusto compartir este año con él y sentir que tenía a alguien acompañándome en este viaje a Berlín junto con Elena Garrandés y el resto del equipo de Planeta. También he tenido la ayuda de mi agente, Claudia, que ha soportado mis neuras, miedos y dudas con una positividad inusitada. Y, por supuesto, al Comisionado Federal de Archivos de la Stasi, sin cuya ayuda documental hubiera sido imposible escribir sobre el Círculo de Escritores Chequistas.

Algunas personas han tenido un especial desarrollo en determinados capítulos de la novela y es de recibo darles crédito en ellos. Gracias a Miguel Ángel Cajigal por darme una lección sobre música barroca que he incluido en la voz de Hans. A mi querida Belén, por descubrirme cómo actúa un espía en el siglo XXI de Hermès. A Fernando Siles y su familia, que con sus charlas y análisis consiguieron darle una vuelta a este final. A Rubén Ordieres, mi lector 0 (el mejor que se puede tener), que cosió toda la historia de principio a fin y me descubrió la verdadera identidad de Matthias. Suya es la escena en la que Hans firma su propio contrato, una genialidad, y quiero que quede constancia. A Mariana Torres, que si hace unos años me descubrió mis monstruos para devolverme la escritura, ahora me ha dado una mesa junto a ella y ha conseguido lo que todo escritor sueña, vivir de crear. A la Escuela de Escritores y a mis alumnos allí, que me enseñaron más de lo que creen y sin los que Laura Berger no sería una de mis máscaras. A mis padres, que además de servirme de apoyo siempre que lo he necesitado, me prestaron su casa para que pudiera escribir los primeros capítulos de esta novela y hacer las últimas correcciones. A Laura, mi psicóloga, que trabajó durante años para que entendiera que el peor texto del mundo es mejor que el que no está escrito. A Dani y a Ainhoa, que veinte años después (¡veinte años!) siguen prestando su mano siempre que la necesito.

A todos los profesores, no solo los que me han influido en mi vida, sino todos aquellos que influyen en sus alumnos. Sois los encargados de enseñar un nuevo mundo, los guías del futuro, ojalá fuera reconocida vuestra labor como la intento reconocer yo con estas pobres líneas.

Y, por último, a toda la gente que me descubrió a través de una pantalla y que ahora me lee también en papel. Yo era un escritor frustrado, un Daniel que pensaba que sus escritos nunca saldrían de su cajón. Gracias a vosotros existe este libro, así que sentíos también coautores de esta locura. Y es que, sin vosotros, jamás podría decir esto: aquí acaba esta novela.